古典詩歌研究彙刊

第二九輯

龔鵬程 主編

第 10 冊

麗末鮮初詩壇對陶淵明的接受研究
——以李集、李穡、權近的漢詩為中心

謝 夢 潔 著

國家圖書館出版品預行編目資料

麗末鮮初詩壇對陶淵明的接受研究——以李集、李穡、權近的
漢詩為中心／謝夢潔 著 -- 初版 -- 新北市：花木蘭文化事業有
限公司，2021〔民110〕
序 8+ 目 2+244 面；17×24 公分
（古典詩歌研究彙刊 第二九輯；第 10 冊）
ISBN 978-986-518-328-8（精裝）
1. 漢詩文 2. 韓國
820.91   110000266

ISBN-978-986-518-328-8

9 789865 183288

古典詩歌研究彙刊
第二九輯　第 十 冊
ISBN：978-986-518-328-8

麗末鮮初詩壇對陶淵明的接受研究
——以李集、李穡、權近的漢詩為中心

作　　者　謝夢潔
主　　編　龔鵬程
總 編 輯　杜潔祥
副總編輯　楊嘉樂
編　　輯　許郁翎、張雅淋　美術編輯　陳逸婷
出　　版　花木蘭文化事業有限公司
發 行 人　高小娟
聯絡地址　235 新北市中和區中安街七二號十三樓
　　　　　電話：02-2923-1455／傳真：02-2923-1452
網　　址　http://www.huamulan.tw 信箱 service@huamulans.com
印　　刷　普羅文化出版廣告事業
初　　版　2021 年 3 月
全書字數　165316 字
定　　價　第二九輯共 12 冊（精裝）新台幣 25,000 元　　版權所有‧請勿翻印

麗末鮮初詩壇對陶淵明的接受研究
——以李集、李穡、權近的漢詩為中心

謝夢潔 著

作者簡介

　　謝夢潔，1989 年出生，江西省南昌市人。本科畢業於江西農業大學漢語言文學專業，碩士畢業於南昌大學人文學院文藝學專業（中國古代文論方向），博士畢業於上海師範大學中國古代文學專業。以《麗末鮮初詩壇對陶淵明的接受研究》博士論文獲博士學位。現任江西農業大學中文系講師。發表論文《陶淵明詩淵源辨析——以明清詩話為中心》、《李集漢詩對陶淵明的接受研究》、《東亞對陶淵明詩的接受》等。

提　　要

　　本文以麗末鮮初詩壇對陶淵明的接受為研究對象，探尋這一時期詩人作品中對陶詩文的接受，以李集、李穡、權近等為代表，從三個層面開展研究：第一、主題的承衍，第二、人品與詩品，第三、形式的發展。探求這一時期學陶現象突出的原因，總結麗末鮮初詩壇學陶的特點，並論證其在古代朝鮮陶淵明接受史中的地位和意義。全文分為五個部分來進行論述。

　　第一章主要介紹麗末鮮初學陶詩風的背景。新羅時期，陶淵明的部分詩文因收入於《文選》而得以傳入朝鮮半島。高麗中期，由於陶淵明詩文集的傳入，詩壇中學陶的詩人開始增加。到了麗末鮮初，李集、李穡、權近等人學陶的創作成為了古代朝鮮詩壇學陶的高峰，對陶淵明的接受具有承上啟下的重要作用。

　　第二章論述高麗末期隱居詩人李集對陶淵明的接受，從生平和思想方面探求李集與陶淵明相似的人生經歷，引發他與陶淵明詩思上的共鳴，繼而考察李集在語象、風格、意境上對陶詩的接受。

　　第三章考察了麗末性理學倡導者李穡漢詩中對陶淵明的接受，在其詩歌中有近兩百首與陶淵明有關。通過對李穡隱逸認識的分析，可知李穡格外崇尚陶淵明，並非因為其隱逸行為，而是重在陶淵明人品和詩品上。

　　第四章考察了陶淵明對權近漢詩創作的影響。權近創作了古代朝鮮的第一組「和陶詩」，從詩歌形式和語言上學陶，學習陶詩中散文化的語言特色。

　　結論部分總結了麗末鮮初詩壇對陶淵明接受的特點。首先，學陶的模式形成了典範性，即以「道德評價」與「文學價值」相結合，奠定了朝鮮朝中後期的發展方向。其次，通過對比中國陶淵明接受的情況，特別是杜甫、蘇軾、朱熹等人對陶詩的接受，麗末鮮初詩人對陶淵明的認識呈現出相似性和滯後性，他們兼學唐宋，但在詩學角度，更多的是吸取宋人對陶淵明的批評。再次，受到陶詩和性理學的雙重影響，麗末鮮初詩壇形成了「以物觀物」的自然觀。

本書為國家社會科學基金重大項目「東亞漢詩史（多卷本）」（批准號：19ZDA295）中期成果，上海師範大學中國語言文學創新團隊成果

序：朝鮮對陶淵明詩文接受概論

嚴明

　　陶淵明詩文很早就傳到了朝鮮，產生了深刻而深遠的影響。與陶淵明在中國的接受史類似，陶詩文在朝鮮的接受也經歷了先冷後熱的過程。隨著宋學及宋詩的傳播，陶詩文逐漸引起朝鮮漢詩人的模仿興趣及擬作熱情。朝鮮漢詩文創作中留下了不少擬陶、效陶、和陶之作，朝鮮詩話及漢詩文集序跋中也出現了一些對陶淵明人格及詩風的評論。通過對這些朝鮮詩文作品及評論的分析解讀，可以看到陶淵明詩文在古代朝鮮傳播接受的軌跡，觸摸到大東古國接受和理解陶淵明的差異性，辨析朝鮮漢詩文重塑陶淵明形象的可能性，進而擴大陶淵明研究的學術視野，加深海內外形形色色的陶淵明現象的學理深度。

一

　　新羅時代，《文選》傳入朝鮮半島，其中記載九篇陶淵明詩文作品，這是最早出現在古代朝鮮有關陶淵明文獻。陶淵明形象最早見於新羅人崔致遠（855～915？）作品中，其《桂苑筆耕集》中有兩篇與陶淵明有關的詩文，主要提及陶淵明《歸去來兮辭》。然而這些詩文都是他入唐期間寫成的，並不能確定這一時期《陶淵明集》已經傳入朝鮮本土。

　　至十二世紀中葉，陶淵明詩文集早已傳入朝鮮並廣受歡迎，朝鮮漢詩人學陶的風氣逐步增加，直至高麗末期形成學陶的高峰。《文選》

收錄之外的陶淵明詩文也出現在時人的作品當中，如林惟正（1140～1190）創作的集句詩《和董文公錄事》中有句，「虛室絕塵想，陶潛語不虛」〔註1〕，化用自陶淵明《歸園田居》（其二）「白日掩荊柴扉，虛室絕塵想」，而這篇文章並未被收錄在《文選》之中，由此可證此時的朝鮮已有陶淵明詩文集的刊本流行。同時代的李仁老（1152～1220）也在《破閑集》中記載了他閱讀陶集之事。

這一時期古代朝鮮詩人對陶淵明接受的特點，一是注重對陶淵明創作題材和形式的模仿，化用陶淵明詩文入詩，以對《歸去來兮辭》《桃花源記》的模仿為主。二是出現了「和陶辭」的形式，而這一形式在朝鮮朝得到了普遍的運用。三是接受了陶淵明傳中的相關事蹟，如「少有高趣」「不為五斗米折腰」「王弘邀約」「無弦琴」「葛巾漉酒」等，開始推崇陶淵明人品及隱逸精神。此外，認為陶淵明詩歌特點是平淡自然而有奇趣。

受唐人、宋人學陶的影響，麗末鮮初詩壇形成了典範性的學陶模式——「道德評價」與「文學價值」相結合。麗末鮮初指的是1351年至1417年〔註2〕，在這一時期中，詩文集可考的詩人有38位〔註3〕，

〔註1〕《東文選》卷之九。

〔註2〕其間執政者有恭湣王王顓、辛禑、辛昌、恭讓王、太祖李成桂、定宗李芳果、太宗李芳遠。

〔註3〕李齊賢（1287～1367）、閔思平（1295～1359）、李達衷（1309～1385）、白文寶（？～1374）、李集（1314～1387）、田祿生（1318～1375）、李穡（1328～1396）、元天錫（1330～1395）、卓光茂（1330～1410）、樸翊（1332～1398）、韓修（1333～1384）、鄭樞（1333～1382）、樸宜中（1337～1403）、鄭夢周（1337～1392）、成石璘（1338～1423）、金九容（1338～1384）、羅繼從（1339～1415）、李存吾（1341～1371）、鄭道傳（1342～1398）、李詹（1345～1405）、趙浚（1346～1405）、河侖（1347～1416）、李崇仁（1349～1392）、南在（1351～1419）、李行（1352～1432）、權近（1352～1409）、吉再（1353～1419）、鄭摠（1358～1397）、李種學（1361～1392）、李稷（1362～1431）、權遇（1363～1419）、李原（1368～1430）、卞季良（1371～1440）、尹祥（1373～1455）、樸興生（1374～1446）、申槩（1374～1446）、河濱（1376～1453）、柳方善（1388～1443）。

其中 32 位詩人的創作受到過陶淵明的影響〔註4〕，占總人數的 84%。在他們學陶的詩文中，大多數都曾襲用陶詩文或運用陶典拓展詩意的內涵。側重於從主題上學陶者，如李集、金九容等人學陶創作的隱逸詩和田園詩；還有從人品與詩品方面學陶者，如李穡高揚陶淵明「不事二君」的一面，鄭道傳、閔思平著力於學習陶詩中平靜與閑淡的一面；此外，在形式方面接受陶詩者，如權近創作「和陶詩」，元天錫創作了「節陶詩」等。這一時期詩人開始關注陶詩的語言特色，並且有意模仿陶淵明以散文化的語言入詩的筆法。

　　李氏朝鮮時代的漢詩人對陶淵明的人品和詩品的認識，基本承襲了高麗末期的觀點。這一時期比較突出的現象一是「和陶詩」的大量創作。據金甫暻統計《韓國文集叢刊》中收錄創作了「和陶詩」的詩人有一百三十三位，作品數量將近一千首，其中朝鮮朝李晚秀、申欽、金時習、金壽恒、任守干創作的「和陶詩」最豐〔註5〕。「和陶詩」的主題，一是表達對陶淵明隱逸生活中自然閑適的嚮往，渴望掙脫俗世。二是對陶淵明節操和義氣的推崇。三是僅次韻陶詩，在內容上則與陶淵明無涉，或即事而詠，或借「和陶」之形式抒發自我情感。此外，這一時期的詩話作品對陶淵明的接受比較全面和細緻的，主要以流派和風格來把握陶詩，廣泛使用「陶謝」「陶韋」「陶體」等簡稱，注重對中、韓詩人的淵源進行釐析和比較。由於朝鮮半島詩話受宋代詩話的影響比較大，因而在論述陶淵明的時候往往會以宋代詩話中對陶淵明的評述為參照。論陶詩的主旨和風格，以「出於性情」和「意在言外」為體認。結合自身的創作經驗和思考，朝鮮半島詩論家亦有主觀能動的闡發，

〔註4〕　上注 38 位詩人中除白文寶、李存吾、樸翊、河崙、南在、李種學之外的 32 位。

〔註5〕　李晚秀（1752～1820）創作「和陶詩」126 首「和陶辭／賦」1 首；申欽（1566～1628）創作「和陶詩」103 首「和陶辭／賦」2 首；金時習（1435～1493）創作「和陶詩」53 首；金壽恒（1629～1689）創作「和陶詩」50 首；任守幹（1665～1721）創作「和陶詩」50 首。參見〔韓〕金甫暻：《蘇軾「和陶詩」考論兼及韓國「和陶詩」》，上海：復旦大學出版社，2013 年，第 279～285 頁。

並且還嘗試以「陶體」進行詩歌創作。朝鮮半島詩話論述陶詩之目的，主要是為了指導後世學詩，陶淵明詩歌中「平淡」、「超然」、「出於性情」的特色成為朝鮮半島詩論家評價古詩優劣的重要尺度之一。

二

高麗末期詩人李集（1327～1387）在詩歌的風格和意境上對陶淵明的接受比較突出，他仰慕陶淵明，並以自身經歷創作了大量隱居田園題材的詩歌。在仕與隱的矛盾中，李集最終還是選擇了隱居故里，詩人晚年生活在窮頓困厄之中，在詩歌創作中既有「枯寒瘦淡」的一面，亦有樂天知命思想下「平淡質樸」的一面。

在其詩文集《遁村雜詠》中，詩人吟詠的中國聖賢和文士有：孔子、甯戚、蘇秦、張良、屈原、諸葛亮、陶淵明、慧遠、杜牧、杜甫、白居易、蘇軾、龐德公、徐稚、陶汪等。其中有關陶淵明的有4首，有關蘇軾的有3首，有關慧遠的3首，有關白居易的2首，其餘皆為1首。由此可見，陶淵明是對李集影響最大的中國詩人。《遁村雜詠》中的詠陶詩即是李集對陶淵明歸隱田園之風的異代回應：

> 當年靖節愛吾廬，松菊秋風興有餘。
> 三徑如今已蕪沒，侯門稚子望巾車。
>
> 《敘懷四絕，奉寄宗工鄭相國》〔註6〕
>
> 淵明歸去絕交遊，生事蕭條地轉幽。
> 紅葉蒼苔尋古寺，清風明月弄漁舟。
>
> 《次牧隱先生見寄詩韻》〔註7〕
>
> 同年田知州，不見數十年。枉道不辭遠，悠悠催著鞭。
> 天寒日雲暮，茅屋依山前。適值採藥去，不得共被眠。
> 淵明早歸去，應有招隱篇。可憐蘇季子，那無負郭田。

〔註6〕《遁村雜詠》七言絕句。（韓國文集叢刊：冊三，第335頁）
〔註7〕《遁村雜詠》七言絕句。（韓國文集叢刊：冊三，第337頁）

卜鄰素有約，歲晚相攀緣。

《尋永興田同年不遇》〔註8〕

多違時世態，丕仰古淳風。歸去偕陶令，安閑訪遠公。
望鄉千里遠，問路九衢通。煙月漢江上，弊廬蒿與蓬。

《自詠》〔註9〕

首先，李集以詠陶詩來將自己的生活與陶淵明之歸田隱居做比較。詩歌中先寫陶淵明的隱居情狀，「松菊秋風興有餘」、「生事蕭條地轉幽」，而隱居生活則是「紅葉蒼苔尋古寺，清風明月弄漁舟」，「紅葉蒼苔」、「古寺」、「清風明月」、「漁舟」等物象的組合使得詩作畫面絢麗明亮，與「絕交遊」後的詩作形成強烈對比，充盈著自然之趣。一「尋」一「弄」，使陶淵明的形象躍然而出。李集對陶淵明有身世之感，實寫陶淵明，虛寫自己身世的低微，家族的蕭條。其次，李集自述隱居理由，一是與世態相違，二是對賢者淳風的敬仰。「歸去偕陶令，安閑訪遠公」，詩人歸隱即是一種對陶淵明人生態度的追仿。此外，在李集的詩歌中多有招隱的情結，他認為「淵明早歸去，應有招隱篇」，這亦是詩人借感慨陶淵明，來為自己的招隱卜鄰之心「辯白」。

麗末性理學宣導者李穡（1328～1396）以陶淵明為理想人格的典範，創作了大量詠陶詩，《牧隱稿》中詠陶或引用陶淵明及其詩文的共有 170 餘處。李穡以自己獨特的詩情從中翻出新意，吸收了陶淵明善於用典，以及尚真的一面。李穡格外崇尚陶淵明，重在學習陶淵明人品和詩品上，如為政態度上不事二朝的忠貞，生命哲理上的安貧樂道，本源追求中的尚真。在詩學上對陶詩的接受主要體現在追求詩歌創作中的「妙悟」和清新自然詩歌風格的推崇。李穡在晚年得以歸隱田園，認為人生中最珍貴的便是順從自己的內心，實現主觀與客觀世界的和諧相處，他在韓山結廬，一面回味著陶詩，一面吟詠著村居的可愛，「老

〔註8〕《遁村雜詠》五言古詩。（韓國文集叢刊：冊三，第350頁）
〔註9〕《遁村雜詠》五言四韻律。（韓國文集叢刊：冊三，第360頁）

年真個愛吾廬，獨上東皐一嘯舒」，化用陶淵明《讀山海經》中「眾鳥
欣有托，吾亦愛吾廬」，自然萬物皆有所寄託和熱愛，詩人得其意以達
自適的狀態。

三

陶淵明形象在古代朝鮮的接受經歷了從嗜酒者，到忠貞高潔隱士
的代表，進而成為古代朝鮮士人心中理想人格的典範；對陶詩的學習
也從最初簡單的引用事典和襲用詩語，到有意識地從風格和詩歌創作
技法等角度來學陶。

自高麗朝中後期開始，漢詩人對陶淵明接受主要吸取了唐宋文人
對陶淵明的認識，其中又以宋人的影響為主。在文學風格上，受杜甫、
朱熹、蘇軾論陶淵明的影響比較顯著。杜甫論陶詩影響的方面，如「陶
謝不枝梧」〔註 10〕等，側重於對陶詩風格的批評，而麗末鮮初詩人對
此觀點的認識經過了從認同到反駁的一個過程。朱熹論陶詩為麗末鮮
初詩壇所接受的主要是人品評價和平淡詩風等方面，如「晉、宋人物，
雖曰尚清高，然個個要官職，這邊一面清談，那邊一面招權納貨。陶淵
明卻真個是能不要，此其所以高於晉、宋人也。」〔註 11〕「陶淵明詩
平淡，出於自然」〔註 12〕「淵明詩所以為高，正在不待安排，胸中自
然流出。」〔註 13〕朱熹對陶淵明人品的推崇，是陶淵明人品在麗末鮮
初詩壇形成典範化的因素之一。蘇軾以陶淵明為師，創作了 109 首「和
陶詩」，為麗末鮮初詩人權近所學習。在此影響下，「和陶詩」在李氏朝

〔註 10〕 李穡有雲：「精對古所少，選詩逼陶謝」（《醉賦》），「自愧病餘猶健在，
興來陶謝不枝梧」（《自詠》）「白頭苦吟對黃卷，欲令陶謝愁枝梧」（《少
年行》）。

〔註 11〕 （宋）朱熹撰；朱傑人，嚴佐之，劉永翔主編：《朱子全書》第 15 冊，
上海：上海古籍出版社；合肥：安徽教育出版社，2002 年，第 1226 頁。

〔註 12〕 （宋）朱熹撰；朱傑人，嚴佐之，劉永翔主編：《朱子全書》第 18 冊，
上海：上海古籍出版社；合肥：安徽教育出版社，2002 年，第 4322 頁。

〔註 13〕 《論陶三則》，清陶澍集注《靖節先生集》／（晉）陶淵明著，國學典
藏，陶淵明全集〔M〕，上海：上海古籍出版社，2015 年，第 205 頁。

鮮時期蔚然成風，形成創作高潮。據統計，《韓國文集叢刊》中收錄創作了「和陶詩」的詩人有 133 位，作品數量在千首左右，足見朝鮮漢詩人對陶淵明詩的仰慕和主動模仿，大量「和陶詩」的出現，將陶淵明推向後世讀者視野的同時，也豐富了朝鮮半島陶淵明接受的內涵。

陶淵明《歸去來辭》在中國文學史上久享盛譽，更因蘇軾等文豪的大力闡揚，這篇名作形成了特殊的人格範式與文學範式，對後代影響巨大。在《歸去來辭》的流傳史上，朝鮮文人表現出了熱烈持久的崇仰之情，從高麗中期至李朝之末，贊評之語與擬效之篇連綿不斷。從漢詩創作形式上看，朝鮮漢詩人主要通過三種方式來表達其對陶淵明的仰慕及效法：一是集《歸去來辭》字而成詩；二是以詩體表達讀後感；三是依其韻而賡和之。朝鮮歷代漢詩人取則陶淵明的文學實踐，透顯出相應的文化意蘊和一定的審美得失，這對於全面瞭解陶淵明在東亞漢字文化圈中的重要地位，具有特殊的意義。〔註14〕

朝鮮朝前期「朱熹熱」引起了文壇上效陶慕陶的風潮，這一時期大量出版了陶淵明文集。李滉是朝鮮朝著名的哲學家、詩人，他在朝鮮漢文學史上的崇高地位與他積極接受陶淵明詩密不可分。李滉生活在社會動盪，黨爭士禍連綿不斷的朝鮮朝中期，陶淵明不仕二朝，固窮守節的高尚人格，為李滉所接受並引起強烈共鳴。李滉保留下來的漢詩有 2000 多首，其中近百首直接引用陶淵明的詩文詞句，還有運用「虎溪三笑」等與陶淵明相關的典故，以表達其崇尚儒教、嚮往陶淵明的志向。李滉的時調代表作《陶山十二曲》，在形式上模仿了朱熹的《武夷棹歌》，而朱熹的創作靈感則源於陶淵明詩文。李滉在其時調的初章和中章，皆以平淡、通俗、質樸的語言體現出了陶淵明物我兩忘的境界，終章則表達其宣導育人育才、憂國忠君的儒家思想。〔註15〕

〔註14〕 參見曹虹《陶淵明〈歸去來辭〉與韓國漢文學》，南京大學學報（哲學‧人文科學‧社會科學版）2006 年第 6 期，第 18～27 頁。

〔註15〕 參見延邊大學崔雄權教授指導的碩士論文：孟群《退溪李滉對陶淵明文學的接受》，2011 年。

　　總而言之，古代朝鮮漢詩中的陶淵明接受經歷了片面的解讀到全面瞭解，最終確立為人品與詩品完美典範的過程。陶淵明詩文最早隨著《昭明文選》流播到朝鮮之後，其形象及作品經歷了幾個階段：先是小範圍傳播和初步接受；再由「蘇軾熱」而帶動起來的「陶淵明詩文熱」；高麗末至朝鮮王朝初期則發展為全面解讀和闡釋陶淵明；漢詩創作方面「慕陶」和「效陶」逐漸深入和人格理想昇華；朝鮮王朝末期學陶風氣逐漸衰弱。在這一漫長發展變化過程中，朝鮮漢詩人從最初的「擬陶」、「效陶」，到個體風格及審美化的人生態度的彰顯，直至作品內容開始關注百姓生活，呈現出世俗化、豔俗化的傾向，創作語言也走向了通俗化與民謠化。古代朝鮮漢詩人結合自身經歷及其所處的山川地域風貌，將古代朝鮮特色的漁村、山寺、田野等社會和自然風貌寫入效陶田園詩和隱居詩中，營造出閑遠澄明的藝術境界。至此，朝鮮漢學者及文人們的內心世界已經內化了武陵桃源情結、歸隱意象、詩酒人生等審美理念，並最終形成朝鮮半島獨有的「淵明式」與「朝鮮風」相相容的富有高麗民族特色的美學風格。

　　門生謝夢潔，2015 年從南昌大學取得碩士學位，報考上海師範大學中國古代文學專業，進入我門下攻讀博士學位。期間讀書思考，刻苦用功，各方面進步很快，三年修成正果，以《麗末鮮初詩壇對陶淵明的接受研究》為題的學位論文通過答辯，獲得博士學位。返回母校江西農業大學中文系任教，教學相長，繼續東亞漢詩中的陶淵明專題研究，發表《陶淵明詩淵源辨析——以明清詩話為中心》、《李集漢詩對陶淵明的接受研究》、《東亞對陶淵明詩的接受》等論文，得到學界好評。今喜見臺灣花木蘭文化事業有限公司出版刊行其在博士論文基礎上增補修訂的學術論著，兩岸商學合作，推廣博大精深的東亞漢文學，對此衷心銘恩，甚感欣慰，特為序。

嚴明於滬上汪洋齋

2020 年 8 月 20 日

目
次

緒　論

一、研究目的

　　受唐人、宋人學陶的影響，並且經過歷代朝鮮漢詩人的解讀和改造，麗末鮮初詩壇形成了典範性的學陶模式——「道德評價」與「文學價值」相結合。本文中所論的麗末鮮初指的是 1351 年至 1417 年〔註1〕，在這一時期中，詩文集可考的詩人有 38 位〔註2〕，其中 32 位詩人的創作受到過陶淵明的影響〔註3〕，占總人數的 84%。在他們學陶的詩

〔註 1〕 其間執政者有恭愍王王顓、辛禑、辛昌、恭讓王、太祖李成桂、定宗李芳果、太宗李芳遠。

〔註 2〕 李齊賢（1287～1367）、閔思平（1295～1359）、李達衷（1309～1385）、白文寶（？～1374）、李集（1314～1387）、田祿生（1318～1375）、李穡（1328～1396）、元天錫（1330～1395）、卓光茂（1330～1410）、朴翊（1332～1398）、韓修（1333～1384）、鄭樞（1333～1382）、朴宜中（1337～1403）、鄭夢周（1337～1392）、成石璘（1338～1423）、金九容（1338～1384）、羅繼從（1339～1415）、李存吾（1341～1371）、鄭道傳（1342～1398）、李詹（1345～1405）、趙浚（1346～1405）、河崙（1347～1416）、李崇仁（1349～1392）、南在（1351～1419）、李行（1352～1432）、權近（1352～1409）、吉再（1353～1419）、鄭摠（1358～1397）、李種學（1361～1392）、李稷（1362～1431）、權遇（1363～1419）、李原（1368～1430）、卞季良（1371～1440）、尹祥（1373～1455）、朴興生（1374～1446）、申檣（1374～1446）、河演（1376～1453）、柳方善（1388～1443）。

〔註 3〕 上注 38 位詩人中除白文寶、李存吾、朴翊、河崙、南在、李種學之外的 32 位。

文中，大多數都曾襲用陶詩文或運用陶典拓展詩意的內涵。側重於從主題上學陶者，如李集、金九容等人學陶創作的隱逸詩和田園詩；還有從人品與詩品方面學陶者，如李穡高揚陶淵明「不事二君」的一面，鄭道傳、閔思平著力於學習陶詩中平靜與閑淡的一面；此外，在形式方面接受陶詩者，如權近創作「和陶詩」，元天錫創作了「節陶詩」等。這一時期詩人開始關注陶詩的語言特色，並且有意模仿陶淵明以散文化的語言入詩的筆法。

本文重點考察麗末鮮初詩人李集、李穡、權近等人的漢詩創作，探討易代動亂時期士大夫階層作品中對陶淵明及其詩文的「接受」、「影響」、「評價」和「理解」。分析詩人的生平、思想、家學等方面對其學陶的影響，一窺其學陶背後的心理因素；把握李集、李穡、權近等人詩歌創作中的陶淵明因數，總結他們學陶的特色，對後世學陶產生的影響等。

作為高麗末期的隱逸詩人，李集將陶淵明的隱逸精神內化於他的隱居詩中，並且沿著閑適沖淡的一脈，力圖以自然的詩語表現朝鮮半島的自然山水，真實地展現自己的隱居生活。詩人吸收了陶詩中閑適、平淡的一面，形成了閑澹高古的詩風。李集將他在田園漁村與廢棄山寺中的隱居生活寫入詩歌，展現出其超越世俗的追求和樂天知命的心境。

李穡學陶主要側重於人品和詩歌風格方面，他以陶淵明的高潔精神塑造個人的道德修養，此外，還以陶詩之超然妙悟作為詩歌創作的法門，強調詩情之真。在詩歌語言上李穡以平淡清新論陶詩，在創作中崇尚體物達情與天然旨趣的詩學審美。

針對詩壇上陶詩接受的符號化，化用陶詩語言入詩的單一化，權近創作了「和陶詩」，成為古代朝鮮陶淵明接受新形式的開端。權近淡化詩歌中對陶典的運用，在形式上，嘗試以「和陶」的形式來表現其意趣。在語言上，他效仿陶詩中大量使用虛詞和疑問句的方式進行五言詩的創作。

　　對陶淵明的認識在不同時代，不同文化背景之下有著不盡相同的解讀，詩人在處理個人與政治關係時的親近或疏離，他們對陶淵明認識的變化，都影響著他們學陶的角度。政治上李集選擇了隱居不仕，李穡選擇了不事二朝，權近則在二朝為官並且在朝鮮朝執掌文柄。無論詩人們選擇怎樣的生活方式和理想追求，陶淵明都曾作為他們在詩歌中吟詠和學習的對象，陶淵明的人格和詩文作品深深地融入在麗末鮮初詩人的思想和創作之中。陶淵明不僅僅是中國的，還是東亞的、世界的陶淵明。通過對陶淵明在漢文化圈傳播的研究，不僅拓展了陶淵明研究的範圍，而且通過古代朝鮮詩壇這個「他者」的目光，有助於再次審視陶淵明及其作品意義和價值。

　　陶淵明以其自然詩風，質樸的語言，將田園生活詩化，在麗末鮮初詩壇引起了詩人們群體性的共鳴。作為古代朝鮮歷史上重要的轉換期，麗末鮮初這一時期不僅在政治上實現了王朝的更替和革新，而且在思想理念上開啟了性理學一統天下之門。相對於中國古代陶淵明接受的情況，麗末鮮初詩壇學陶與其有著相似的一面，作為文化輸入國，呈現出跨時代接受的滯後性；隨著隱逸和田園題材的詩歌的逐漸本土化，古代朝鮮自然的審美觀也在這一時期開始形成，歸隱之所除了田園、家鄉，還有漁村和禪寺等；在對陶淵明接受的內容和形式上，朝鮮朝中後期詩壇的接受方式不出其外。

二、研究現狀

　　關於陶淵明與古代朝鮮文學關係的研究自二十世紀中後期開始，研究者以韓國學者為主，中國學者僅有兩篇論文做了陶淵明與古代朝鮮詩人的關係研究：陳彩娟《論朝鮮詩人金時習的和陶詩》（延邊大學學報，1998）和徐志嘯《從退溪詩看李退溪與陶淵明》（韓國研究論叢，1999）。進入 21 世紀後，陶淵明對古代朝鮮漢詩的影響成為中韓學者共同關注的研究物件。韓國學者對陶淵明在古代朝鮮的接受情況研究的起步早，成果多，主要有李昌龍、李星基、金周淳、宋政憲、河祥奎

等學者，注重對古代朝鮮文學家作品中陶淵明的元素進行歸納整理，多採用比較文學和接受美學的方法進行研究。國內主要以延邊大學和南京大學為重鎮，研究陶淵明在古代朝鮮的接受情況，如崔雄權、曹虹等學者。

中韓學者的研究視角和方法皆有所不同。韓國學者的主要研究類型，一是通代的接受史研究，從整體上把握陶淵明在古代朝鮮接受發展的脈絡，對古代朝鮮各個時期代表性的文學家作品中的接受情況進行研究。如盧又禎《陶淵明詩文在韓國漢文學中的傳播與接受》（南京大學博士學位論文，2011），探討了高麗至朝鮮時期古代朝鮮文人對陶淵明的人品和詩文批評。崔雄權《陶淵明與韓國古典山水田園文學》（中國社會科學出版社，2012）一書，以韓國古代山水田園文學發展的基本軌跡為線索，對韓國文學家與陶淵明的關係進行研究。河祥奎《自然歌辭에 미친陶淵明의 影響》（國語國文學，1995，14）和《韓國自然詩歌에 끼친陶淵明의 影響》（東亞大學校博士學位論文，1996），以韓國的自然詩的形成和發展為脈絡，分析高麗漢詩、自然時調、自然歌辭中受陶淵明影響的情況。二是專題研究，研究對象包括了各個時代的陶淵明接受研究，其中高麗朝時期的研究成果頗豐，比如李昌龍的《高麗詩人과陶淵明——比較文學的觀點에서考察》（建大學術志，1973，16）以田園生活、詩酒、五柳、愛菊、桃花源等主題，分別探討李仁老、李穡、李奎報等高麗詩人作品中對陶淵明的接受。李星基《麗朝詩文學에끼친陶淵明의影響研究》（建國大學校碩士學位論文，1982），通過比較晉宋與高麗時期社會背景中的同質性，並對高麗作品中接受陶淵明詩句、詩語、詩想、人性等方面情況進行了梳理。金聖基《高麗中期文人의陶淵明受容에대한考察》（울산어문논집，1987，3），總結了陶淵明文學為高麗文人所接受的原因，一方面由於對陶詩內容的認同，如安貧樂道、躬耕、自然親和、撫琴讀書、嗜酒等；另一方面就是對陶淵明的文學表達方式的接受，如平易性、寫實性。金周淳《高麗漢詩文

中有關陶淵明之用事考》（韓國學報，1989，8）專門從「用事」的角度，對 14 部高麗漢詩文集中有關陶淵明的「用事」情況進行整理。崔雄權《高麗文人筆下的陶淵明形象》（延邊大學學報，2007，1）通過對高麗詩人，如李仁老、李奎報等詩歌的分析，見出高麗文人筆下「體現人格完美和個體意志自足的高潔儒雅的陶淵明形象」。宋政憲《陶淵明詩文與高麗隱逸詩》（教育研究論叢，2000）對陶淵明詩文隱逸性進行分析，探討高麗隱逸詩中對陶淵明用典、語言、詩句和歸田意志接受情況。朴美子《韓國高麗時代における「陶淵明」觀》（白帝社，2000），通過對比高麗朝與魏晉時期的社會政治、文學思潮，探討高麗文學家對陶淵明的接受及原因。李朝時期接受陶淵明作品的影響，還包含了國語文學如時調、歌辭、小說等文學樣式。趙載億《韓國詩歌에미칙陶淵明의影響》（建國大學校碩士學位論文，1966），發陶詩對韓國文學影響研究之先聲。該論文以李朝時期的時調、歌辭為研究對象，通過分析李賢輔的《效嚬歌》、李滉的《還山別曲》、金光煜的《栗里遺曲》，以及朴仁老、曹植、尹善道、鄭澈等的國語詩歌，找出與陶淵明及其作品直接或間接的聯繫，對相似的主題和用典情況進行了統計。李昌龍《李朝文學과陶淵明——比較文學的觀點에서考察》（建大學術志，1974，18），以「和陶詩」、對陶淵明生活方式的傾慕、歸去來兮辭的田園生活的憧憬、桃花源記的理想世界、東籬黃菊等主題為類，探討陶淵明在李朝漢詩、時調、歌辭、小說等文學作品中的接受。金周淳《陶淵明詩對朝鮮詩歌影響之研究》（臺灣師範大學博士學位論文，1984），探討了高麗、朝鮮詩人接受陶淵明的態度，朝鮮詩人的思想背景及其山水田園觀，重點闡釋了陶淵明對朝鮮時調、歌辭的影響情況，還有《朝鮮歌辭中有關陶淵明之作品考》（研究論文集，1995），則考察了朝鮮 144 篇歌辭中與陶淵明有關的人名、地名、詩語、詩句情況，經梳理後得出結論，陶氏詩文對朝鮮歌辭影響最多的是《歸去來辭》、《桃花源記》、《五柳先生傳》、《歸園田居》、《飲酒》、《四時》、《擬古》等共七篇。李紅梅《韓國

古典詩歌中的陶淵明研究——朝鮮朝時期的時調、歌辭為中心》（延邊大學博士學位論文，2009），研究陶淵明意象在朝鮮朝時調、歌辭中的接受與誤讀，探求陶淵明意象的文化內涵。李楠《高麗金克己漢詩創作與中國詩歌關聯研究》（延邊大學碩士學位論文，2010）〔註4〕指出金克己曾與「海左七賢」、李奎報等人交友，在此影響下，接觸並喜愛陶淵明，並受到陶淵明之歸隱精神的影響，選擇了歸隱田園的生活。王進明《高麗朝李仁老〈和《歸去來辭》〉的文學淵源及其深遠影響》（民族文學研究，2014，1）探討了李仁老對陶淵明的接受經歷了「識陶」、「仰陶」、「學陶」「和陶」三個階段。李星基《李奎報의作詩觀과陶淵明受容의樣相》（文湖，1983，8）從李奎報的作詩觀論起，再到對陶潛的評價，繼而分析李奎報作品中對陶淵明詩句、詩語、詩思、人間性等方面的接受情況。李喜榮《遁村李集詩中體現的陶淵明的隱逸觀研究》（韓國語文學國際學術會議，2010，10），從經世濟民、躬耕讀書、固窮節等方面，論述李集的歸隱是因為難以實現自己抱負的權宜之策，他試圖以陶淵明不斷追求個人的修養和儒家的隱逸觀為思想基礎來克服生活的逆境。宋政憲《陶淵明與李穡詩之比較研究——以隱逸思想為中心》（國立臺灣師範大學博士學位論文，1985），通過對陶淵明與李穡的生平、思想、個性、作品以及本國文學史上的地位進行了全方面立體的比較，發現李穡「受到陶淵明人格、思想乃至題材方面至大的影響」。崔雄權《故國與田園：鄭夢周與陶淵明的歸隱意識》（延邊大學學報，2010，5）探討了「鄭夢周詩歌中的陶淵明因數」，麗末對陶淵明接受除了通過《文選》、蘇軾的影響之外，還有朱子學的影響，在此背景下鄭夢周兼學陶詩自然與豪放的一面。金周淳《李崇仁的漢詩對陶淵明接受研究》（中國學論叢，2010，31）分析在麗末社會背景中，李崇仁的漢詩創作受到了《歸去來兮辭》、《歸園田居》、《停雲》、《飲酒》、《讀山海經》、《桃花源記》和「無絃琴」的影響。在詩人群體研究方面，有李

〔註4〕見第四章第一節：金克己田園詩創作與陶、孟、王田園詩。

紅燕《高麗中期蘇東坡熱與陶淵明文學的接受——以李仁老、陳華、李奎報為中心》（延邊大學，2009），探討了高麗中期受「蘇東坡熱的影響」，高麗詩人對陶淵明的接受。此外，還有論文研究受陶淵明詩文影響的李朝文學家，有金時習、李賢輔、李滉、鄭澈、李珥、朴仁老、申欽、尹善道、徐氏等九位。金周淳《梅月堂의漢詩와陶淵明詩의比較研究》（韓中人文學科研究，2009，26），探討了陶淵明與金時習思想上的同質性，並將金時習的「和陶詩」從大道實踐、田園歸隱、躬耕實踐、愛菊吟詠、飲酒忘憂、人生無常等六個方面進行論述比較。李茜《陶淵明詩歌對朝鮮朝詩人李賢輔詩歌創作的影響》（延邊大學碩士學位論文，2013），指出李賢輔是朝鮮山水田園文學的開闢者，因受陶淵明影響，其詩作呈現出自然平淡、深厚淳美的風格。孟群《退溪李滉對陶淵明文學的接受》（延邊大學碩士學位論文，2011），指出李滉創作的2000多首漢詩中有76首直接顯示了陶淵明文學的痕跡，120多首間接地表現出了陶淵明精神。對中國文學家接受陶淵明的影響而產生的「和陶詩」「和陶辭」的研究，如南潤秀《韓國的「和陶辭」研究》（高麗大學校博士學位論文，1989），以「次歸去來辭」為觀察對象，總結了自高麗朝李仁老創作《歸去來兮辭》的唱和之作開始，韓國文學家賡和的約150多篇「和陶辭」。崔雄權《論韓國「和陶詩」與「和陶辭」的「朝鮮風」》（延邊大學學報，2014，1），指出陶淵明詩歌本身以抒情寫景為主，韓國詩人在效仿的時候接受了其抒情的特質，因而詩歌的敘事性不強。金真《韓國「和陶飲酒詩」芻論》（延邊大學學報，2015，3），統計了李朝時期45位文人創作的437首「和陶飲酒詩」，對其創作緣由進行研究，得出有直接追和陶淵明的，有受蘇軾和朝鮮「和陶詩」影響下的創作，還有是文人交流唱和的產物。詹杭倫，沈時蓉在《朝鮮王朝文士和陶淵明〈歸園田居〉考述》（西華師範大學學報，2015，3）一文中，對申欽、金壽恒、李晚秀，趙榮祐、洪奭周、洪仁謨等李朝文學家的《和歸園田居》進行了文本細讀。詩人多有遭受貶謫的經歷，創作

中都受到了蘇軾「和陶詩」的影響，但是情懷的表露各有不同。朝鮮接受比較多的陶淵明詩文作品有《歸去來兮辭》、《桃花源記》、《歸園田居》、《飲酒》等篇。對此課題進行專門研究的，如曹虹《陶淵明〈歸去來辭〉與韓國漢文學》（南京大學學報，2001，6）總結了韓國文學家對《歸去來辭》的效法，主要有採用集字作詩、以詩體表達讀後感、依韻賡和三種途徑，展現出海東文人的文化意蘊和審美得失。崔雄權《論韓國古代山水田園文學中的「武陵桃源情結」》（吉林大學社會科學學報，2009，6），探討了「武陵桃源」傳到朝鮮後發展成為「韓國式烏托邦世界」，其中蘊含神秘化、仙境化、重構自我價值理想、對世俗化的自然田園嚮往等文化內涵。金周淳《時調와歌辭에 나타난陶淵明飲酒詩의受容樣相》（韓中人文學科研究，2004，12），對比研究了陶淵明與朝鮮文人的飲酒觀，歸納了平時調、辭說時調、歌辭中對陶淵明飲酒詩中的詩句、詞語、典故的接受情況。

目前專題研究成果，偏重於個體文人的影響研究，還有很多領域值得進行深入探討。

首先，專題研究的局限性，國內學者在做陶淵明對古代朝鮮詩人影響的專題研究時，關注到的詩人還不多，主要有李仁老、鄭夢周、金時習、李滉、申欽等漢詩大家，還有不少朝鮮詩人的學陶有所成就，但卻沒有得到深入的研究。

其次，研究內容的局限性，在論述陶淵明影響的時候，往往囿於總結古代朝鮮詩人對陶淵明典故的借用和詩句、詩語的襲用；論述詩人學陶人格精神和藝術風格這兩方面。對古代朝鮮詩人學陶的特徵和原因，陶淵明對詩人思想和文學觀的影響剖析不足，對詩人學陶的承衍和發展探討的不夠；缺乏對學陶現象背後規律的研究。

第三，研究方法的局限性，主要運用接受美學和比較文學的研究方法，簡單對比詩人的生平和思想，列舉直接化用自陶詩的詩歌，從中找出共同點。對詩人的其生平、家世以及思想方面的剖析還不夠深入；

運用接受美學和比較文學方法進行研究時處理的比較簡單，因而得出的學陶的特徵不夠深刻和鮮明。

　　以上研究成果，均是本人進一步進行研究的基礎。

三、研究方法與意義

　　本文以「以意逆志」的方法研究麗末鮮初詩人學陶歷程及意義，通過對麗末鮮初的詩文集、序、跋、詩話等文獻的爬梳，探求朝鮮詩人的思想、詩風和詩學觀的形成與學陶之間的關係。高麗末期正值元明交替之際，北有紅巾軍的侵犯，南部海域則不斷遭到倭寇的侵擾，社會動盪不安。當時有詩文集傳世的詩人多在朝廷中就任官職，他們在局勢巨變中起落，有貶謫、流放、入獄、隱居等經歷，處在這種社會背景之下，詩人們在詩文中表達了隱逸之志。在對陶淵明接受的過程中，麗末鮮初的詩人產生出對隱逸的認識，並在詩作中實現了主觀性和歷史性地融合。當時詩人多以隱為號，如牧隱（李穡）、圃隱（鄭夢周）、陶隱（李崇仁）、冶隱（吉再）、野隱（田祿生）、松隱（朴翊）等。

　　以「推源溯流」的方法探討李集、李穡、權近等人的漢詩與陶淵明詩文之關係。探求在東亞漢文化圈中，麗末鮮初詩人對陶淵明的體認和瞭解情況，釐析詩人對陶淵明的先在認識，如詩人的師承、家學與學陶之間的聯繫，對唐人、宋人學陶的認識，以及新羅、高麗前中期詩人的影響等。研究詩人在學陶之後有什麼新變，以期總結出這一階段學陶的特徵和意義。

　　以文獻學的方法，從文集、序跋、史書、筆記、詩話中廣泛搜集和考證有關李集、李穡、權近等人的詩文批評，把握他們的詩歌風格及其文學思想，探求麗末鮮初詩人詩歌題材的選擇與學陶之間的關係，如隱逸詩、田園詩、賦歸詩等。關注不同題材下詩人的語言特色，意象的營造，以及詩人關注現實與隱逸情懷交織下產生的思想流動和轉換。

　　以比較文學與接受美學相結合的方法，對麗末鮮初存世的詩文集，如《遁村雜詠》《牧隱稿》《陽村集》等進行文本細讀。將這一時期詩人

學陶的現象進行平行比較，探尋詩人們在學陶中形成的共識，辨析他們對陶淵明的認知以及在道德和美學上有異同。此外，本論著還將麗末鮮初對陶淵明的接受與此前高麗朝作比較，與李氏朝鮮朝中後期的接受進行歷時性的比較，總結麗末鮮初學陶的特點。

　　本人在前人研究的基礎上，力求更加深入和細緻地總結麗末鮮初詩壇學陶的特色和意義。通過對詩壇約 27 位詩人詩集的考察，闡述麗末鮮初詩人在學陶中的化用詩語。推崇陶淵明人品和高趣，此外還有意從語言、形式、風格、主題等各方面學陶，形成了古代朝鮮詩壇學陶的典範模式，奠定了朝鮮朝學陶的基本內容和傾向。

第一章 古代朝鮮詩壇對陶淵明接受的概況

第一節 麗末鮮初學陶詩風的背景

一、陶淵明詩文的傳入

陶淵明在朝鮮半島的接受是一個歷時過程。新羅王朝神文王二年（682）模仿唐制建立科舉制，其中教學書目有《周易》《尚書》《毛詩》《禮記》《春秋左氏傳》《孝經》《論語》《文選》等〔註1〕。高麗王朝的科舉制度承襲前朝，並效仿宋代科舉，在科目上襲用了「重進士，輕明經」的模式，詞章作為制述科（進士科）中最後一輪考試科目最為重要，因而在學好「九經」〔註2〕「三史」〔註3〕之外，還要掌握《文選》、

〔註1〕 「教授之法以《周易》《尚書》《毛詩》《禮記》《春秋左氏傳》《文選》分而為之業，博士若助教一人。或以《禮記》《周易》《論語》《孝經》或以《春秋左傳》《毛詩》《論語》《孝經》，或以《尚書》《論語》《孝經》《文選》教授之。諸生讀書，以三品出身。讀《春秋左氏傳》，若《禮記》、若《文選》，而能通其義，兼明《論語》《孝經》者為上。」見（高麗朝）金富軾原著；孫文範等校勘：《三國史記》卷三八，長春：吉林文史出版社，2003年，第460頁。

〔註2〕 《易》《詩》《書》《周禮》《儀禮》《禮記》《左傳》《公羊傳》《穀梁傳》。

〔註3〕 《漢書》《史記》《後漢書》。

唐詩等。「經術、文章非二致。《六經》皆聖人之文章,而措諸事業者
也。今也為文者不知本經,明經者不知為文,是則非徒氣習之偏,而為
之者不盡力也。高麗文士皆以詩騷為業。」〔註4〕李崇仁有詩《癸丑年
立春陶齋帖字》云:「葭管灰飛白,茆簷日照紅。兒知誦文選,翁臥夢
周公。」〔註5〕癸酉年是恭愍王二十二年(1373),此時是高麗末期動
盪不安之時,「兒」猶能「誦文選」,因而可知《文選》在麗末學界的地
位和普及度都是很高的。《文選》中收錄了陶淵明的九篇詩文〔註6〕,
顏延之的《陶徵士誄》和江淹的「擬陶詩」《陶徵君田居》。目前學界普
遍認可這是朝鮮半島文人接受陶淵明最初的途徑。

　　崔致遠(857~915?)是古代朝鮮詩壇中最早接受陶淵明的詩人,
他在《桂苑筆耕集》中寫下了兩篇與陶淵明有關的詩文,主要受陶淵明
《歸去來兮辭》的影響,如「身寓陶窗」〔註7〕化用了「倚南窗以寄傲」
〔註8〕,「陶潛之腰腹暫□」〔註9〕,則是對陶詩語象的接受和陶淵明形
象的接受。鍾優民先生在《陶學發展史》中指出:「朝鮮新羅時期末葉詩
人崔致遠,少年時來華留學,回國後官至翰林學士、兵部侍郎,曾寫有
大量詩作,《全唐詩》還保存他六十首詩。陶公《詠貧士七首》之一曾以
『孤雲』自比,崔致遠則自號『孤雲』;陶公出為彭澤令,因不滿仕途黑
暗而辭官歸田,崔出為武城太守,因不滿朝政腐敗,晚年攜家隱於江陽
郡郇仰山,從中不難見出陶公創作、人品對崔氏的影響。」〔註10〕

〔註4〕 (朝鮮王朝)成俔《慵齋叢話》,蔡美花,趙季主編:《韓國詩話全編
　　　 校注》冊一,北京:人民文學出版社,2012年,第252頁。
〔註5〕 《陶隱集》卷之三。(韓國文集叢刊:冊六,第566頁)
〔註6〕 《始作鎮軍參軍經曲阿》、《辛丑七月赴假還江陵夜行塗口》、《擬挽歌
　　　 辭》(其三)、《飲酒》(其五)(其七)、《詠貧士》(其一)、《讀山海經》
　　　 (其一)、《擬古》(其七)和《歸去來兮辭》。
〔註7〕 《長啟》,《桂苑筆耕集》卷之十八,(韓國文集叢刊:冊一,第107頁)
〔註8〕 (晉)陶淵明著,逯欽立校注:《陶淵明集》,北京:中華書局,1979。
　　　 凡本論文中所引陶淵明詩文皆出於此版本,後文不再作注。
〔註9〕 《前宣州當塗縣令王翱攝楊子縣令》,《桂苑筆耕集》卷之十三,(韓國
　　　 文集叢刊:冊一,第77頁)
〔註10〕 鍾優民:《陶學發展史》,長春:吉林教育出版社,2000年,第421頁。

　　高麗朝前期陶淵明接受的情況，如金富軾（1075～1151）《對菊有感》有句「陶潛悵望白衣來」〔註11〕，「《續晉陽秋》曰：陶潛嘗九月九日無酒，宅邊菊叢中，摘菊盈把，坐其側久，望見白衣至，乃王弘送酒也。即便就酌，醉而後歸。」〔註12〕在唐詩和宋詩中也多有與此相關的詩句，如王維云「白衣攜壺觴，果來遺老叟」（《偶然作》其四）〔註13〕，李白「淵明歸去來，不與世相逐。為無杯中物，遂偶本州牧。因招白衣人，笑酌黃花菊。」（《九日登山》）〔註14〕蘇軾「白衣送酒舞淵明」（《章質夫送酒六壺書至而酒不達戲作小詩問之》）〔註15〕。目前沒有文獻可以說明金富軾對此典故的瞭解是出自《續晉陽秋》，還是唐宋詩歌中的化用，但是在他《對菊有感》中，詩人將陶淵明期盼友人送酒的狀態用「悵望」一詞來表現，這在《續晉陽秋》中是沒有的。

　　這一階段古代朝鮮詩人們對陶淵明的接受在內容和形式上都比較少，崔致遠留學於晚唐時期，他的詠陶之作創作於留學時期，現有的文獻也無法證明《陶淵明集》在這一時期是否被傳播。詩人們在詩文中或化用《歸去來兮辭》中的詩句，或吟詠陶淵明好酒一事，這與唐代陶淵明接受的總體特點相似，都偏重於寫陶淵明在歸隱生活中好酒的一面，如王維云「陶潛任天真，其性頗耽酒」（《偶然作》其四）〔註16〕，白居易云「吾聞潯陽郡，昔有陶徵君。愛酒不愛名，憂醒不憂貧。」（《效陶潛體詩十六首》其十二）〔註17〕，李白云「陶令歸去來，田家酒應

〔註11〕　《東文選》卷之十二。
〔註12〕　（唐）歐陽詢等奉敕撰《藝文類聚》，《文淵閣四庫全書》第887冊，第217頁。
〔註13〕　（唐）王維著；（清）趙殿成注：《王維詩集》，上海：上海古籍出版社，2017年，第115頁。
〔註14〕　（唐）李白著，瞿蛻園，朱金城校注：《李白集校注》卷二十，上海：上海古籍出版社，1980年，第1204頁。
〔註15〕　（宋）蘇軾著；（清）王文誥，《蘇軾詩集》，北京：中華書局，1982年，第2155頁。
〔註16〕　（唐）王維著；（清）趙殿成注：《王維詩集》，上海：上海古籍出版社，2017年，第115頁。
〔註17〕　（唐）白居易著；謝思煒撰：《白居易詩集校注》卷第五，北京：中華

熟」(《尋陽紫極宮感秋》)〔註18〕,對於陶淵明的詩歌藝術與人品尚未關注。

二、學陶典範模式的醞釀

高麗中期,陶淵明詩文集已經傳入高麗,這一時期詩壇中接受陶詩的人數增加。林惟正(1140～1190)創作的集句詩有兩首與陶淵明有關,一是《城樓感興集句》〔註19〕中用蘇軾「沽酒獨教陶令醉」〔註20〕,二是《和董文公錄事》中「虛室絕塵想,陶潛語不虛」〔註21〕,上句化用自陶淵明《歸園田居》(其二)「白日掩荊柴扉,虛室絕塵想」,而這篇文章並未被收錄在《文選》之中,因而在此時《陶淵明集》可能已經傳入朝鮮半島;下句取自白居易《寄皇甫七》中「孟夏愛吾廬,陶潛語不虛」〔註22〕。由此可見,唐宋詩人對陶淵明的接受在高麗有一定的影響。金克己(1115～1204)有詩「佇看春事起,舒嘯便登皋」〔註23〕、「豈知陶靖節,林下問征路」〔註24〕,化用《歸去來兮辭》中的句子;「數畝荒園久欲蕪,淵明早晚汲籃輿」,〔註25〕典出《宋書》「潛有腳疾,使一門生二兒舉籃輿。」〔註26〕林椿詩文中有「何曾折腰為五斗」〔註27〕,「淵

〔註18〕　書局,2006年,第512頁。
　　　　（唐）李白著;瞿蛻園,朱金城校注:《李白集校注》卷二十四,上海:上海古籍出版社,1980年,第1400頁。
〔註19〕　《東文選》卷十八。
〔註20〕　《與舒教授、張山人、參寥師同遊戲馬臺,書西軒壁,兼簡顏長道二首》(其二),（宋）蘇軾著;（清）王文誥,《蘇軾詩集》,北京:中華書局,1982年,第888頁。
〔註21〕　《東文選》卷之九。
〔註22〕　（唐）白居易著,謝思煒撰:《白居易詩集校注》卷第二十三,北京:中華書局,2006年,第1863頁。
〔註23〕　《田家四時》,《東文選》卷之九。
〔註24〕　《龍灣雜興》,《東文選》卷之四。
〔註25〕　《思歸》,《東文選》卷之十三。
〔註26〕　（梁）沈約撰:《宋書》卷九十三,北京:中華書局,1974年,第2288頁。
〔註27〕　《書湛之家壁》,《西河先生集》卷第一。(韓國文集叢刊:冊一,第215頁)

明之歸去來，久不能賦」〔註28〕，「不免陶潛之折腰」〔註29〕，「歸來一缺青天月，惠遠應思陶靖節」〔註30〕。俞升旦（1168～1232）有「桃花流水遠，回卻武陵船」、〔註31〕「東皋塵跡斷」〔註32〕，徐居正將其《穴口寺》中「晦朔潮為曆，寒暄草記辰」〔註33〕一句，與陶淵明「雖無紀曆志，四時自成歲」（《桃花源詩》）相比，認為「古人有此等意思，但俞之妝點自妙。」〔註34〕

　　這一時期對陶淵明接受的比較突出的詩人是李仁老（1152～1220）和李奎報（1168～1241），在他們的詩歌和詩話中均有對陶淵明的接受。

　　李仁老創作的《和歸去來辭》是朝鮮半島的第一首「和陶辭」，此外他還依《桃花源記》的形式創作了《智異山青鶴洞記》。《讀陶潛傳戲呈崔太尉》中有句「可笑陶淵明，無錢尚嗜酒。」〔註35〕而在《臥陶軒記》中李仁老從詩歌創作、棄官歸隱之氣節、為世人仰戴等三個方面比較自己不及陶淵明之處：

> 　　夫陶潛晉人也，僕生於相去千有餘歲之後。語音不相聞，
> 形容不相接。但于黃卷閑，時時相對，頗熟其為人。然潛作
> 詩，不尚藻飾，自有天然奇趣。似枯而實腴，似疎而實密。
> 詩家仰之，若孔門之視伯夷也。而僕呻吟至數千篇，語多滯
> 澀，動有痕纇，一不及也。潛在郡八十日，即賦歸去來，乃
> 曰：我不能為五斗米，折腰向鄉里小兒。解印便去。而僕從

〔註28〕　《上刑部李侍郎書》，《西河先生集》卷第四。（韓國文集叢刊：冊一，第 244 頁）

〔註29〕　《上吳郎中啟》，《西河先生集》卷第六。（韓國文集叢刊：冊一，第 264 頁）

〔註30〕　《遊法住寺，贈存古上人》，《西河先生集》卷第二。（韓國文集叢刊：冊一，第 228 頁）

〔註31〕　《趙相國獨樂園》（其一），《東文選》卷之九。

〔註32〕　《趙相國獨樂園》（其二），《東文選》卷之九。

〔註33〕　《東文選》卷之九。

〔註34〕　（朝鮮王朝）徐居正《東人詩話》，蔡美花，趙季主編：《韓國詩話全編校注》冊一，北京：人民文學出版社，2012 年，第 185～186 頁。

〔註35〕　《東文選》卷之四。

宦三十年，低佪郎署，鬢髮盡白，尚為齪齪樊籠中物，二不
及也。潛高風逸跡，為一世所仰戴。以刺史王弘之盛名，親
邀半道。廬山遠公之道韻，尚呼蓮社。而僕親交皆棄，孑然
獨處，常終日無與語者，三不及也。至若少好閑靜，懶於參
尋，高臥北窗，清風自至，此則可以拍陶潛之肩矣。是以闢
所居北廡，以為棲遲之所。因取山谷集中臥陶軒以名之，或
者疑之曰：子于陶潛，所同者無幾，而所不可及者多矣，猶
自以比之宜歟。僕應之曰：夫騏驥之足，一日千里，駑馬十
駕亦至。溪澗之水萬折而東流，終至於海。僕雖不及陶潛高
趣之一毫，苟慕之不已，則亦陶潛也。不猶愈於以意慕舜，
而以氣慕閭者乎。李太白有詩云：陶令日日醉，不知五柳春。
清風北窗下，因謂義皇人。雖於我亦云可也。記。〔註36〕

文中記敘了「不為五斗米折腰」「歸去來」「王弘邀約」「遠公蓮社相招」
的典故，李仁老推崇陶淵明之「高風逸跡」，詩歌創作之「天然奇趣」
「閑澹」，受到蘇軾所云「淵明作詩不多，然其詩質而實綺，癯而實腴」
〔註37〕的影響。而對陶淵明好酒一事，則是承襲自李白。

　　李奎報是首位提出「陶體」一說並且效仿其詩進行創作的古代朝
鮮詩人，「陶潛詩恬然和靜，如清廟之瑟，朱弦疏越，一唱三歎。余欲
效其體，終不得其仿佛，尤可笑已。」〔註38〕李奎報對陶淵明敬慕無
比，「吾愛陶淵明，吐語淡而粹」，〔註39〕認為陶詩在平淡之下更有曠
達的一面，「平和出天然，久嚼知醇味」〔註40〕。在接受陶淵明的時候
李奎報開始將陶淵明人品與風格並論，他創作了大量「賦歸」、「詠物」、
「飲酒」等題材的詩歌，然而，其詩歌風格與陶詩中的意趣相去甚遠，

〔註36〕　《東文選》卷之六十五。
〔註37〕　（宋）蘇轍，儲同人選：《蘇子由文》，上海：中華書局，1937年，第
　　　　41～42頁。
〔註38〕　《東國李相國集》卷第二十一。（韓國文集叢刊：冊一，第509頁）
〔註39〕　《東國李相國集》卷第十四。（韓國文集叢刊：冊一，第439頁）
〔註40〕　《東國李相國集》卷第十四。（韓國文集叢刊：冊一，第439頁）

效仿的只是陶淵明隱逸田居的形式。

　　金克己（1115～1204）也有不少詠陶詩或化用陶淵明詩句的詩歌，如「豈知陶靖節，林下問征路」〔註41〕、「數畝荒園久欲蕪，淵明早晚泛籃輿」〔註42〕。陳澕（1180～1220）借《桃花源記》為題材創作了《桃源歌》，並以陶淵明傳中「葛巾漉酒」為典創作詩歌。李齊賢（1288～1367）在其詩話《櫟翁稗說》中，從詩歌創作的「言意之辨」上對陶淵明創作特色給予評價，「古人之詩，目前寫景，意在言外，言可盡而味不盡。若陶彭澤『採菊東籬下，悠然見南山』、陳簡齋『開門知有雨，老樹半身濕』之類是也。」〔註43〕李齊賢所持「言不盡意」的觀點，這與陶淵明所云「此中有真意，欲辨已忘言」、「擁懷累代下，言盡意不舒」是一致的。語言文字作為傳情達意的媒介，因而得意而忘言，《莊子·外物》有云：「筌者所以在魚，得魚而忘筌；蹄者所以在兔，得兔而忘蹄；言者所以在意，得意而忘言。」〔註44〕

　　這一時期古代朝鮮詩人對陶淵明接受的特點，一是注重對陶淵明創作題材和形式的模仿，化用陶淵明詩文入詩，以對《歸去來兮辭》、《桃花源記》的模仿為主。二是出現了「和陶辭」的形式，而這一形式在朝鮮朝得到了普遍的運用。三是接受了陶淵明傳中的相關事蹟，如「少有高趣」、「不為五斗米折腰」、「王弘邀約」、「無絃琴」、「葛巾漉酒」等，開始推崇陶淵明人品及隱逸精神。此外，認為陶淵明詩歌特點是平淡自然而有奇趣。

　　高麗中期詩壇對陶淵明接受處於醞釀期，多數詩人追慕陶淵明辭官歸隱和高趣生活，主要是對陶淵明人格典範的認可，而對陶詩的評價則以「恬然和靜」、平淡自然為主。這一時期的陶淵明接受，受到了

〔註41〕　《東文選》卷之四。

〔註42〕　《東文選》卷之十三。

〔註43〕　（高麗朝）李齊賢《櫟翁稗說》，蔡美花，趙季主編：《韓國詩話全編校注》冊一，北京：人民文學出版社，2012年，第143頁。

〔註44〕　（晉）郭象注：《莊子注疏》，北京：中華書局，2011年，第492～493頁。

李白、蘇軾等人對陶淵明評價的影響，對待陶淵明傳記的內容選擇性的接受了陶淵明生活中高趣、放達的一面。

第二節　麗末鮮初詩壇學陶的土壤

崔雄權先生在《陶淵明與韓國古典山水田園文學》一書中，將朝鮮半島詩壇對陶淵明的接受分為五個時期，其中麗末鮮初是「對陶淵明作品的全面解讀與闡發」時期，其中主要列舉了鄭夢周、李穡、李崇仁、金時習對陶淵明的接受。盧又禎在《陶淵明詩文在韓國漢文學中的傳播與接受》中指出，朝鮮時代的陶淵明觀是在高麗後期文人的影響下形成的，他以李穡、元天錫、鄭道傳為高麗末期陶淵明接受的代表〔註45〕。

綜合前人的觀點，通過對現存高麗朝文人文集中陶淵明接受進行的考查，本文中麗末鮮初詩壇，殆指李集、李穡、權近等詩人進行文學創作的時期，他們對陶淵明的接受在朝鮮半島詩壇具有承上啟下的重要作用。

首先，陶淵明的人格典範地位在詩壇上得到確立。陶淵明傳記中「恥復屈身後代」「唯云甲子」一事得到了前所未有的重視。李穡在朝鮮半島詩壇中第一次高揚陶淵明節義的一面，「淵明千載一高士，醉裏抽毫書甲子」〔註46〕，「此老豈知書甲子，門前碧柳帶煙斜」〔註47〕，注重以陶淵明之精神來培養自我道德修養。如「高風慕彭澤」、〔註48〕「歸去來兮千載人，高風當日有誰親」〔註49〕、「晉有世臣陶靖節，宛

〔註45〕（韓）盧又禎：《陶淵明詩文在韓國漢文學中的傳播與接受》，南京大學博士學位論文，2011 年。

〔註46〕《種菊未訖，雨又作，作短歌》，《牧隱詩藁》卷之十六。（韓國文集叢刊：冊四，第 194 頁）

〔註47〕《偶題》，《牧隱詩藁》卷之十九。（韓國文集叢刊：冊四，第 245 頁）

〔註48〕《自詠》，《牧隱詩藁》卷之十三。（韓國文集叢刊：冊四，第 136 頁）

〔註49〕《讀歸去來詞》，《牧隱詩藁》卷之八。（韓國文集叢刊：冊四，第 60 頁）

然千載有高風」〔註50〕、「彭澤是吾師」〔註51〕、「何當師淵明，歸去
謝馳逐」〔註52〕、「淵明千載人，達道諒無匹」〔註53〕。朝鮮朝詩人們
普遍接受了這一認識，徐居正有云「肯把長腰折督郵，特書甲子晉春
秋」〔註54〕，黃俊良（1517～1563）有「樂止撫素琴，詩止書甲子」
〔註55〕，朴世堂（1629～1703）云「昔陶潛，晉之忠臣，古今所賢。其
不忍晉之亡，而義不屈於後代也。則只聞書甲子以著己意而已，又未聞
因用亡晉之年，朱子之為綱目也。」（《辨和叔論紀年示兒侄》）〔註56〕
高揚陶淵明的忠君與節義精神，還得益於朱子學在朝鮮半島的傳播。
對陶淵明「不事二朝」之事，則是由在鄭道傳在《讀東亭陶詩後序》中
首次指出。

　　高麗末期到朝鮮朝初期朱子學東傳，高麗忠烈王十五年（1290）
安珦（裕）（1243～1306）隨忠烈王赴元大都燕京，讀到《朱子全書》
並且手抄和模寫朱熹畫像，安珦（裕）自元朝學成歸國，第一次將朱子
學著作帶到了高麗。之後，權溥（1262～1346）刊印並傳播了朱熹的
《四書集注》〔註57〕，朱子學逐漸成為古代朝鮮政治和學術界的主要
思想。朱熹對陶淵明詩文有不少評價，他關注陶淵明的詩歌審美以及
風格，以「平淡」作為陶詩的主要風格，亦見出其「豪放」的一面，「陶

〔註50〕　《中童凌晨來》，《牧隱詩藁》卷之十九。（韓國文集叢刊：冊四，第250
　　　　頁）
〔註51〕　《過興》，《牧隱詩藁》卷之十九。（韓國文集叢刊：冊四，第251頁）
〔註52〕　《題南大藩司尹菊詩卷末》，《牧隱詩藁》卷之四。（韓國文集叢刊：
　　　　冊三，第558頁）
〔註53〕　《古風》，《牧隱詩藁》卷之十四。（韓國文集叢刊：冊四，第151頁）
〔註54〕　《讀歸去辭》，《四佳詩集》卷之五十。（韓國文集叢刊：冊十一，第84
　　　　頁）
〔註55〕　《續陶潛止酒詩》，《錦溪先生文集》卷之四，外集。（韓國文集叢刊：
　　　　冊三十七，第105頁）
〔註56〕　《西溪先生集》卷之七。（韓國文集叢刊：冊一三四，第131頁）
〔註57〕　「嘗以朱子《四書集注》建白刊行，東方性理學自溥倡。」見孫曉主
　　　　編：《高麗史》一百七，重慶：西南師範大學出版社，2014年，第3289
　　　　頁。

淵明詩，人皆說是平淡，據某看他自豪放，但豪放得來不覺耳。」〔註
58〕朱熹認同陶淵明的平淡之趣，將詩心與自然之理融合為一。此外，
他更加看中陶淵明的人品以及作品中表達的思想內容，「晉、宋人物，
雖曰尚清高，然個個要官職，這邊一面清談，那邊一面招權納貨。陶淵
明卻真個是能不要，此其所以高於晉、宋人也。」〔註 59〕雖然朱熹認
為陶淵明之賢高於晉宋人物，肯定了陶淵明性格中符合儒家倫理的一
面，但無法與孔顏相提並論，「陶淵明，古之逸民。」〔註 60〕朱熹從儒
家的道德規範上肯定了陶淵明的人品，認為陶淵明是真正知行合一，
清高脫俗的。「仕而能歸，歸而能樂」(《歸樂堂記》)〔註 61〕是朱熹對
於士人在仕與隱的選擇中應當具有的品質。

在麗末鮮初，政學兩界的中心人物多是朝鮮半島朱子學的傳人，
如李穡官至成均館大司成、宰相；鄭夢周官至成均大司成；吉再為理學
家，亦是李朝私學的創始人；權近乃是麗末李初的哲學家。陶淵明之高
義和其「平淡」詩風在朝鮮朝翻刻《陶淵明集》後，得到了更加廣泛的
傳播。

其次，陶淵明接受的形式和題材豐富，如用典、用詞、化用句式、
意境、風格、和陶、效陶、節陶、論陶等，奠定了朝鮮半島學陶的基本
形式。在《箕雅》和《韓國文集叢刊》中收錄了麗末鮮初之際的詩人有
50 人，其中在《韓國文集叢刊》中有詩文集存世的有 32 人，其中有 30

〔註58〕（宋）朱熹撰；朱傑人，嚴佐之，劉永翔主編：《朱子全書》第 18 冊，
上海：上海古籍出版社；合肥：安徽教育出版社，2002 年，第 4323
頁。

〔註59〕（宋）朱熹撰；朱傑人，嚴佐之，劉永翔主編：《朱子全書》第 15 冊，
上海：上海古籍出版社；合肥：安徽教育出版社，2002 年，第 1226
頁。

〔註60〕（宋）朱熹撰；朱傑人，嚴佐之，劉永翔主編：《朱子全書》第 18 冊，
上海：上海古籍出版社；合肥：安徽教育出版社，2002 年，第 4222
頁。

〔註61〕（宋）朱熹撰；朱傑人，嚴佐之，劉永翔主編：《朱子全書》第 24 冊，
上海：上海古籍出版社；合肥：安徽教育出版社，2002 年，第 3700
頁。

人的詩歌中接受了陶淵明影響，具體接受情況如下：

詩人	詩　集	受影響數量	詩人	詩　集	受影響數量
李齊賢	《益齋亂稿》	5首	成石璘	《獨谷集》	17首
閔思平	《及菴詩集》	12首	鄭摠	《復齋集》	7首
李達衷	《霽亭集》	1首	朴宜中	《貞齋逸稿》	1首
田祿生	《壄隱逸稿》	1首	李詹	《雙梅堂篋藏集》	4首
韓修	《柳巷詩集》	11首	李行	《騎牛集》	2首
鄭樞	《圓齋稿》	4首	李原	《容軒集》	8首
金九容	《惕若齋學吟集》	4首	柳方善	《泰齋集》	14首
李穡	《牧隱詩藁》	170首	權遇	《梅軒集》	11首
元天錫	《耘谷行錄》	41首	卞季良	《春亭集》	8首
卓光茂	《景濂亭集》	3首	李稷	《亨齋詩集》	7首
鄭夢周	《圃隱集》	5首	羅繼從	《竹軒遺集》	7首
李集	《遁村雜詠》	19首	尹祥	《別洞集》	1首
李崇仁	《陶隱集》	14首	朴興生	《菊堂遺稿》	4首
河演	《敬齋集》	5首	權近	《陽村集》	19首
鄭道傳	《三峯集》	14首	趙浚	《松堂集》	9首

通過對麗末鮮初文人詩文集的考察，可以看出，在麗末鮮初，有七成以上的詩人對陶淵明都有或多或少的接受，其中李穡、元天錫、李集、權近等人受陶淵明的影響創作的詩歌最多。

　　李集在詩歌的風格和意境上對陶淵明的接受比較突出，他仰慕陶淵明，並以自身經歷創作了大量隱居田園題材的詩歌。在仕與隱的矛盾中，李集最終還是選擇了隱居故里，詩人晚年生活在窮頓困厄之中，在詩歌創作中既有「枯寒瘦淡」的一面，亦有樂天知命思想下「平淡質樸」的一面，如「貧居非舊隱，送老此江邊。謀食求田遠，為家度地偏。納涼依樹坐，避雨擁蓑眠。但喜農談好，禾麻勝去年。」〔註62〕

〔註62〕 《杏村病中書事》，《遁村雜詠》五言四韻律。（韓國文集叢刊：冊三，

得陶淵明之神韻。

李穡以陶淵明為理想人格的典範，創作了大量詠陶詩，《牧隱稿》中詠陶或引用陶淵明及其詩文的共有 170 處。李穡以自己獨特的詩情從中翻出新意，吸收了陶淵明善於用典，以及尚真的一面。

元天錫終身未仕，創作了大量的詠陶詩，其中《節歸去來辭》對《歸去來兮辭》進行了改寫，以陶淵明之詩語澆自己之塊壘，在隱居中培養自身高潔的隱逸精神。

在古代朝鮮詩壇，鄭道傳第一次指出陶詩中蘊含著哲理性，「委順大化中，無慮亦無為」（《寫陶詩》）﹝註63﹞，他還創作了朝鮮半島第一首「效陶詩」——《夜與可遠，子能讀陶詩，賦而效之》，詩人之間互相交流閱讀陶詩的感受並創作效陶詩，足以見出陶淵明受時人喜愛的程度。陶詩中「理至或忘言」的一面，在性理學家的眼光中被突顯了出來。

權近創作了《擬古和陶》，開啟了朝鮮朝「和陶詩」的創作，他對陶淵明的接受受到蘇軾「和陶詩」的影響，在《奉謝江原道都觀察使韓公惠東坡和陶詩，兼示所作關東雜詠》一詩中說「曾信東坡百世師，精神都在和陶詩。展來試得吟中趣，卻恨吾生在後期。」﹝註64﹞他以蘇軾為師範，悟得其創作「和陶詩」的趣味所在，「和陶之難」「東坡尚可」，自己身處在蘇軾之後，再創作出的「和陶詩」也只是對陶淵明的傳播添磚加瓦罷了。

第三，陶淵明接受中價值傾向的多樣化。價值傾向即是詩人選擇用何種方式來看待陶淵明及其詩文，是詩人的自我意識在社會文化中的表現。接受活動中麗末鮮初詩人們有的重視學習陶淵明之歸隱。如李集詩歌中寫到「歸」的有 40 餘處，如「月中歸」、「緩緩歸」、「落日將歸」、「夜深歸」、「久不歸」、「何日言歸」、「歸去來」、「尚未歸」、「歸不得」、「夢歸」、「不醉欲何歸」、「懷歸」等。在隱與仕的選擇上李集時

第 356 頁）
﹝註63﹞《三峯集》卷之一。（韓國文集叢刊：冊五，第 292 頁）
﹝註64﹞《陽村先生文集》卷之八。（韓國文集叢刊：冊七，第 95 頁）

常有矛盾之心，對於現實和理想之間的猶豫和彷徨心理下詩語的建構，也是李集詩歌精華之處。而在李穡的詩歌亦是多有「乞歸」、「歸田」、「歸去來」等詩語。此外，麗末詩人在面對即將易代的時局，還接受了陶淵明「委運任化」的一面，「樂天委分，以至百年」（《自祭文》），他們普遍懷有世道輪回的「天命觀」，如「千載淵明一杯酒，悠悠天運竟難明」〔註65〕、「牧隱生來自寡儔，只知天命信悠悠」〔註66〕、「悠然樂天命，終日眄庭柯」〔註67〕、「樂夫天命且游豫，浩然氣化方新新」〔註68〕、「樂夫天命共乘化，人生聚散如浮萍」〔註69〕、「老牧病餘無一事，樂夫天命復奚疑」〔註70〕、「自足樂天命，德性何其尊」等〔註71〕。在其中，我們能發現詩人意欲超然於世事之心，在命運的顛沛流離中忘卻個人得失，悠遊自樂於其中。麗末鮮初詩人群體中這般相似的選擇和追求，一方面出於個人的喜好，另一方面受到易代之際的影響，詩人對仕途的認知與陶淵明的作品產生了共鳴。陶詩中對歸隱田園生活的描繪喚起易代之際的詩人對心靈寄寓之所的渴望，為麗末詩人提供了一個疏導情志的路徑和人格意象的典範。

當性理學思想在麗末鮮初影響逐漸擴大的時候，詩人以「理道」為標準來評價陶淵明，強調其社會價值影響的一面，更加重視人格氣節方面的學習，將陶淵明與屈原、諸葛亮並舉，作為忠義的代表，「屈陶才智有優餘」〔註72〕，「獨醒正則還多侶，群醉淵明卻寡儔」〔註73〕，「德璋北嶽移頻勤，靖節東皋嘯獨舒。回首南陽今寂寂，何人繼起孔

〔註65〕《牧隱詩藁》卷之十六。（韓國文集叢刊：冊四，第 197 頁）
〔註66〕《牧隱詩藁》卷之十一。（韓國文集叢刊：冊四，第 96 頁）
〔註67〕《牧隱詩藁》卷之十四。（韓國文集叢刊：冊四，第 155 頁）
〔註68〕《牧隱詩藁》卷之二十一。（韓國文集叢刊：冊四，第 281 頁）
〔註69〕《牧隱詩藁》卷之二十二。（韓國文集叢刊：冊四，第 300 頁）
〔註70〕《牧隱詩藁》卷之二十三。（韓國文集叢刊：冊四，第 308 頁）
〔註71〕《牧隱詩藁》卷之二十三。（韓國文集叢刊：冊四，第 391 頁）
〔註72〕《耘谷行錄》卷之五。（韓國文集叢刊：冊四，第 213 頁）
〔註73〕《牧隱詩藁》卷之十六。（韓國文集叢刊：冊四，第 177 頁）

明廬」〔註74〕。此外，開始注意到陶詩中的哲理意味，「委順大化中，無慮亦無為」〔註75〕、「浮雲本無心，出岫行遠空」〔註76〕。此外，詩人們推崇陶淵明的生活情趣，不僅在創作上，在行為上更加深刻地影響著麗末鮮初的詩人，「看取英雄古今事，不如松菊醉陶潛」〔註77〕、「逸興不輸陶令菊，芳名可占遠公蓮」〔註78〕，愛菊成癖、嗜酒成性、絕俗賦歸等，成了陶淵明在朝鮮半島詩壇的經典形象。

與此同時，在元代遺民詩人中，詠陶和陶的現象也很普遍，他們歌頌陶淵明淡泊名利、委運任化，如王翰《與和仲古心飲酒分韻得詩字》云：「淵明歸去時，不作兒女悲。視世如浮雲，出處得所宜。」〔註79〕此外，亦突出陶淵明不事二朝的忠義形象，如盧摯《題淵明歸來圖》云：「留侯晚歲遊赤松，武侯早歲稱臥龍，亡秦扶漢聲隆隆。淵明初非避俗翁，兩侯大節將無同。」〔註80〕

讀者並不是以一張白紙的狀態去進行閱讀活動的，時常是帶著疑問來閱讀作品，他們或從閱讀中獲得一種認可，或從中得到一種情緒的釋放，進而融入自己的情感和價值傾向來創作出作品。末代氛圍中的陶淵明接受，有歸隱之心的士人從陶詩中照見一個理想的生活狀態，如「劇談忘世味，宛若入桃源」〔註81〕，遠離世事中的煩擾，心靈自然就能遁入桃源之中。這種看法與蘇軾相近，「凡聖無異居，清濁共此世。心閑偶自見，念起忽已逝。」（《和陶桃花源》）〔註82〕認為桃源都

〔註74〕《牧隱詩藁》卷之十三。（韓國文集叢刊：冊四，第 141 頁）

〔註75〕《三峯集》卷之一。（韓國文集叢刊：冊五，第 292 頁）

〔註76〕《陽村先生文集》卷之三。（韓國文集叢刊：冊七，第 38 頁）

〔註77〕《稼亭先生文集》卷之十九。（韓國文集叢刊：冊三，第 217 頁）

〔註78〕《圓齋先生文稿》卷之中。（韓國文集叢刊：冊五，第 206 頁）

〔註79〕（宋）舒岳祥編著：《友石山人遺稿》五言古詩，北京：文物出版社，第 1 頁。

〔註80〕（元）盧摯著，李修生輯箋：《盧疏齋集輯存》，北京：北京師範大學出版社，1984 年，第 58 頁。

〔註81〕《復齋集》上。（韓國文集叢刊：冊七，第 472 頁）

〔註82〕（宋）蘇軾著；（清）王文誥，《蘇軾詩集》，北京：中華書局，1982 年，第 2197 頁。

是有心所生，重視內心的逍遙自適。另一方面，入仕新朝的詩人或歌頌其忠君的一面，或有感於田居生活中閑適高遠的情懷，如「庭宇無塵雜，獨坐鳴素琴」〔註83〕，以其淡泊的詩語，來撫慰俗世中煩擾和困頓。陶淵明先後五次出仕，欲仕則仕，欲隱則隱，在「名教」與「自然」選擇中尋求獨立的人格與動盪社會環境的平衡，實現自我與自然的和諧共處。每一位處在末代的士人都面臨著相似的選擇，在退與隱的矛盾之中，既可以以儒家觀念修身治天下，也可以釋家的任運隨緣、道家齊物忘我的觀念來體悟陶淵明的人生態度和生命形式。〔註84〕

第三節　麗末鮮初學陶之風的後續影響

一、朝鮮朝「和陶詩」的創作風潮

　　朝鮮朝漢詩人對陶淵明的人品和詩品的認識基本承襲了高麗末期的觀點。這一時期比較突出的現象是「和陶詩」的大量創作。

　　據金甫暻統計《韓國文集叢刊》中收錄創作了「和陶詩」的詩人有一百三十三位元，作品數量將近一千首，其中朝鮮朝李晚秀、申欽、金時習、金壽恒、任守幹創作的「和陶詩」最豐〔註85〕。「和陶詩」的主題，一是表達對陶淵明隱逸生活中自然閑適的嚮往，渴望掙脫俗世。二是對陶淵明節操和義氣的推崇。三是僅次韻陶詩，在內容上則與陶淵明無涉，或即事而詠，或借「和陶」之形式抒發自我情感。如朴允默的「和陶詩」《過定州戰場》（次《贈羊長史》）《雪中登百祥樓》（次《飲酒》其一）等，多是在遊覽途中即事即景所發的題詠。金時習（1435～

〔註83〕《容軒先生文集》卷之二。（韓國文集叢刊：冊七，第585頁）
〔註84〕李劍鋒：《元前陶淵明接受史》，濟南：齊魯書社，2002年，第235頁。
〔註85〕李晚秀（1752～1820）創作「和陶詩」126首「和陶辭／賦」1首；申欽（1566～1628）創作「和陶詩」103首「和陶辭／賦」2首；金時習（1435～1493）創作「和陶詩」53首；金壽恒（1629～1689）創作「和陶詩」50首；任守幹（1665～1721）創作「和陶詩」50首。參見〔韓〕金甫暻：《蘇軾「和陶詩」考論 兼及韓國「和陶詩」》，上海：復旦大學出版社，2013年，第279～285頁。

1493）以「和陶詩」來鼓勵人民參與生產勞動，「東國山多險阻，夷原偏小。嶺北窮谷之民，以謂土寒不莠，多荒阡曠野，不務耕種，歲窮，以蕡栗充飢。而國俗恃臧獲，故懶遊者多。信異道，故寄食者繁。所謂閑散右族，無聊左道，皆遊手而仰食於民者，余惜之。和此篇以告其人，庶或感乎。」（《和靖節勸農》）〔註86〕四是反陶淵明之意。比如，崔演（1503～1549）《和歸去來辭》序云：「然陶之此辭，乃因不遇時而發也。我則異於是，遭遇聖明，不當如徵士之歸去。故反其意以吾心之復初者，賦而和之。」〔註87〕沈象奎（1766～1838）有《偶讀淵明負痾頹簷下，終日無一欣之句，殊不以為然，輒用其韻而反其意》〔註88〕。

古代朝鮮文人創作「和陶詩」的原因，一是表達對陶淵明的追慕，或抒發己志，或以「和陶」之行為疏導自己的情感，如金昌集（1648～1722）《和歸去來辭》云，「余年已踰七旬，而遲徊不去。輒犯經訓，雖時勢之所使，心常瞿然，無以自解。歲鑰又改，百感嬰懷。閉戶無聊，偶閱陶詩。遂和歸去來辭，以寫其懷。」〔註89〕二是受到前人「和陶詩」的影響，如蘇軾、金時習、李滉、俞棨等。李晚秀《和陶集序》云，「用惠州故事，聊以遣懷，為和陶集」〔註90〕，趙昱（1498～1557）有《閑中披閱梅月堂集，得和陶飲酒之作二十篇，不揆鄙拙，輒復次韻，以資飲者拍手云》〔註91〕。尹拯（1629～1714）《次歸去來辭》並序云，「丙寅人日，無客獨坐，偶讀市南先生次陶辭韻。慨然有感，遂援筆而賦之」〔註92〕等，皆是有感於古人「和陶」而賦詩。三是詩人之間的酬答唱和。有的是受邀於他人，不得不做，如金昌集創作《歸去來辭》後，其弟金昌翕（1653～1722）次和，之後又向李頤命（1658

〔註86〕《梅月堂詩集》卷之八。（韓國文集叢刊：冊十三，第 215 頁）
〔註87〕《菎齋先生文集》卷之一。（韓國文集叢刊：冊三十二，第 8 頁）
〔註88〕《斗室存稿》卷四。（韓國文集叢刊：冊二九十，第 75 頁）
〔註89〕《夢窩集》卷之一。（韓國文集叢刊：冊一五八，第 8 頁）
〔註90〕《屐園遺稿》卷之十三。（韓國文集叢刊：冊二六八，第 585 頁）
〔註91〕《龍門先生集》卷之一。（韓國文集叢刊：冊二十八，第 179 頁）
〔註92〕《明齋先生遺稿》卷之一。（韓國文集叢刊：冊一三五，第 37 頁）

～1722）、李喜朝（1655～1724）、宋相琦（1657～1723）索和，李喜朝有云：「首揆夢窩公，以和陶辭投贈，疎齋次其韻。並三淵子作，而示余索和甚勤。余本不閑於此等文字，而重違其意，不得不構拙錄呈。」〔註93〕此時和詩已成為一種文體，又如李景岩遊覽時遇到與陶詩「斜川」相同的地名，「樂依歸之有所，遂革舍那。而用斜川字，仍築室其下」（《斜川次陶靖節先生韻並序》）〔註94〕，發「斜川帖」，有和答者15人。「李君景嚴字子陵，是固慕古人之為者也。今有斜川莊八景圖，錄陶靖節集中遊斜川序若詩，白其大人五峯公和其詩，並為序識其寶。李君持是帖要余續貂。」〔註95〕可見「和陶詩」的創作已成為朝鮮朝詩人交流的一項群體活動。此外，還有與日本大臣贈答唱和所做的，如金允植有《日本內大臣松方正義號海東，與余同庚，手書陶詩一篇郵便見贈，次韻酬之》〔註96〕。四是受到前人（如朱熹、鍾惺）論陶詩的影響。南九萬（1629～1689）有《讀朱子書，次讀山海經韻》〔註97〕。李光庭（1674～1756）有《乙卯二月五日，在鹿門讀朱子詩，是日用靖節斜川故事，遊石馬，以陶公卒章分韻賦詩。跪讀三歎，不覺千歲之遠。而顧此索居無徒，雖欲追效古事，何可得也。孤坐忘機石上，敬次先生韻及陶公詩以見意。仍書江石上，水底魚龍，應有識字者》〔註98〕。南有容（1698～1773）《和陶靖節飲酒二十首》云：「鍾惺曰，陶公此詩，不過寄興托旨，而題曰飲酒。覺一部陶詩，皆可用飲酒作題。今國內無酒，而乃用是題者，亦此意而已。」〔註99〕南宮轍（1760～1840）在《次陶靖節飲酒十首》序中云：「余於詩最愛陶，於陶最愛飲酒詩。鍾伯敬曰：觀此，寄興托旨。覺一部陶詩，

〔註93〕　《芝村先生文集》卷之三十二。（韓國文集叢刊：冊一七十，第654頁）
〔註94〕　《五峰先生集》卷之六。（韓國文集叢刊：冊五九，第408頁）
〔註95〕　《西坰詩集》卷之一。（韓國文集叢刊：冊五七，第441頁）
〔註96〕　《雲養續集》卷之一。（韓國文集叢刊：冊三二八，第555頁）
〔註97〕　《文谷集》卷之七。（韓國文集叢刊：冊一三三，第133頁）
〔註98〕　《訥隱先生文集》卷之三。（韓國文集叢刊：冊一八七，第176頁）
〔註99〕　《雷淵集》卷之六。（韓國文集叢刊：冊二一七，第139頁）

皆可用飲酒作題。」〔註100〕

　　要之，朝鮮朝「和陶詩」的創作豐富，各個時期皆有「和陶詩」的創作，通過一些詩序，我們能得知這一時期，詩人在陶淵明接受上的部分情況，賡和之作的產生在受蘇軾「和陶詩」的影響之外，陶淵明在麗末鮮初的經典化，士大夫階層的推崇，更大程度地影響了朝鮮朝詩人學陶的傾向，他們傾慕陶淵明高逸之風，以「和陶詩」為形式，將陶淵明推向後世讀者視野的同時，也豐富了朝鮮半島陶淵明接受的內涵。

二、朝鮮朝詩話中的陶淵明接受

　　朝鮮半島詩話中對陶淵明的接受，從高麗朝李奎報《白雲小說》、李齊賢《櫟翁稗說》開始。到了朝鮮朝詩話中，論述的內容更加豐富，主要出自許筠《鶴山樵談》、李睟光《芝峯類說》、申欽《晴窗軟談》、李植《學詩准的》、鄭斗卿《東溟詩說》、南龍翼《壺谷詩評》、金春澤《囚海錄》、申昉《屯庵詩話》、李宜顯《陶谷雜著》、李瀷《星湖僿說》、李裸《日得錄》、金正喜《阮堂詩話》、朴漢永《石林隨筆》等詩話中。

　　首先，朝鮮半島詩論家在論陶時，時常沿襲中國詩話中的合稱，如陶謝、陶韋等。此外，還常以陶淵明之「超然」「淡泊」為尺度，來論及中國、朝鮮半島詩人的淵源，或稱某似陶。如許筠（1569～1618）從學詩的角度指出，陶淵明和謝靈運之詩的氣格難以企及，在蘇、黃之上。「李益之亦曰：『蘇、黃之詩著肺腑中已久，故造語無盛唐氣格。』然作詩當如二家而止，何必更企陶、謝間邪？」〔註101〕許筠推崇陶淵明「峻節」的人格和「閑曠」之風，陶詩「不煩繩削而自合」，其風味在於其「拙與放」之中。在許筠眼中的陶淵明不為俗世所羈絆和安貧樂道的精神當為士人的典範，「吾所最愛者，晉處士陶元亮，閑情逸曠，不以世務嬰心，安貧樂天，乘化歸盡，而清風峻節邈不可攀，

〔註100〕《金陵集》卷之二。（韓國文集叢刊：冊二七二，第29頁）
〔註101〕（朝鮮王朝）許筠《鶴山樵談》，蔡美花，趙季主編：《韓國詩話全編校注》冊二，北京：人民文學出版社，2012年，第1447頁。

吾甚慕而不能逮焉。」〔註102〕

　　在淵源論上，著重於陶謝「清淡」「平淡」詩風在後世的影響，並且對中、朝詩人淵源進行判定。如李睟光（1563～1628）認同前輩指出王安石「祖淵明而宗靈運」，認為其詩「清淡」的一面來源於陶詩，如「樵松煮澗水，既食取琴彈」〔註103〕。柳台佐在論及朝鮮朝詩人金公直時云：（金公直）「賦以屈宋為准、詩以陶謝為祖」，〔註104〕「今觀景晦詩卷，其平澹閑靚者有陶謝風味。」〔註105〕此外，在詩歌中亦多有「陶謝」合稱，其中「陶謝不枝梧」、「陶謝手」在朝鮮半島詩歌中被使用的次數最多。如李穡云「精對古所少，選詩逼陶謝」（《醉賦》）〔註106〕，「自愧病餘猶健在，興來陶謝不枝梧」（《自詠》），〔註107〕「白頭苦吟對黃卷，欲令陶謝愁枝梧」（《少年行》）〔註108〕，明顯是受到杜甫論「陶謝」之影響。

　　在朝鮮半島詩話中「陶韋」合稱亦常見，其中多有評價二人的詩歌風格，如「蒼鬱」、「閑澹」、「清嫩淡潔」、「幽閑澹宕」。朝鮮朝學者亦有吸取張戒、朱熹之觀點。如李祘（1752～1800）在《日得錄》中云：「韋應物閑淡簡遠，居然陶潛之遺韻」〔註109〕，襲用了張戒論「陶韋」之評語。此外，認為「陶韋」與「詩三百」是一脈相承的。如金邁淳認為學詩「上祖三百篇，下法陶韋詩，如是足矣。」〔註110〕任靖周云：「詩取陶韋而清新淵永，有三百篇遺韻焉。」〔註111〕「陶韋」之詩

〔註102〕《惺所覆瓿稿》卷之六。（韓國文集叢刊：冊七四，第194頁）
〔註103〕（朝鮮王朝）李睟光《芝峰類說》卷九，蔡美花，趙季主編：《韓國詩話全編校注》冊二，北京：人民文學出版社，2012年，第1089頁。
〔註104〕《潛庵先生逸稿》卷之五。（韓國文集叢刊：冊二十六，第409頁）
〔註105〕《晚覺齋先生文集》卷之三。（韓國文集叢刊：冊二五一，第480頁）
〔註106〕《牧隱詩藁》卷之四。（韓國文集叢刊：冊三，第564頁）
〔註107〕《牧隱詩藁》卷之八。（韓國文集叢刊：冊四，第51頁）
〔註108〕《牧隱詩藁》卷之十四。（韓國文集叢刊：冊四，第146頁）
〔註109〕（朝鮮王朝）李祘《弘齋日得錄》，蔡美花，趙季主編：《韓國詩話全編校注》冊六，北京：人民文學出版社，2012年，第4769頁。
〔註110〕《臺山集》卷十九。（韓國文集叢刊：冊二九四，第626頁）
〔註111〕《雲湖集》卷之五。（韓國文集叢刊：冊九十，第543頁）

還被視為是「詩家正宗」，「詩之好否，在意趣高下，不在辭之工拙。譬如大羹玄酒，寓至味於無味中。一下五味，非不悅口，終是偏者勝耳。古人以陶韋為詩家正宗。」〔註112〕柳成龍不僅認可了「陶韋」之詩的正宗地位，並且在他《西厓集》中的擬古、懷古詩中處處能看到學陶的痕跡，如「相思江漢岸，靄靄空停雲」〔註113〕「清江繞茅舍，花竹盈春園。圖書靜四壁，虛室絕塵喧」〔註114〕。此外柳成龍還時常次韻韋應物詩，可知其在學詩上對「陶韋」意趣的用心之深。

其次，對陶詩藝術風格所持的觀點主要是陶詩「出於性情」，有意在言外，並且自成一體的特點，客觀上起到教育後學的作用。在論及陶淵明之「性情」時，朝鮮朝學者側重於闡發其儒家思想中「溫柔敦厚」的一面，如李植（1584～1647）在《學詩准的》中云：「五言古詩，無出漢魏名家。然其近於性情者，《古詩十九首》外，曹（三曹）、阮（籍）、郭（璞）、左（太沖）、二陸（機、雲）、三謝（靈運、惠連、朓），詞理圓暢者五六十首，可以抄讀。淵明詩性情最正，朱子以為可學，但文字質樸，不可專學。最好者四十餘首，抄讀。唐人古詩，不必學。」〔註115〕李植以《三百篇》為宗，尊尚杜詩，是朝鮮後期反對擬古派的學者之一，論詩講究「中正溫雅」，有利於政治道德及倫理教化。在對五言古詩的學法中，李植繼承了朱熹以淵明詩之為高，在於「不待安排，胸中自然流出」。又李宜顯（1669～1745）有云：「詩以道性情。《詩經》三百篇，雖有正有變，大要不出『溫柔敦厚』四字，此是千古論詩之標的也。屈原變而為《騷》，深得《三百篇》遺音。西京建安卓矣，無容議為。下及陶、謝、江、鮑，又皆一時之傑然者。」〔註116〕在李宜顯

〔註112〕 《西厓先生文集》卷之十八。（韓國文集叢刊：冊五十二，第350頁）
〔註113〕 《次晦庵先生韻》，《西厓先生文集》卷之一。（韓國文集叢刊：冊五十二，第21頁）
〔註114〕 《閒居感懷》，《西厓先生文集》卷之一。（韓國文集叢刊：冊五十二，第34頁）
〔註115〕 《澤堂集》卷之十四。（韓國文集叢刊：冊八十八，第517頁）
〔註116〕 （朝鮮王朝）李宜顯《陶谷雜著》，蔡美花，趙季主編：《韓國詩話全

看來,「學術行誼」是國家有才之士的根基所在,「余素眛詩學,猶知「溫柔敦厚」四字,為言詩之妙諦。而朱夫子《與鞏仲至書》為至論。」〔註117〕朱熹論詩以道為本,他在《答鞏仲至》(第四書)中將古今之詩分為三等,特重《三百篇》及古詩。鄭斗卿(1597~1673)沿著朱熹的觀點進一步指出詩以「《三百篇》為宗主」,而「陶靖節、韋左司沖淡深粹,出於自然,可以尋常讀。」〔註118〕李瀷(1681~1763)以為古人之詩皆是自做,今人之詩多是借物,而「《靖節集》即自做出來,所以難學」〔註119〕,陶淵明「辭雍容順適,所以後人莫及也」〔註120〕。

　　第三,朝鮮半島詩論家關注陶淵明之軼事,並聯繫陶詩文本中的內容,來加深和豐富對陶淵明之個性和人格的理解。在親子關係上,陶淵明有詩《命子》《責子》,文《與子儼等疏》。李睟光在《芝峯類說》中云:「淵明《命子》詩云:『夙興夜寐,願爾斯才,亦已焉哉。』蓋孟子所謂『父子之間不責善』也。陸放翁以為不責善,非不示以善也,不責其切從耳。」〔註121〕陶淵明在《命子》詩中表達了一位父親對孩子的愛與期待。「尚想孔伋,庶幾企而」,他希望後代能夠重振家族。而在《責子》詩中陶淵明將自己五位孩子的性情一一道來,語氣溫和,這與他崇尚「自然」不無關係,時常被論者以為是戲謔之語,實則是其委運任化的觀念在子女教育上的表現。在李瀷看來「陶淵明《責子》詩,人怪其迫切太忍。偶誦其末一句『天運苟如此』,知其意不在私室也。義熙以後,世道已判,自廢已久,教子無心,文字何論?五男之不閑紙

　　　　編校注》冊四,北京:人民文學出版社,2012年,第2930頁。
〔註117〕《陶谷集》卷之二十六。(韓國文集叢刊:冊一八一,第403頁)
〔註118〕(朝鮮王朝)鄭斗卿《東溟詩說》,蔡美花,趙季主編:《韓國詩話全編校注》,北京:人民文學出版社,2012年,第406頁。
〔註119〕(朝鮮王朝)李瀷《星湖僿說詩文門》,蔡美花,趙季主編:《韓國詩話全編校注》冊五,北京:人民文學出版社,2012年,第3750頁。
〔註120〕(朝鮮王朝)李瀷《星湖僿說詩文門》,蔡美花,趙季主編:《韓國詩話全編校注》冊五,北京:人民文學出版社,2012年,第3848頁。
〔註121〕(朝鮮王朝)李睟光,《芝峰類說》,蔡美花,趙季主編:《韓國詩話全編校注》冊二,北京:人民文學出版社,2012年,第1125頁。

筆，固也。當時司馬屬孫僅比編戶，永絕興復之望。此詩忿歎而激發也。蘇氏以癡人前說夢為喻，何足以知淵明哉？」〔註122〕將陶淵明對家族後代的期待是與司馬氏的興復無望的「天運」相關，強調了陶淵明忠於晉室的一面。此外，陶淵明的貧士形象在《乞食》中的解讀亦受到了關注。「陶潛《乞食》詩曰：『饑火驅我去，不知竟何之。行行至斯里，叩門拙言辭。』末云：『銜戢知何謝，冥報以相貽。』蘇東坡以為淵明得一食至欲冥謝主人，哀哉！此大類丐者口頰也。余謂陶公甌石屢空，不以介意，而觀此詩有行乞可憐之色，殊可疑也。」〔註123〕把為人所羞愧的《乞食》作詩並聲名廣播的陶淵明當是第一人，如同對待耕田、讀書、災禍、貧窮，仿佛所有事情在陶淵明看來均是一種生活的體驗罷了，他創作了《責子》《乞食》《飲酒》《歸去來兮辭》《自祭文》等作品。李晬光在《題李子陵斜川莊詩帖，陶靖節遊斜川韻》云「至人本無累，含和與雲遊」〔註124〕，將陶淵明推為聖人，對無累於本心的生活態度給予肯定和高揚。

　　朝鮮半島古典詩話中對陶淵明的接受比較全面和細緻，主要以流派和風格來把握陶詩，廣泛使用「陶謝」「陶韋」「陶體」等簡稱，注重對中、韓詩人的淵源進行釐析和比較。由於朝鮮半島詩話受宋代詩話的影響比較大，因而在論述陶淵明的時候往往會以宋代詩話中對陶淵明的評述為參照。論陶詩的主旨和風格，以「出於性情」和「意在言外」為體認。結合自身的創作經驗和思考，朝鮮半島詩論家亦有主觀能動的闡發，並且還嘗試以「陶體」進行詩歌創作。朝鮮半島詩話論述陶詩之目的，主要是為了指導後世學詩，陶淵明詩歌中「平淡」、「超然」、「出於性情」的特色，成為朝鮮半島詩論家評價古詩優劣的重要尺度之一。

〔註122〕（朝鮮王朝）李瀷《星湖僿說詩文門》，蔡美花，趙季主編：《韓國詩話全編校注》冊五，北京：人民文學出版社，2012 年，第 3854～3855頁。

〔註123〕（朝鮮王朝）李晬光，《芝峰類說》，蔡美花，趙季主編：《韓國詩話全編校注》冊二，北京：人民文學出版社，2012 年，第 1126 頁。

〔註124〕《芝峰先生集》卷之七。（韓國文集叢刊：冊六十六，第 83 頁）

第二章　主題的承衍：李集漢詩對
　　　　陶淵明的接受

第一節　麗末隱居詩人

　　李集（1327～1387），初名元齡，字成老，號墨岩齋，廣州牧川寧郡人（今韓國京畿道驪州郡）。至正十五年（1355）高麗忠潛王五年丙科及第〔註1〕，官至奉順大夫判典校寺事。父李唐曾任廣州州吏，有賢行。李集性格剛直不屈，洪武元年（1368）因忤逆僧辛旽被追殺，投奔並寓居於廣尚北道永川崔元道家〔註2〕。洪武四年（1371）辛旽被誅後李集返回開京（今朝鮮開城），改名集，字浩然，號遁村〔註3〕。洪武

〔註1〕李休徵《遁村雜詠・附錄・墓碣文》：「至正七年（1347）高麗忠穆王三年登第」（《遁村雜詠》補編。韓國文集叢刊：冊三，第373頁），「李唐，本州吏，謹飭有賢行，五子俱登科。集其第三子也，初名元齡，高麗忠穆王時登第，文章志節有名於世。」見（朝鮮王朝）盧思慎等纂；（朝鮮）李荇等續纂：《新增東國輿地勝覽》卷六，第124頁。李象震撰《墓碣文》：至正十五年（1355）高麗忠愍王五年丙科及第，「金九容、崔元道、崔散騎、任深父等과 함께 문과 병과에 합격하다」。

〔註2〕《遁村雜詠・附錄・贈（崔元道）》：「崔公永川人，與先生同年。先生忤逆旽，禍將不測，舉室逃遁，匿崔公家。」（韓國文集叢刊：冊三，第365頁）

〔註3〕李穡《遁村雜詠・遁村記》：「吾名吾字，既受教矣。吾之遁于荒野，以避鷟城之黨之禍，艱辛之狀，雖鷟忍者聞之，不能不動乎色。雖然

七年（1374）恭愍王被殺，對朝廷徹底絕望的李集選擇歸隱故里川寧，躬耕讀書安度晚年，將人生價值寄寓於詩書和田畝之中，在這一時期他寫了很多陶淵明式的詩作。

李集的後人將其遺稿結集為《遁村雜詠》，全書不分卷，收錄七言絕句199首，五言絕句4首，七言古詩2首，五言古詩3首，七言四韻律27首，五言四韻律57首，共計193題，約290餘首。李集與李穡（牧隱）、鄭夢周（圃隱）、李崇仁（陶隱）、鄭道傳（三峯）、金九容（惕若齋）等麗末「儒冠文人」相與為敬友，並留下了大量的交遊詩〔註4〕，約占現存李集詩歌的60%。此外還有詠古詩和詠懷詩，從這些詩歌中我們能看到李集的處世態度以及他主要的人生觀和文學觀。

洪萬宗（1643～1725）有云：「金頤叟嘗語徐四佳曰：『高麗諸子，詞氣富麗而體格生踈』」〔註5〕「蓋東方詩學始於三國，盛於高麗，而極於我朝。」〔註6〕高麗中葉到高麗末期是韓國漢文文學的成熟期，歷時百年的武臣之亂（1170～1270）使得文人失去了入仕途徑，他們在離開政治舞臺後投諸於文學創作中，因而文學獲得了繁榮。高麗後期朱子學引入朝鮮半島，文人在研究經學的同時，也磨礪了自己的文學作

吾之所以得至今日，遁之力也。夫叔向勝敵，以名其子，蓋喜之也。子身之分也，猶且名之以志其喜，況吾一身乎。今吾既皆更之，則我之再初也。遁之德於我也，將終吾身而不可忘焉者，故名吾所居曰遁村，所以德其遁也。亦欲寓其出險不忘險之意，以自勉焉。」（韓國文集叢刊：冊三，第366頁）

〔註4〕《遁村雜詠》中出現與李集交遊的人物多達70餘名，其中贈與李穡的詩歌有9題21首，李穡回贈的詩文有31題47則；贈與鄭夢周的詩歌有17題25首，鄭夢周的和答詩文有32題52則；贈與金九容的交遊詩14題21首，金九容回贈的詩文有30題44則；贈與鄭道傳的詩歌有8題11首，鄭道傳回贈的詩文有13題16則；與贈陶隱李崇仁的有20題30首，李崇仁回贈的詩文有30題40則。參見（韓）朴東煥：《遁村李集의詩文學研究》，東國大學校碩士學位論文，2002年。

〔註5〕（朝鮮王朝）洪萬宗《小華詩評》，蔡美花，趙季主編：《韓國詩話全編校注》冊三，北京：人民文學出版社，2012年，第2324頁。

〔註6〕（朝鮮王朝）洪萬宗《小華詩評》，蔡美花，趙季主編：《韓國詩話全編校注》冊三，北京：人民文學出版社，2012年，第2344頁。

品。南龍翼（1628～1692）在《壺谷詩話》中對麗末文壇的漢詩風格總結到：「余於《箕雅》序以臆見妄論勝國與本朝之詩曰：『麗代之英者，……金惕若（九容）之苦敻，鄭圃隱（夢周）之豪暢，李牧隱（穡）之渾博，李遁村（集）之安寂』。」〔註7〕麗末詩壇在歌詠道德修養與建功立業的同時，亦有大量對生死無常與精神永恆之探討。

　　不同時期詩壇的審美風尚和批評標準不盡相同，這不僅受到社會文化思潮和詩人個性的影響，他們選擇接受怎樣的詩學觀念，接受傳統的同時又如何創新，很大程度上由當時的政治、文化、社會生活和個人經歷和學養等因素所決定。「沒有相同的政治、倫理觀念，相同的生活態度，一位元詩人的作品能博得同時或異世一代人的普遍推崇並被奉為頂禮膜拜的偶像，是不大可能的。」〔註8〕麗末盛行以「隱」為號的風潮，即是對歸田意志的追仿，也是對新王朝的消極抵抗，如牧隱（李穡）、冶隱（吉再）、圃隱（鄭夢周）、陶隱（李崇仁）、野隱（田祿生）等〔註9〕。詩人們時常賦詩表達棄官歸隱的渴望，然而極少有人真正如同陶淵明一般歸隱田園，過上躬耕自足的生活。有停留在心之嚮往的層面，以歌詠乞歸來緩解仕途中苦悶的心情，如「何日長歌賦歸去，蓬窗終夜寸心傷」〔註10〕；也有渴望在功成名就之後，歸隱山林，如「功成歸來報天子，乞身試向山中回」〔註11〕；還有「歸隱故山麓，麾手謝時人」〔註12〕的自適。

〔註7〕（朝鮮王朝）南龍翼《壺谷詩話》，蔡美花，趙季主編：《韓國詩話全編校注》冊三，北京：人民文學出版社，2012年，第2198頁。

〔註8〕蔣寅：《大曆詩風》，上海：上海古籍出版社，1992年，第28頁。

〔註9〕「麗末，忠臣立節死義者多，其餘則杜門屏跡於當世。或不仕自靖者，通稱杜門洞七十二人」，見《騎牛先生文集》卷之二。（韓國文集叢刊：冊七，第368頁）

〔註10〕《登州過海》，《圃隱先生文集》卷之一。（韓國文集叢刊：冊五，第580頁）

〔註11〕《僮陽驛壁畫鷹熊，歌用陳教諭韻》，《圃隱先生文集》卷之一。（韓國文集叢刊：冊五，第571頁）

〔註12〕《自訟》，《陶隱先生詩集》卷之一。（韓國文集叢刊：冊六，第530頁）

　　李集並非豪門世族出身，李氏先祖在新羅時代以漆原城為據點擴大勢力，自李自成開始成為地方豪族。新羅滅亡之時，新羅豪族們紛紛打開城門投降高麗。李自成蟄居漆原城拒絕投降。高麗王建攻破漆原城後命該地的李氏遷往淮安（今京畿道廣州），並降其身份，不准其參加科舉，僅以譯吏身份為生。直到高麗末期，李氏身份升級，准予其族人參加科舉。李集的父親李唐，以縣邑小吏的身份通過司馬試，因賢行而獲得聲名〔註13〕。高麗朝實行科舉制度，促進了儒家思想的國家化。「君不見星山李氏起於農，為子必孝為臣忠」〔註14〕，李集對儒家思想的接受程度如何，在李穡的《李氏三子名說》中記下了一段與李集談話中可見一斑：

　　　　廣陵李浩然舉於有司，以書義著稱，予嘗願聞緒論，而未之果。一日，來謂予曰：「吾有三子，一曰之直，字伯平。次二曰之剛，字仲潛。次三曰之柔，字叔明。蓋有慕於聖人之义用焉耳。夫三德者，聖人之撫世酬物，因時制宜，所以納民俗於皇極者也。人之生，稟乎天，中和之體用具焉，降衷綏性之說是已。然氣稟變之於初，汙俗驅之於後，不得不趨於不中不和之域焉。是以聖人繼天立極，君以治之，師以教之，於是乎三德之目立焉。世道平矣康矣，比屋可封矣，聖人復何為哉。」亦曰：「正焉直焉，順乎其常而已，垂衣無為之治可見矣。故名吾長子曰之直，字伯平，欲其為堯舜之民也，此聖人之用直於平康之世也。世道降矣，民之潛退而不及乎中矣。於是乎輔之翼之，振作其頹靡之氣，歸於中和而後已，此聖人之用剛於沉潛之世也。故名吾仲子曰之剛，字仲潛。世道升矣，民之高明而過乎中矣。於是乎漸之摩之，消耗其強梗之氣，歸於中和而後已，此用柔於高明之世也。

〔註13〕　（韓）朴東煥：《遁村李集의詩文學研究》，東國大學校碩士學位論文，
　　　　　2002 年。
〔註14〕　《走筆奉寄遁翁》，《陶隱先生詩集》卷之一。（韓國文集叢刊：冊六，
　　　　　第 535 頁）

故名吾季子曰之柔，字叔明。嗚呼！聖人之用中於民也如此，民苟歸於中，則是堯舜之世也。名之雖異，其歸則同。父母愛子之心，無或少偏故也，今吾名吾子必以此。將以察世變，慕聖化，以自樂於畎畝之中而已，不出戶庭知天下，吾之謂矣，請先生為之說。」〔註15〕

從上文可見出李集思想中受儒家影響下的一面，李集為三子取名的緣由化用了《尚書‧洪範》中的這段話：「三德：一曰正直，二曰剛克，三曰柔克，平康正直。強弗友剛克，燮友柔克。沉潛剛克，高明柔克。」〔註16〕這不僅反映出李集對儒家典籍的熟悉，而且表達了他對「中和」處世思想的認同，而且他本人即是通過「察世變」來選擇出世與入世，對後代亦是給予這樣的期許。在談話中，李集還表達其「樂於畎畝之中」的情懷，深受儒家思想影響的他心繫天下和聖恩，這並不影響他在精神上認可躬耕生活，並且發自內心的喜歡。

「（李集）其學之淵源，則從事於安文敬公輔之門。文敬即文成公裕之族子，其學有自。陶隱曰：安文敬公道德文章，師表一世，知人之明，古所莫及。是以當時豪俊，多出其門。而其所愛重者，廣李君為尤。又言其深有得於養氣。其為養也。」〔註17〕李集進士及第那年，安輔同知貢舉，安輔（1312～1357）乃安裕的族子，高麗忠烈王十五年（1290）安珦（1243～1306）隨忠烈王赴元大都燕京，讀到《朱子全書》並且手抄並模寫朱熹畫像，安珦自元朝學成歸國，第一次將朱子學著作帶到了高麗之後，權溥（1262～1346）刊印並傳播了朱熹的《四書集注》，高麗末期朱子學東傳，並逐漸成為朝鮮半島政治和學術界的主要思想。在麗末李初，政學兩界的中心人物多是朝鮮半島朱子學的傳人。李集與朝鮮半島朱子學的宣導者李穡、鄭夢周等人相為摯友，自

〔註15〕　《遁村雜詠》附錄。（韓國文集叢刊：冊三，第366～367頁）
〔註16〕　《尚書》。（清）阮元校刻：《十三經注疏》，北京：中華書局，2009年，第404頁。
〔註17〕　《遁村雜詠》補編。（韓國文集叢刊：冊三，第371頁）

然不免會受正在朝鮮半島新興的朱子思想影響。

　　在《遁村雜詠》中有不少詩歌創作於詩人寓居或與造訪寺廟的時候，其中以寓居在道美寺中創作的詩歌最多，如《初到道美寺，寄龍頭住老》《道美寺晚菊》《道美寺樓上，送金山新住老》《道美寺病中雜詠》等。由此可以推知，李集與佛寺的關係是比較密切的。然而相較於李集思想中對儒家精神認同，他對佛教思想的接受並不突出，在他的詩歌中，寺廟僅僅作為他的寓身之所。

　　李集的山寺寓居生活既有「日沉煙寺暮鍾聲」〔註18〕，詩人沉浸在周圍的環境中，觀照四時的變化，感受時間的流動，亦有「一歲三遷生計薄，中宵獨立素心違」〔註19〕的矛盾糾結，陶淵明有「懷役不遑寐，中宵尚孤征」(《辛丑歲七月赴假還江陵夜行塗口》)，兩首詩均寫仕宦中難以入眠的夜晚，李詩寫對自我的反省和追求，陶詩寫行役中的奔波。李集胸懷「素心」並且有著與陶淵明一樣辭官歸隱的人生經歷，因而他對陶淵明的歸隱田園思想是有發自內心的認可和嚮往，將自己對儒家之隱與佛家之隱的體認融匯在詩歌中，展現出「江月乘舟須載酒，山秋遊寺即煎茶」〔註20〕這般閑適恬淡的心境。然而在友人看來，李集是有能力做出一番成就的。「遁村能避色，不必在山林。道直忤時俗，詩成逼正音」〔註21〕，肯定了李集詩歌藝術直逼雅正之音。但是詩人認為「亂世江山不可期」，他選擇放下名與利，安居於塵世之外，「嚥日牎前須藥物，瞻星臺畔聽松風。」〔註22〕即使貧病纏身，仍然堅守著自己的素心，儼然如陶淵明「籲嗟身後名，於我若浮煙」(《怨詩

〔註18〕《次敬之韻》，《遁村雜詠》七言絕句。(韓國文集叢刊：冊三，第337頁)

〔註19〕《贈鄰丈李中書》，《遁村雜詠》七言四韻律。(韓國文集叢刊：冊三，第352頁)

〔註20〕《次敬之韻》，《遁村雜詠》七言絕句。(韓國文集叢刊：冊三，第337頁)

〔註21〕《又次遁村韻》(其一)，《圃隱先生文集》卷之二。(韓國文集叢刊：冊五，第589頁)

〔註22〕《呈埜堂》，《遁村雜詠》七言四韻律。(韓國文集叢刊：冊三，第353頁)

楚調示龐主簿鄧治中》)般參透世事，但求安貧守道。李集初到道美寺是因為躲避倭亂，之後因病「久寓」，生活往來的多是樵夫、漁民，李集儼然將野寺生活塑造成了一個世外桃源，「覺來隔屋聞農語，雨過籬邊豆結花」〔註23〕，詩書相伴，心寬處即是家。

第二節　李集學陶的內容和特色

　　在《遁村雜詠》中李集吟詠的中國聖賢和文士有：孔子、甯戚、蘇秦、張良、屈原、諸葛亮、陶淵明、慧遠、杜牧、杜甫、白居易、蘇軾、龐德公、徐稚、陶汪等。其中有關陶淵明的有 4 首，有關蘇軾的有 3 首，有關慧遠的 3 首，有關白居易的 2 首，其餘皆為 1 首。由此可見，陶淵明是對李集影響最大的中國詩人。《遁村雜詠》中的詠陶詩即是李集對陶淵明歸隱田園之風的異代異國之回應：

> 當年靖節愛吾廬，松菊秋風興有餘。
> 三徑如今已蕪沒，候門稚子望巾車。
>
> 　　　　　　《敘懷四絕，奉寄宗工鄭相國》〔註24〕
>
> 淵明歸去絕交遊，生事蕭條地轉幽。
> 紅葉蒼苔尋古寺，清風明月弄漁舟。
>
> 　　　　　　　　《次牧隱先生見寄詩韻》〔註25〕
>
> 同年田知州，不見數十年。枉道不辭遠，悠悠催著鞭。
> 天寒日雲暮，茅屋依山前。適值採藥去，不得共被眠。
> 淵明早歸去，應有招隱篇。可憐蘇季子，那無負郭田。
> 卜鄰素有約，歲晚相攀緣。
>
> 　　　　　　　　　《尋永與田同年不遇》〔註26〕

〔註23〕　《道美寺病中雜詠》，《遁村雜詠》七言絕句。(韓國文集叢刊：冊三，第 335 頁)
〔註24〕　《遁村雜詠》七言絕句。(韓國文集叢刊：冊三，第 335 頁)
〔註25〕　《遁村雜詠》七言絕句。(韓國文集叢刊：冊三，第 337 頁)
〔註26〕　《遁村雜詠》五言古詩。(韓國文集叢刊：冊三，第 350 頁)

多違時世態，丕仰古淳風。歸去偕陶令，安閑訪遠公。

望鄉千里遠，問路九衢通。煙月漢江上，弊廬蒿與蓬。

《自詠》〔註27〕

首先，李集以詠陶詩來將自己的生活與陶淵明之歸田隱居做比較。詩歌中先寫陶淵明的隱居情狀，「松菊秋風興有餘」「生事蕭條地轉幽」，而隱居生活則是「紅葉蒼苔尋古寺，清風明月弄漁舟」，「紅葉蒼苔」「古寺」「清風明月」「漁舟」等物象的組合使得畫面瞬間被點亮，與「絕交遊」後的詩歌色彩形成了強烈的對比，充盈著自然之趣。一「尋」一「弄」，使陶淵明的形象躍然而出。李集對陶淵明有身世之感，實寫陶淵明，虛寫自己身世的低微，家族的蕭條。其次，在李集看來陶淵明歸隱的原因是「愛吾廬」，他自白隱居之由，一是與世態相違，二是對賢者淳風的敬仰，「歸去偕陶令，安閑訪遠公」，詩人歸隱即是一種對陶淵明人生態度的追仿。此外，在李集的詩歌中多有招隱的情結，他認為「淵明早歸去，應有招隱篇」，這亦是詩人借感慨陶淵明，來為自己的招隱卜隣之心的「辯白」。

此外，李集的詩壇友人在詩歌中時常將他與陶淵明聯繫起來，如鄭夢周詩歌中有「卻來尋遁村，盤桓撫松菊」〔註28〕，將陶淵明筆下歸者「撫孤松而盤桓」的形象用於李集身上，在鄭夢周心中，李集與陶淵明的形象藉由「撫松」這一動作重疊在了一起。「遁村能避色，不必在山林」〔註29〕則是鄭夢周對李集能力的一種肯定，李集的退隱並非是被迫的，在道德認知上的取捨可能更加接近於他選擇隱居的初衷。李崇仁將李集歸隱江村與陶淵明隱居之事共舉，其詩云：

途也來傳一封書，知君又向江村居。

江村十里樹木疏，回汀曲渚相縈紆。

〔註27〕《遁村雜詠》五言四韻律。（韓國文集叢刊：冊三，第360頁）
〔註28〕《圃隱先生文集》卷之二。（韓國文集叢刊：冊五，第589頁）
〔註29〕《又次遁村韻》（其一），《圃隱先生文集》卷之二。（韓國文集叢刊：冊五，第589頁）

> 應從野叟共叉魚，或伴山僧同跨驢。
>
> 清遊豈啻圖畫如，逸興直到鴻蒙初。
>
> 乾坤此生即棲苴，且問誰毀仍誰譽。
>
> 淵明晚歲愛吾廬，不羨於我乎渠渠。
>
> 君不見陶齋學士讎校萬卷儲，翱翔秘閣紅雲衢。
>
> 又不見圃隱先生金章映華裾，醉詠芍藥翻階除。
>
> 功名自古憂患餘，卻被遁翁長嘘嘘。
>
> 《李途傳乃翁書，以詩答之》〔註30〕

詩人收到李集之子送來的信件，在李崇仁看來，村居生活中的李集如陶淵明一般超脫了世俗羈絆。在對功名的認識上，他肯定二人的共同之處。陶淵明在《擬古》中感慨古代的功名之士，有云：「榮華誠足貴，亦復可憐傷！」在獲得功名的同時憂患也隨之而來，榮華之下包含著辛酸。李集對此認知亦時有嗟歎。要之，在麗末詩人的心目中，李集是為麗末學陶、類陶的代表之一。

一、學陶語象化用入詩

論及李集對陶淵明的接受，首先當從「語象」入手〔註31〕。（清）姚范在《援鶉堂筆記》中云：「字句章法，文之淺者也，然神氣體勢皆階之而見。」〔註32〕李集詩歌中對陶淵明詩文「語象」的接受，可從「援用詞彙」、「援用素材」、「變用其句」等三個方面來考察。通過對其詩歌的辨析可知，李集偏重於從《歸去來兮辭》、《飲酒》（其五）、《讀山海經》（其一）、《與子儼等疏》等作品中學陶，主要援用情況如下：

〔註30〕《陶隱先生文集》卷之一。（韓國文集叢刊：冊六，第533頁）
〔註31〕「語像是詩歌本文中提示和喚起具體心理表像的文字符號，是構成本文的基本素材。」蔣寅：《古典詩學的現代詮釋》，北京：中華書局，2003年，第27頁。
〔註32〕王水照：《歷代文話》，上海：復旦大學出版社，2007年，第4126頁。

	援用詩句／詞彙	李集詩句
《歸去來兮辭》	「歸去來」 「覺今是而昨非」 「稚子候門」 「三徑就荒，松菊猶存」 「攜幼入室」 「眄庭柯以怡顏」 「倚南窗以寄傲」 「園日涉以成趣」 「或命巾車，或棹孤舟」 「富貴非吾願，帝鄉不可期」 「登東皋以舒嘯」 「樂乎天命復奚疑」	「旅悤風雨重陽過，三復一篇歸去來」 （《次陶隱詩韻》） 「應看白日雲臺峻，老子不須歸去來」 （《上鄭指揮使》） 「南畝吾知將有事，但無歸去駕車牛」 （《次郭政堂立春韻》） 「誰向世途求伴侶，不如歸臥淮安」 （《雪後走筆，邀曾吾，子安》） 「世間富貴等雲浮，寄傲閑居穩送秋」 （《次牧隱先生見寄詩韻》） 「日涉中園獨詠詩，寂寥門巷鎖蛛絲」 （《次陶隱詩韻》） 「一馬二僮衝雨雪，何如高臥眄庭柯」 （《戲呈仲晦先生》） 「地僻雲煙古，院深松菊荒」 （《道美寺病中雜詠》）
《飲酒》 （其五）	「結廬在人境，而無車馬喧」 「問君何能爾，心遠地自偏」 「採菊東籬下，悠然見南山」	「一棹往來應數數，此間吾亦結茅廬」 （《寄敬之》） 「秋來客鬢白蕭疏，尚戀龍巒更結廬」 （《遣興題龍巒主人壁》） 「鮮鮮霜菊慰幽懷，一日東籬繞幾回」 （《道美寺晚菊》） 「謀食求田遠，為家度地偏」 （《杏村病中書事》） 「地僻雲煙古，院深松菊荒」 （《道美寺病中雜詠》）
《讀山海經》	「眾鳥有所托，吾亦愛吾廬」	「當年靖節愛吾廬，松菊秋風興有餘」 （《敘懷四絕，奉寄宗工鄭相國》） 「江頭野寺似村居，久寓還疑是我廬」 （《道美寺病中雜詠》）
《與子儼等疏》	「五六月中北窗下臥」	「傲世成高臥，懷親不遠遊」 （《寄敬之》） 「萍梗孤蹤猶不定，先生高臥達川邊」 （《送龍頭席上，寄同年崔奉翊》）

在上文引用的詩句中，李集多使用「我」「吾」「誰」「何如」等，可以看出他吸取了陶淵明善用散文化的語言入詩的一面。在李集並未標榜自己學陶或者以陶淵明為師，但是在他的詩歌中抒情主人公仿佛和陶淵明合二為一，產生了「我即淵明，淵明即我」的藝術效果。

在援用素材方面，如李集有詩云：「滿池荷藕正時哉，獨繞池邊日幾回。忽值白衣來送酒，開尊徑醉臥蒼苔」〔註33〕，詩中借用「白衣送酒」之典來抒寫自己寓居於法輪寺時，收到金善州派人送來的美酒，飲醉之後臥於蒼苔之中的率性。這不由地讓人聯想到檀道鸞寫王弘送酒來，陶淵明「即便就酌，醉而歸」之事。在李集的詩歌中時常能讓人看到陶淵明的影子。

變用其句方面，有直接襲用，還有對句式的模仿。如「漢江春暖柳傲斜，或棹孤舟或命車。共道帝鄉無限好，不如攜幼早還家。」〔註34〕即是對《歸去來兮辭》中「或命巾車，或棹孤舟」、「攜幼入室」的直接借用。在句式的模仿上，如陶淵明喜用「動作+地點+下」的句法〔註35〕，李集亦喜用這樣的句法，如「種菊南牆下」〔註36〕「種花依砌下」〔註37〕「回首松山下」〔註38〕等。這種接受往往是無意識的，卻又是需要詩人在對陶淵明作品反復體味沉潛之後才會出現的。

李集對陶淵明的接受是多方面的，不僅在典故的化用上，而且在詩歌技法上，陶淵明及其詩文的影響都很大的，特別是以《歸去來兮辭》《飲酒》等的影響為主。正是從詞彙、素材、句式上對陶淵明詩文全方面的學習，李集的詩歌中呈現出平淡自然、真粹、閑適的一面，與陶淵明詩文有著相似的風格和意境。

〔註33〕　《謝金善州惠酒》，《遁村雜詠》七言絕句。（韓國文集叢刊：冊三，第339頁）

〔註34〕　《呈廉知申事》，《遁村雜詠》七言絕句。（韓國文集叢刊：冊三，第344頁）

〔註35〕　「種豆南山下」「採菊東籬下」「寢跡衡門下」「嘯傲東軒下」等。

〔註36〕　《遁村雜詠》五言絕句。（韓國文集叢刊：冊三，第350頁）

〔註37〕　《遁村雜詠》五言四韻律。（韓國文集叢刊：冊三，第358頁）

〔註38〕　《遁村雜詠》五言四韻律。（韓國文集叢刊：冊三，第356頁）

二、枯淡閑適的風格

　　論陶淵明詩意之閑適，有「農務各自歸，閑暇輒相思。相思則披衣，言笑無厭時。」(《移居》其二) 抒情主人公在完成了一日的農務後，於閑暇時從容自在的吟詠，也有「息交遊閑業，臥起弄書琴。園蔬有餘滋，舊谷猶儲今。」(《和郭主簿二首》其一) 這些意象的組合看似是對閑居生活中讀書撫琴、一蔬一食的平鋪直敘，但在陶淵明的詩語中，給讀者展現出了一幅看似平淡卻亙古雋永的精神生活，觸發人們對自然人生的思考，詩歌的空間得以最大程度的拓展。這些語詞隨著陶淵明詩文的經典化得以強化，日後成為隱居生活的主要符號和代稱。

　　關於陶詩枯淡的一面，「東坡有云：『外枯而中腴，似淡而實美，淵明、子厚足以當之。』」〔註39〕在蘇軾看來，陶淵明之詩文雖然在用詞上質樸，但能給予人無限的回味，「腴而實腴」、「乍讀淵明詩，頗似枯淡，久久有味」〔註40〕、「讀淵明詩，頗似枯淡而有味」〔註41〕，「君看陶集中，飲酒與歸田，此翁豈作詩，直寫胸中天。天然對雕飾，真贗殊相懸，乃知時世妝，粉綠徒爭憐。枯淡足自樂，勿為虛名牽。」(《繼愚軒和黨承旨學詩》)〔註42〕一方面，文論家們從創作個性的角度指出，陶詩的枯淡風格與其創作目的是「自娛」相關，另一方面從詩歌藝術角度，認為枯淡之中包含著「味」，這來源於詩人不假雕飾和直寫胸臆創作方式。

　　朝鮮朝曹伸（1454～1529）在《諛聞瑣錄》中對李集詩歌風格有一

〔註39〕《評韓柳詩》：「柳子厚詩在陶淵明下，韋蘇州上。退之豪放奇險則過之，而溫麗靖深不及也。所貴乎枯澹者，謂其外枯而中膏，似澹而實美，淵明、子厚之流是也。若中邊皆枯澹，亦何足道？佛云：『如人食蜜，中邊皆甜。』人食五味，知其甘苦者皆是，能分辨其中邊者，百無一二也。」(見〔宋〕蘇軾著，張志烈等校注：《蘇軾全集校注》卷六七，石家莊：河北人民出版社，2010年，第7549～7550頁。)

〔註40〕（宋）陳善著：《捫虱新話》卷之七，上海：上海書店出版社，1990年。

〔註41〕（明）許學夷著：《詩源辯體》，北京：人民文學出版社，1987年，第103頁。

〔註42〕（金）元好問著，（清）施國祁注：《元遺山詩集箋注》卷二，北京：人民文學出版社，1958年，第157頁。

個整體性的概括：渾厚如「焚香祈道泰，對食願年豐」，「雁聲落日江村晚，閑詠新詩獨依樓」；沉痛如「晚來江海風波惡，何處深灣繫釣舟」；豪壯如「待得滿船秋月白，好吹長笛過江樓」；閑適如「安得卜鄰成二老，杏花春雨耦而耕」；枯淡如「瘦馬鳴西日，羸童背朔風」。〔註43〕曹伸指出李集詩歌風格的多樣性，其中閑適和枯淡的一面，則是從學陶中來。「慷慨驚人語，清新絕俗篇」〔註44〕，「其詩沖澹淵澔，出於性情，迢然於物欲之外。非有學力之積，實得之妙，其發於言者能如是乎？」〔註45〕，「讀其詩竟日。所謂冘然而秀，琅然而確以暢者，悉著於聲律之間。古人云，詩不可以偽為，豈虛語哉？」〔註46〕金守溫（1410～1481）在評價李集玄孫李三宰的時候指出其詩風的源流來自於李集「遣辭平淡氣從容」〔註47〕。《高麗末漢詩風格研究》中，（韓）崔光範將李集的詩歌風格概括為「物外嚮往和枯淡」和「樂天知命的安寂」〔註48〕。

　　對比歷代對李集和陶淵明的詩風的評論，其中相似點主要在於閑適、沖淡的一面。這種風格的形成主要來自於二人高逸的人生觀和自然真淳的性情。李集深受陶淵明平淡和閑適詩風影響，又有自己獨特的風格，這是由他先天的本性所決定，亦為後天學養所深化，是「各師成心，其異如面」〔註49〕的表現。

三、沖澹高古的意境

　　作為緣情寫志的題材，古典詩歌中的抒情傳統往往最為批評家所

〔註43〕　（朝鮮王朝）曹伸《諛聞瑣錄》，蔡美花，趙季主編：《韓國詩話全編校注》冊一，北京：人民文學出版社，2012 年，第 362～364 頁。

〔註44〕　《哭遁村》，《陶隱先生詩集》卷之二。（韓國文集叢刊：冊六，第 553 頁）

〔註45〕　《師友淵源錄》，《遁村雜詠》補編。（韓國文集叢刊：冊三，第 371 頁）

〔註46〕　《遁村先生雜詠序》，《遁村雜詠》序。（韓國文集叢刊：冊三，第 333～334 頁）

〔註47〕　《拭疣集》卷之四。（韓國文集叢刊：冊九，第 127 頁）

〔註48〕　（韓）崔光範：《高麗末漢詩風格研究》，高麗大學校博士學位論文，2003 年。

〔註49〕　（梁）劉勰著；范文瀾注：《文心雕龍注》，北京：人民文學出版社，1958 年，第 505 頁。

看中，情景關係常常居於主導地位，因而意象藝術是為詩歌靈魂的重要表達方式。劉勰在《文心雕龍‧神思》篇中有云：「神用象通，情變所孕，物以貌求，心以理應。」〔註50〕正是一個個意象引領著讀者進入詩意的世界。意象是「藝術家詩性生命體驗的物件化」〔註51〕，傳達了詩人獨特的情意體驗。

誠然，李集與陶淵明生活的地域不同，社會歷史和文化環境也不盡相同，在李集詩歌傳遞給我們的畫面中，有江村、山寺、黃菊和詩酒；日常生活中交往之人多是農人、漁夫和僧人；他時常與仕宦中的友人寄詩往來；其人生際遇受到王朝易代的嚴重影響……這些都是李集與陶淵明的生活極其相似之處。觸發詩人創作靈感的物象與陶淵明詩中物象相近，加之對陶淵明人格和詩文的喜愛，因而在李集詩歌中呈現出相似的意境：

陶淵明	李集
採菊東籬下，悠然見南山。 　　　　　　　　《飲酒》 種豆南山下，草盛豆苗稀。 　　　　　　　《歸園田居》 日倦川途異，心念山澤居。 　　　《始作鎮軍參軍經曲阿作》 晨夕看山川，事事悉如昔。 《乙巳歲三月為建威參軍使都經錢溪》 白日淪西河，素月出東嶺。 　　　　　　　《雜詩》其二 平疇交遠風，良苗亦懷新。 　《癸卯歲始春懷古田舍二首》 農務各自歸，閒暇輒相思。相思則披衣，言笑無厭時。此理將不勝，無為忽去茲。衣食當須紀，力耕不吾欺。 　　　　　　　　《移居》	天寒日雲暮，茅屋依山前。 　　　　　　《尋永興田同年不遇》 回首松山下，君門縹渺中。 　　　　　　　《漢陽途中》 舊業荒三徑，僑居近九衢。 　　《松都客居，初秋，呈諸公》 茅屋山前白，松燈雨外明。 　　　　　《城南村舍書懷》 黃昏倚杖立，素月共徘徊。 　　　　　　　《次蘭坡四詠》 路遠月相照，心閑雲共浮。 《山寺送竹林住持，守寧州時作》 貧居非舊隱，送老此江邊。謀食求田遠，為家度地偏。納涼依樹坐，避雨擁蓑眠。但喜農談好，禾麻勝去年。 　　　　　　《杏村病中書事》

〔註50〕（梁）劉勰著；范文瀾注：《文心雕龍注》，北京：人民文學出版社，1958年，第495頁。

〔註51〕陳伯海：《意象藝術與唐詩》，上海：上海古籍出版社，2015年，第9頁。

在描寫自然景物的時候陶淵明善於運用擬人化的手法，如「良苗亦懷新」「眾鳥欣有托」「悲風愛靜夜」等，李集也將這一技巧用在田園詩中，如「茅屋依山前」〔註52〕「村深積雪擁籬根」〔註53〕「滿山黃葉下書樓」〔註54〕等，自然的人化產生了物我泯一的藝術效果，人類本來就是自然中的一員，「懷」「欣」「依」「擁」等動詞，皆是充滿溫情的詞語，將詩人對自然的情愫表現地淋漓盡致。

王國維在《人間詞話》中將境界分為「有我之境」和「無我之境」，「無我之境」如「採菊東籬下，悠然見南山」。李集隱居題材的詩中，他「觸物成聲」發而為詩，以自然真淳之語構築了「素月」下平淡的田園生活。在詩人構築的詩意生活中，時間仿佛靜止了，他將陶淵明的隱逸田園，化入自己的生命體驗，吟出一幅幅清雋的江村意象。在詩人筆下構造出的詩意生活中，以「平疇」、「閑雲」、「喜農」與「言笑」等樸素的語詞，將讀者牽領至一個閑遠又高古的生活環境。這主要是由於李集有意識的學習陶淵明擇取日常的物象，以及對自然情感真淳的共同影響下所營造出的境界。

第三節　學陶主題下的自然審美

陶淵明有百二十篇詩文存世，其中有四分之一的作品創作年代不明；李集有近三百首詩歌存世，其中繫年的作品只有十餘篇，加之李集在史傳中留下的生平事蹟比較單薄，因而在對李集詩歌的解讀上很難以歷史批評的方式貫通。「題材的因襲是文學藝術創作中常見的現象。人類生活的繼承和發展，以及對於生活中道德、倫理觀念、審美觀念等的繼承和發展，使得每一位想有所成就的文學藝術家不能不在前人已經取得

〔註52〕《尋永興田同年不遇》，《遁村雜詠》五言古詩。（韓國文集叢刊：冊三，第350頁）

〔註53〕《自詠》，《遁村雜詠》七言絕句。（韓國文集叢刊：冊三，第339頁）

〔註54〕《次牧隱先生見寄詩韻》（其四），《遁村雜詠》七言絕句。（韓國文集叢刊：冊三，第337頁）

的成績的基礎上，有所創造，為人類增加一些新的精神財富。」〔註55〕

由前文的論述可知陶淵明的人品和言行使李集產生了心靈上的共鳴，「陶淵明影像」在李集晚期的詩歌中更加明顯。「主題的異化和深化，乃是古典作家以自己的方式處理傳統題材的兩個出發點，也是他們使自己的作品具備獨特性的手段。」〔註56〕筆者將從隱居的環境、貧病的生活狀態以及菊酒嗜好等三種詩歌主題來深入分析李集的詩歌，以期更細緻地反映陶淵明詩文對李集詩歌創作的影響。考察在此影響下，李集又是如何過濾並重建他個人的自然審美觀。

一、山寺與江村

早年李集胸懷濟世之心，有志於匡扶朝政，掃清倭亂，「盡掃倭奴奏凱廻，鳳城春暖正花開。應看白日雲臺峻，老子不須歸去來。」〔註57〕《論語・憲問篇》中早就給出了一個處理個人與統治階級之間的矛盾的方式：「賢者辟世，其次辟地，其次辟色，其次辟言。」〔註58〕鄭夢周認為統治者勤政愛民，因而「遁村能避色，不必在山林」〔註59〕。這首詩作於1363年，恭愍王「襲位以來，小心謹慎，民附士悅。頃值紅賊，出奇制勝，屢獲軍功。」〔註60〕1365年魯國公主病逝，恭愍王「過哀喪志」，故委命辛旽諮訪國政。1368年李集因忤逆辛旽被追殺，舉家逃亡。1371年辛旽被誅後返回都城，「數年流落始歸朝，妻子山中尚怨號。三復詩書眠不得，主人牕外日空高。」〔註61〕李集的妻子

〔註55〕程千帆：《古詩考索》，武漢：武漢大學出版社，2008年，第26頁。

〔註56〕程千帆：《古詩考索》，武漢：武漢大學出版社，2008年，第34頁。

〔註57〕《鄭指揮使》，《遁村雜詠》七言絕句。（韓國文集叢刊：冊三，第344頁）

〔註58〕楊伯峻譯注：《論語譯注》，北京：中華書局，2006年，第177頁。

〔註59〕《又次遁村韻》（其一），《圃隱先生文集》卷之二。（韓國文集叢刊：冊五，第589頁）

〔註60〕孫曉主編：《高麗史》四十，重慶：西南師範大學出版社，2014年，第1256頁。

〔註61〕《用前韻贈鄭三峯》，《遁村雜詠》七言絕句。（韓國文集叢刊：冊三，第343頁）

不贊同他回歸仕宦生活，然而此時詩人仍飽有著從政的志向。恭愍王於 1351 年起執政，「及即位，勵精圖治，中外大悅，想望太平」〔註62〕，深受儒家思想影響的李集心裏顧念著「聖恩」，希望為國效力。但是再次回到朝廷為官僅僅三年，恭愍王暴斃，朝政內部鬥爭激烈。「不合人間世」的李集心灰意冷，歌詠著「歸去來」回到故鄉川寧。「所謂內心生活，也必然從每個人的階級地位、社會經歷、思想感情中來。一位元作家在認識生活並創造性地回答生活中提出的問題的時候，他必然會同時顯示其獨特的格調、氣派。這也就成為他內心生活的準確標誌。」〔註63〕在歸田隱逸的出發點上，二人即是不盡相同，李集對國政的關心和熱衷程度遠遠高於陶淵明，他隱居的很大原因是受政局影響。

> 宦路崢嶸幾太行，眼看車轂易摧傷。
> 青山白水柴門迴，明月清風野服涼。
> 彌勒坪頭念尊佛，觀音浦上問漁郎。
> 無人共說村中事，獨把閑愁倚夕陽。

《杏村書事》〔註64〕

李集的隱居詩中善於運用對比的手法，一面用「易摧傷」、「亂世江山不可期」、「功名魚上竿」、「繫官如醉夢」等表達自己對官場現實的認識，一面用「明月清風」、「青山白水」、「閑愁」、「臥前檻」來展現江村隱居的生活。然而在他的詩歌流露出孤獨的情調，雖然村居生活給詩人以感官的享受，然而在平靜之下的，詩人渴望著一位能交流交心的朋友，一起共賞這夕陽下的村落。

　　陶淵明之歸隱是「不為五斗米折腰向鄉里小兒」，亦是「靜念園林好，人間良可辭」。在李集的詩歌中也有著相似的感受。然而在他的詩

〔註62〕孫曉主編：《高麗史》卷四十四，重慶：西南師範大學出版社，2014 年，第 1350 頁。
〔註63〕程千帆：《古詩考索》，武漢：武漢大學出版社，2008 年，第 39 頁。
〔註64〕《遁村雜詠》七言四韻律。（韓國文集叢刊：冊三，第 352 頁）

歌中喜歡用更加豐富的畫面，重視視覺聽覺聯動，來表現歸隱之情和
對陶淵明的追慕。李集喜歡在一句詩歌中運用兩種有對比性強的色彩，
如「心以灰」與「碧江開」、「青山」與「明月」等。

> 遊宦神州心已灰，茅簷曾向碧江開。
>
> 旅腮風雨重陽過，三復一篇歸去來。

《次陶隱詩韻》〔註 65〕

在形容宦路艱難時，詩人往往用抽象的概念，或者用比喻來表達；
但是在對隱居生活的描繪時，則用一個個樸實常見的物象，構造出一
幀幀淡泊悠遠的畫面。詩歌中強烈的對比形成了一股張力，讓人從「崢
嶸」宦途下的緊張情緒，迅速轉入「雁聲落日」的曠遠之境。「亂世江
山」讓李集放棄了遊宦之心，詩人認同的隱退更像是一種「早退以養浩
然之氣」，其出發點就是「篤信好學，守死善道。危邦不入，亂邦不居。
天下有道則見，無道則隱。」（《論語·泰伯》）〔註 66〕

> 人世風波沒復浮，已看五十二春秋。
>
> 雁聲落日江村晚，閑詠新詩獨倚樓。

《次牧隱先生見寄詩韻》〔註 67〕

隱居生活與躬耕田園從遠古以來就是密不可分的，晉皇甫謐在《高
士傳》中云：「堯讓天下於許由……由於是遁耕於中嶽潁水之陽，箕山
之下，終身無經天下色。」老萊子「逃世耕於蒙山之陽」〔註 68〕，隱
士謀生最普遍的兩條路是講學和農業〔註 69〕。李集在三首詩歌中寫道
「求田問舍」之事：

> 自恨求田問舍遲，蕭條逕路草離離。

〔註 65〕 《遁村雜詠》七言絕句。（韓國文集叢刊：冊三，第 345 頁）

〔註 66〕 楊伯峻譯注：《論語譯注》，北京：中華書局，2006 年，第 94 頁。

〔註 67〕 《遁村雜詠》七言絕句。（韓國文集叢刊：冊三，第 337 頁）

〔註 68〕 （晉）皇甫謐撰：《高士傳》卷上，北京：中華書局，1985 年，12～
13 頁。

〔註 69〕 蔣星煜：《中國隱士與中國文化》，北京：生活·讀書·新知三聯書店，
1988 年，第 37 頁。

故人休道無情興，臥疾年來懶作詩。

　　　　　　　　　　　《次韻呈子虗先生》〔註70〕

江上閑居絕點塵，一區風月屬高人。

誰知我亦求田者，儜把衰慵賦北鄰。

　　　　　　　　　　　　　　《贈陽軒》〔註71〕

南來新事不堪聞，西望松山欲斷魂。

白髮遁翁無可議，求田問舍漢陰村。

　　　　　　　　　　　　　《寄鄭三峰》〔註72〕

從詩人「求田問舍」的行徑上，可以推想李集家裏並沒有很大的產業，「謀食求田遠，為家度地偏」，一遠一偏，反映出詩人個人資產的狀況並不佳，遠不如陶淵明「方宅十餘畝，草屋八九間」。而他求田問舍後的結果是怎樣的呢？「一歲三遷生計薄」，「無屋屢遷移」，「九遷今寓勉齋冷，三伏曾經蕭寺涼」〔註73〕，可見詩人並未購置房產，居無定所因而頻繁地搬家，三伏天寓居在寺廟中避暑。李集將他生活的面貌真實地寫入詩歌之中，時常以自嘲的口吻來寫生活的窘況。但是躬耕田間，親理農桑的李集是心平自在的，「納涼依樹坐，避雨擁蓑眠」，一依一擁，表現出詩人與自然關係的親密與融洽。

　　「時以詩篇新粒，問遺鄭夢周等，夢周寄書歆歎。」〔註74〕李集躬耕的情狀和態度在詩歌中並沒有直接的描寫，但是他對自己的田園生活是比較滿意的，「遁夫衰甚矣，歲晚愛田家」〔註75〕，收成好的時候，他還會贈送穀物給友人：

　　　黑豆遍中原，何從出遁村。煎湯解酒毒，政可倒金樽。

〔註70〕　《遁村雜詠》七言絕句。（韓國文集叢刊：冊三，第348頁）
〔註71〕　《遁村雜詠》七言絕句。（韓國文集叢刊：冊三，第341頁）
〔註72〕　《遁村雜詠》七言絕句。（韓國文集叢刊：冊三，第340頁）
〔註73〕　《謝許垫堂見訪，兼呈養浩堂》，《遁村雜詠》七言四韻律。（韓國文集叢刊：冊三，第352頁）
〔註74〕　（朝鮮王朝）盧思慎等纂；（朝鮮）李荇等續纂：《新增東國輿地勝覽》卷六，第125頁。
〔註75〕　《遁村雜詠》五言四韻律。（韓國文集叢刊：冊三，第356頁）

芳草欲侵轍，落花方掩門。小畦秋必熟，儻或枉高軒。

《奉謝遁村送黑豆種》〔註76〕

漢江江上又秋風，高臥黃雲靄靄中。

玉粒分來問何意，秖應惱殺未歸翁。

《謝遁村送新米》〔註77〕

歲受新米之惠，敢不銘感。

《答遁村書》〔註78〕

　　從鄭夢周和李穡回贈的詩歌我們可以得知，年成好的時候，李集往往會贈米給友人。此外送米的緣由，在李穡看來是因為「惱殺未歸翁」，似包含著詩人對於友人遲遲未歸的責備之意。

　　與李集有過交遊往來的詩人有七十餘人，相對於陶淵明而言，李集的社交範圍比較廣。《遁村雜詠》中有大量的交遊詩，在這些詩中，許多主題與隱居相關。對居住環境的描寫主要有「江村」、「釣舟」等，對隱居生活的抒寫，時有表現出詩人孤獨的心境，如「一曲江村隔世塵，柴荊寂寂少行人」〔註79〕；也有暗含招隱之意，「高亭蕭灑自無塵，一榻清風似故人。來往何須勞僕馬，移居直欲作比鄰。」〔註80〕詩人言說著自己的卜居生活與塵世遠離，生活中往來的多是漁民、樵夫。遠離文人圈的李集渴望有知音相伴，「卜隣素有約，歲晚相攀緣」〔註81〕，可見雖然李集能從田居日常生活能夠獲得一定滿足，但是在內心上卻缺乏能夠知心交流的朋友。

〔註76〕　《牧隱詩藁》卷之二十一。（韓國文集叢刊：冊四，第283頁）

〔註77〕　《牧隱詩藁》卷之二十五。（韓國文集叢刊：冊四，第344頁）

〔註78〕　《圃隱先生文集》卷之三。（韓國文集叢刊：冊五，第602頁）

〔註79〕　《贈陽村》其三，《遁村雜詠》七言絕句。（韓國文集叢刊：冊三，第341頁）

〔註80〕　《贈陽軒》（其二），《遁村雜詠》七言絕句。（韓國文集叢刊：冊三，第341頁）

〔註81〕　《尋永興田同年不遇》，《遁村雜詠》五言古詩。（韓國文集叢刊：冊三，第350頁）

二、貧病中的物外抒寫

　　在退隱之後李集的身體狀況一直不好，多有「病」字入詩題，如《病中書懷》、《杏村病中書事》、《病中寄敬之》、《道美寺病中雜詠》等。在李集作品中「病」、「衰」、「獨」字出現頻率較高，「病」字 61 次，「衰」字 25 次，「獨」字 26 次。久病的詩人描寫自己生活中「病臥」、「病枕」、「病閑」、「守病床」，愈加襯托出詩人隱居時的孤獨寂寞。然而在《陶淵明集》中「歡」、「欣」、「喜」三字的出現頻率較高，「歡」字 28 次，「欣」字 30 次，「樂」字 30 次，「喜」字 9 次〔註82〕。可見李集與陶淵明「貧富常交戰，道勝無戚顏」（《詠貧士》其五）的心境，還是存在著較大的落差。

　　李集頻繁地在詩歌中抒寫自己的貧病，那麼他又是如何應對貧病的呢？一是田園生活，一是詩酒：

> 美景良辰奈病何，枕書聊復夢還家。
>
> 覺來隔屋聞農語，雨過籬邊豆結花。
>
> 《道美寺病中雜詠》〔註83〕
>
> 春深無客訪僑居，林鳥相呼午睡餘。
>
> 老去詩隨情漫興，病來愁托酒消除。
>
> 《復賦前韻》〔註84〕

李集雖沒有著意描寫江村的景致，但是從詩人抒寫著一覺醒來後，聽著「農語」看到「豆結花」，從聽覺，到視覺，嗅覺繼而也被調動了起來，讀者仿佛能聞到雨後泥土散發出氤氳的氣味。而詩句中的「隔」字，顯示出詩人與農人之間的距離，不僅僅是在空間上的，亦是在心靈上的。因而李集在詩歌中一面訴說著自己的孤獨，一面享受著這份私人空間下的自由之精神，詩酒之情懷。

〔註82〕　鍾書林著：《隱士的深度　陶淵明新探》，北京：中國社會科學出版社，2015 年，第 191 頁。

〔註83〕　《遁村雜詠》七言絕句。（韓國文集叢刊：冊三，第 335 頁）

〔註84〕　《遁村雜詠》七言絕句。（韓國文集叢刊：冊三，第 348 頁）

　　　　鄭生應似我，無屋屢遷移。只賴同年愛，今為相國知。

　　　　借書勤夜讀，乞米續農炊。莫向三峰隱，君王亦爾思。

《贈鄭三峯》〔註85〕

李集也有斷糧的時候，詩人將「乞米」與「借書」兩事相提並論，與陶淵明「乞食」時「拙言辭」窘態截然不同，在李集的詩中「乞米」這一舉動變得日常。但是隨著李集年老衰病，他的心態也發生了轉化：

　　　　老來步步漸欹斜，行止還如狗喪家。

　　　　床上文書將底用，如今抱病眼昏花。

《自貽》〔註86〕

孔子也曾被人稱作「喪家之狗」：「孔子適鄭，與弟子相失，孔子獨立郭東門。鄭人或謂子貢曰：『東門有人，其顙似堯，其項類皋陶，其肩類子產，然自要以下不及禹三寸，累累若喪家之狗。』子貢以實告孔子。孔子欣然笑曰：『形狀，未也。而謂似喪家之狗，然哉！然哉！』」(《史記·孔子世家》)〔註87〕處在生活窘況之時，依然能有保持自信和坦然氣度，這就是孔子的過人之處。在這首詩中，李集自嘲年老後的狀態如同「狗喪家」。連曾經能夠「慰吾懷」的詩書，也因為視力的衰退成為無用之物，但在這樣絕望的生活中，詩人仍能賦詩以自貽，顯示出其人品修養。徐居正（1426～1488）在《東人詩話》中指出，「自古窮人之語皆枯寒瘦淡。……李遁村集詩『借書勤夜讀，乞米續新炊』，『瘦馬鳴西日，羸童背朔風』，『江海無家客，山村有髮僧』……可見憔悴困踣氣象。」〔註88〕

　　陶淵明用「原生納決履，清歌暢商音」句引貧士原憲的故事入

〔註85〕《遁村雜詠》五言四韻律。（韓國文集叢刊：冊三，第358頁）

〔註86〕《遁村雜詠》七言絕句。（韓國文集叢刊：冊三，第340頁）

〔註87〕（漢）司馬遷撰：《史記》卷四十七，北京：中華書局，1963年，第1921～1922頁。

〔註88〕（朝鮮王朝）徐居正《東人詩話》，蔡美花，趙季主編：《韓國詩話全編校注》冊一，北京：人民文學出版社，2012年，第201頁。

詩〔註89〕，抒發對「君子固窮」精神的敬仰。反映「固窮」思想的時候，李集也引用了原憲的典故，「臥病蓬蒿滿索居，固窮原憲食無餘。強扶衰憊將安往，世事吾今已掃除。」（《復賦前韻》）〔註90〕詩人由自己貧病的「索居」生活，聯想到原憲「無財之謂貧，學而不能行之謂病」，詩人之病不僅僅是身體上的，還有對自己所學並「不能行」之病，後句詩人表達了願追隨前賢的步履，掃盡對世事的牽掛。

　　隱居生活本身就是苦與樂並存的，即使「謀食求田遠」，李集詩歌中亦有「但喜農談好，禾麻勝去年」這般真淳簡單的生活，給予詩人以內心的平靜與喜悅。然而隨著交遊的渙散，詩人只好「獨掩柴關」發出「厭貧求富是人情」的感慨。

三、菊酒滌心

　　菊和酒是陶淵明隱居後的兩大嗜好，歷代不乏對陶淵明飲酒和愛菊的論說，自蕭統云陶詩「篇篇有酒」開始，酒逐漸成為了陶詩中的一個標籤，但凡談到陶淵明，必然聯想到陶淵明飲酒之好，「在世無所須，唯酒與長年」（《讀山海經十三首》其五）。愛菊亦是陶詩中固定的符號之一，「黃花復朱實，食之壽命長」（《讀山海經十三首》其四），王瑤指出陶淵明愛菊與延年益壽相關〔註91〕，「酒能祛百慮，菊為制頹齡」（《九日閑居》其一）。在《遯村雜詠》中所詠之物主要有「酒」「菊」，其中寫酒的有33處，寫菊的有14處。

　　在詠菊和酒的時候，李集時常引用陶典：

〔註89〕　「原憲居魯……子貢乘肥馬……軒車不容巷而往見之。原憲楮冠黎杖應門，正冠則纓絕，納履則踵決，子貢曰：『嘻！先生何病也？』原憲仰而應之曰：『憲聞之，無財之謂貧，學而不能行之謂病。憲貧也，非病也。』」參見（漢）韓嬰撰；許維遹校釋：《韓詩外傳集釋》，北京：中華書局，1980年，第11頁。

〔註90〕　《遯村雜詠》七言絕句。（韓國文集叢刊：冊三，第348頁）

〔註91〕　「他採菊是為了服食的，而其目的是在『樂久生』。」《文人與酒》參見王瑤著：《王瑤全集》第1卷，石家莊：河北教育出版社，2000年，第202頁。

> 當年靖節愛吾廬，松菊秋風興有餘。
>
> 三徑如今已蕪沒，候門稚子望巾車。
>
> 《敍懷四絕，奉寄宗工鄭相國》〔註92〕
>
> 鮮鮮霜菊慰幽懷，一日東籬繞幾回。
>
> 既與老夫俱隱逸，天寒古寺亦能開。
>
> 《道美寺晚菊》〔註93〕
>
> 秋聲摵摵可驚嗟，病裡偏諳日易斜。
>
> 坐看楓林憐錦葉，去尋菊徑折金葩。
>
> 悲蟲唧唧鳴幽室，斷雁嗷嗷下晚沙。
>
> 客久胡為歸不得，故山西望路非賒。
>
> 《秋懷》〔註94〕

「慰幽懷」的客觀物象是「霜菊」，而真正能使李集心中的鬱鬱之情得到緩解的，則是陶淵明建立的「採菊東籬下」這般沒有俗世煩惱的田園生活。家境困窘的李集在晚年並未購置房產，因而在他的隱居生活多是寄寓在荒寺之中。詩人以陶淵明作為自己在精神上的導師，隱居生活中有「罇酒盤蔬」即足矣。

　　在李集看來，松菊不僅僅是陶淵明隱士之風的象徵，亦是緩解自己「沉痾」的良藥，這即是對陶淵明「菊為制頹齡」之繼承和發展：

> 秋深門巷鎖苔花，除卻葵軒孰肯過。
>
> 枉寄寒叢情更重，小牕相對滌煩痾。
>
> 《謝葵軒惠菊》〔註95〕
>
> 新居未暇種黃花，況是重陽病裡過。
>
> 安得軒前金蕊嫩，吹香細嚼瘳沉痾。
>
> 《乞菊一絕呈葵軒》〔註96〕

〔註92〕《遁村雜詠》七言絕句。（韓國文集叢刊：冊三，第335頁）
〔註93〕《遁村雜詠》七言絕句。（韓國文集叢刊：冊三，第337頁）
〔註94〕《遁村雜詠》七言四韻律。（韓國文集叢刊：冊三，第353頁）
〔註95〕《遁村雜詠》七言絕句。（韓國文集叢刊：冊三，第346頁）
〔註96〕《遁村雜詠》七言絕句。（韓國文集叢刊：冊三，第346頁）

老去沉痾未易醫，更因灸炷出門遲。

堂前甘菊開無數，倍憶先生泛酒時。

《呈許埜堂》〔註97〕

從李集的詠菊詩中可以看出，麗末詩壇文人將菊與酒視為日常生活中的一大雅好，並且成為文士彰顯人格的象徵之一。李穡在《題南大藩司尹菊詩卷末》寫到，「人人種菊看，未必能知菊。把酒對南山，悠然失所逐。」〔註98〕從「人人種菊」這一行為風氣，可以想見麗末文人追摹陶淵明具有一定的普遍性，詩歌中表達出李穡對當時文人模仿陶淵明種菊卻不得其中真味的感慨。

此外，李集時常將菊與酒並用於詩歌中：

九日歡娛接勝流，東頭上客我西頭。

登高便覺青冥近，飲俊從教太白浮。

短日易曛須待月，清霜初落又徂秋。

菊花不得吹杯酒，采采金英一再遊。

《次九日諸公韻》〔註99〕

病裡逢佳節，將誰上翠微。秋醪新氣味，霜菊晚光輝。

解印陶明府，攜壺杜紫薇。古人惜此日，不醉欲何歸。

《城南村舍書懷，錄呈霽亭》其四〔註100〕

菊花開遍酒盈卮，願與諸公話別離。

堪恨老夫衰病甚，雙清亭上負佳期。

《約諸公餞陶隱於雙清亭，以病未赴，以詩謝之》〔註101〕

因為衰病無法赴友人之會，詩人回憶起昔日與友人在重陽之日共飲菊花酒，對比現在「守病床」的窘況，強烈的心理落差造成悵然的心情。

〔註97〕《遁村雜詠》七言絕句。（韓國文集叢刊：冊三，第 346 頁）
〔註98〕《牧隱詩藁》卷之四。（韓國文集叢刊：冊三，第 558 頁）
〔註99〕《遁村雜詠》七言四韻律。（韓國文集叢刊：冊三，第 353 頁）
〔註100〕《遁村雜詠》五言四韻律。（韓國文集叢刊：冊三，第 356 頁）
〔註101〕《遁村雜詠》七言絕句。（韓國文集叢刊：冊三，第 347 頁）

在李集的詩歌中,菊酒是重陽節友人聚會中常見的物象,其中包含著詩人對與友人卜隣隱居的渴望,以及對知音的渴求。此外,李集「種菊看花只自憐」,對菊的喜愛,亦是詩人對自我的一種肯定和堅守。李集詩歌中時常彌漫著這種自憐的情緒,憐惜的對象有故人和自然風物,在憐他物的同時亦流露出自憐的情狀。

李集對陶淵明的接受不是被動的全盤的接受,而是有所選擇的,比如,與陶淵明曠達的生死觀不同〔註102〕,李集更加關注個人的「生計」問題,「已將生計結安居」,「一歲三遷生計薄」,「田家豈雲樂,來往為營生」〔註103〕,「已去復來此,生涯漸覺難」〔註104〕。對「衣食」的認識上,陶淵明認為「人生歸有道,衣食固其端」(《庚戌歲九月中於西田穫早稻》),「衣食當須紀,力耕不吾欺」(《移居》);李集將此發揮到極致,則是「世事看來白了頭,故將眠食更無求。」〔註105〕

在朝鮮半島漢詩史中,李集無疑是一位被遮蔽的詩人〔註106〕。但是在朝鮮漢詩對陶淵明的接受方面,李集無疑又是極具代表性的一位。首先,李集將陶淵明的隱逸精神內化於他的隱居詩中,詩人沿著閑適情懷一脈,純粹地沉入到自然山水之中。然而在隱居中,李集時常會感受到孤獨,他渴望與好友的社交生活,這是他與陶淵明性情上的不同。其次,李集不僅直接襲用陶詩中的語言,而且化用陶詩中的句式,自如運用陶典拓展其詩作的思想內涵。可以說,在朝鮮半島

〔註102〕「存生不可言,衛生每苦拙」(《形影神》),「人生似幻化,終當歸空無」(《歸園田居》),「運生會歸盡,終古謂之然」(《連雨獨飲》)。

〔註103〕《城南村舍書懷,錄呈齋亭》(其三),《遁村雜詠》五言四韻律。(韓國文集叢刊:冊三,第356頁)

〔註104〕《松都客居,初秋呈諸公》(其二),《遁村雜詠》五言四韻律。(韓國文集叢刊:冊三,第357頁)

〔註105〕《次郭政堂立春韻》,《遁村雜詠》七言絕句。(韓國文集叢刊:冊三,第344頁)

〔註106〕在《韓國文學史》(趙潤濟)、《韓國漢文學史》(李家源)、《韓國文學史》(韋旭升)、《朝鮮文學的發展與中國文學》(金柄珉,金寬雄)、《高麗漢詩文學史論》(劉強)等書中均未論及李集及其詩歌。

陶淵明接受史上，李集學陶是較為全面和具有典型性的。此外，由於家境的貧困，使得李集晚年生活在窮頓困厄之中，因而他的詩歌給人以「枯寒瘦淡」之感。在陶淵明躬耕田園之影響下，李集以其個人經歷為基礎，在詩歌中塑造出一個貧病中的隱士形象，他也曾有過建功立業的理想和抱負，「功業關中相，歸來漢上居。」〔註107〕但在認清了現實中無法實現他的理想和抱負，認識到「日月蟻旋磨，功名魚上竿」〔註108〕之後，李集通過隱逸孤居和溝通陶詩，實現了其個人精神上的超越。

小結

　　受陶淵明《歸去來兮辭》和《歸園田居》等作品的影響，麗末鮮初詩人創作了大量賦歸題材的詩歌，如金九容（1338～1384）、元天錫（1330～1395）、鄭夢周（1337～1392）等詩人。下面將從歸隱處所和歸隱原因這兩個層面來考察麗末鮮初的賦歸詩。

　　袁行霈先生將陶淵明的歸向分為兩個層面，一是生活意義上的，一是哲學意義上的〔註109〕。麗末詩人在吟詠掛冠歸田之志時，往往以陶淵明賦「歸去來」作為抒發志趣的重要表徵。如趙浚在《題孟尚書詩軸》中云：「淵明早休官，好賦歸去來。春盡田園蕪，風來五柳開。」〔註110〕趙浚吟詠陶淵明歸隱田園的高趣，在他看來詩人雖然因為入仕而荒蕪了田地，然而在休官之後，選擇歸田躬耕則是開拓了新的生存空間。

　　麗末鮮初詩人主要側重於在生活意義上學陶，在他們詠「歸」的詩篇中，多寫對「歸田園」的渴望，如「白首欲歸耕」〔註111〕「歸來

〔註107〕《城南村舍書懷，錄呈霽亭》（其一），《遁村雜詠》五言四韻律。（韓國文集叢刊：冊三，第356頁）

〔註108〕《松都客居，初秋呈諸公》（其二），《遁村雜詠》五言四韻律。（韓國文集叢刊：冊三，第357頁）

〔註109〕袁行霈撰：《陶淵明研究》，北京：北京大學出版社，1997年，第95頁。

〔註110〕《松堂先生文集》卷之二。（韓國文集叢刊：冊六，第417頁）

〔註111〕《松堂先生文集》卷之二。（韓國文集叢刊：冊六，第414頁）

日涉園」〔註112〕「歸來豈待故人招，擬向南山種豆苗」〔註113〕「遙向故園歸」〔註114〕「問歸田舍事躬耕」〔註115〕「中塗歸來甘避喧，手種松菊開閑園」〔註116〕等。在寫田園中的生活時，詩人選取的物象多有「南山」「田園」「松」「菊」「三徑」等，可見麗末鮮初詩人對陶淵明的追摹側重於物象襲用的一面。而受陶淵明「吾亦愛吾廬」（《讀山海經》其一）的影響，詩人多以「吾廬」作為歸所，如「愛廬早效陶元亮」〔註117〕「老年方覺愛吾廬，杖屨歸來興有餘」〔註118〕「茅屋別離久，歸來雙眼青」〔註119〕「茅屋長年僻，歸來興有餘」〔註120〕「歸來只一笑，雲月滿茅廬」〔註121〕「夢繞雞林舊弊廬，年年何事未歸歟」〔註122〕「茅屋蕭條碻水邊，歸來松竹亦欣然」〔註123〕等。「吾廬」和「茅屋」作為隱居之所，被詩人擬人化了。詩人的隱逸情感依託著「廬／屋」所存在，作為對其生活的一種象徵，首先它是屬於詩人個人空間的，其次，它是與世俗相對立的一個存在，而在這個環境下，詩人的生活方式可以有不同的選擇，但是由於受到陶淵明詩文和精神的影響，詩人在詩歌中不自覺的化用著陶詩中的物象，詩句中多了一些擬人的色彩，這即是麗末鮮初詩人對隱逸題材的改塑的一面。在他們眼中的山林，多了一些人情味，雲和月擁入茅廬之中，松和竹因為詩人的歸來而喜悅。在詩人筆下的自然不僅僅是作為隱居生活的背景而客觀存在著，更是詩人心物交感之下，具有主體性的事物。

〔註112〕《泰齋先生文集》卷之一。（韓國文集叢刊：冊八，第583頁）
〔註113〕《圃隱先生文集》卷之一。（韓國文集叢刊：冊五，第569頁）
〔註114〕《陶隱先生詩集》卷之二。（韓國文集叢刊：冊六，第538頁）
〔註115〕《三峯集》卷之二。（韓國文集叢刊：冊五，第308頁）
〔註116〕《陽村先生文集》卷之三。（韓國文集叢刊：冊七，第38頁）
〔註117〕《耘谷行錄》卷之一。（韓國文集叢刊：冊六，第127頁）
〔註118〕《泰齋先生文集》卷之三。（韓國文集叢刊：冊八，第636頁）
〔註119〕《泰齋先生文集》卷之一。（韓國文集叢刊：冊八，第597頁）
〔註120〕《泰齋先生文集》卷之一。（韓國文集叢刊：冊八，第593頁）
〔註121〕《惕若齋先生學吟集集》卷之上。（韓國文集叢刊：冊六，第27頁）
〔註122〕《圃隱先生文集》卷之一。（韓國文集叢刊：冊五，第581頁）
〔註123〕《陶隱先生詩集》卷之三。（韓國文集叢刊：冊六，第574頁）

在麗末鮮初詩人心中的歸去，有建功立業之後的功成身退，如「功成歸來報天子，乞身試向山中回」〔註124〕「非久蒙寬恩，歸隱故山麓」〔註125〕；亦有功業無成或世事倦怠後萌發的退隱之心，如金九容在《金剛院使出家，朝士詩之，予作十韻》中有云：

　　富貴終難保，歸來臥故山。猶嫌牽俗務，常欲出人寰。

　　薙髮依僧舍，求心仰佛關。親朋多志操，君主改容顏。

　　鐵缽雖新賜，金章尚未還。跡收塵土裏，身托水雲間。

　　竹榻香如縷，松窗月似彎。扶筇凌峯屼，枕石聽潺湲。

　　綽綽知公裕，區區愧我頑。何時謝羈束，物外伴清閑。

〔註126〕

在詩人看來，世間財富終究還是身外之物，世俗生活已然讓詩人感覺到了厭倦，他渴望隱去蹤跡，托身於佛家，回歸自然的懷抱之中，達到身心俱閑的狀態。詩歌先總寫詩人意欲隱居的緣由，再從嗅覺、視覺、聽覺等方面寫出自己理想中隱居生活的感受，最後抒寫自己的期盼。詩人依然身處塵網，因而詩中對隱居生活的描述是想像的、被理想化了的。因為生活體驗的不同，所以這首詩中的隱居生活與陶淵明筆下完全不同的，在金九容的詩歌中，「竹」「月」等物象是詩人鋪陳歌詠的物件，而陶詩中它們往往作為生活中的背景，不以過多的形容來呈現，如「帶月荷鋤歸」（《歸園田居》其三）「素月出東嶺」（《雜詩十二首》其二），又如「皎皎雲間月，灼灼葉中華」（《擬古九首》其七），承襲《十九首》的法脈，詩情古澹沉鬱，情韻悠長。

歸隱田園之外，麗末鮮初詩人多選擇歸於江畔，如「一竿歸釣碧江頭」〔註127〕「舟回乞得梅花去，種向溪南看影踈」〔註128〕「自知信

〔註124〕《圃隱先生文集》卷之一。（韓國文集叢刊：冊五，第 571 頁）
〔註125〕《陶隱先生詩集》卷之一。（韓國文集叢刊：冊六，第 530 頁）
〔註126〕《惕若齋先生學吟集集》卷之上。（韓國文集叢刊：冊六，第 8 頁）
〔註127〕《圃隱先生文集》卷之二。（韓國文集叢刊：冊五，第 597 頁）
〔註128〕《圃隱先生文集》卷之一。（韓國文集叢刊：冊五，第 581 頁）

美非吾土，何日言歸放葉舟」〔註129〕「披蓑偶爾尋柴戶，還似漁村煙暮歸」〔註130〕「何日尋高隱，相攜過釣磯」〔註131〕。這不僅與詩人生活的地理環境有關，還與詩人心中的「漁夫情結」有關，其中或反映出詩人出世與入世的矛盾心理，或展現了詩人在避世與抗世中的不同選擇。在崔光範在《高麗末漢詩風格研究》中指出，金九容在詩歌中塑造了一個漁翁閑逸的夢想〔註132〕，如其《贈李仲正》云：

> 榮辱升沉醉夢間，拂衣誰肯出塵寰。
>
> 鱸魚蓴菜鄉中味，明月清風物外閑。
>
> 世與浮雲無著處，身如倦鳥欲還山。
>
> 黃驪江上扁舟在，何日垂綸一展顏。〔註133〕

詩人身處仕途之中發出對「拂衣歸去」的感慨，在這裏的泛舟垂釣，反映出詩人的避世傾向。在金九容常以驪江之畔的一名漁翁自居，「飄姑無賴一狂生，四年高臥驪江水」〔註134〕，「天使狂生堪屏跡，驪江今作釣魚翁。」〔註135〕他稱自己為「狂生」，似有不平之氣積於心中。詩人在夢想與現實的衝突之中，始終保持著自己的精神追求〔註136〕。

哲學意義上的賦歸，在陶淵明詩中有對人生所歸何處的思考，如「人生似幻化，終當歸空無」(《歸園田居》其四)，「運生會歸盡，終古謂之然」(《連雨獨飲》)，「人生歸有道」(《庚戌歲九月中於西田獲早稻》)等。而在麗末鮮初的詩作中，對這個層面的表現不多，鄭夢周有句「一

〔註129〕《圃隱先生文集》卷之一。（韓國文集叢刊：冊五，第581頁）
〔註130〕《三峯集》卷之二。（韓國文集叢刊：冊五，第305頁）
〔註131〕《牧隱詩藁》卷之八。（韓國文集叢刊：冊四，第58頁）
〔註132〕「漁翁의 꿈과 閑逸」，見崔光範：《高麗末漢詩風格研究》，高麗大學校博士學位論文，2003年。
〔註133〕《惕若齋先生學吟集集》卷之下。（韓國文集叢刊：冊六，第45頁）
〔註134〕《惕若齋先生學吟集集》卷之下。（韓國文集叢刊：冊六，第31頁）
〔註135〕《惕若齋先生學吟集集》卷之上。（韓國文集叢刊：冊六，第22頁）
〔註136〕「漁翁의 꿈과 現實 사이에서 끊임없이 갈등했지만 늘 맑은 정신경계를 견지하였다」，見崔光範：《高麗末漢詩風格研究》，高麗大學校博士學位論文，2003年。

切歸幻妄」〔註137〕，反應出佛家思想對其的影響。

　　在詩人吟詠「歸處」之外，還應關注詩人歸隱的目的。陶淵明歸隱田園的原因，從其詩文中第一人稱口吻的陳述中可以得知，一是遵從自己的性情，「性本愛丘山」（《歸園田居》其一），「質性自然，非矯厲所得」（《歸去來兮辭》），「性剛才拙，與物多忤」（《與子儼等疏》）等；一是為了心中所堅守的信念，「守拙歸園田」（《歸園田居》其一）。

　　麗末鮮初詩人在歸隱的目的上各有不同，有受陶淵明影響的一面，如李崇仁有云：「不如賦歸來，退保平生拙」〔註138〕，認可了陶淵明歸隱的目的——守拙。元天錫的詩中直言歸來亦是因為對陶淵明的敬慕〔註139〕，他尤為重視歸來的「適意」〔註140〕，從他的隱逸詩中可見一斑：

> 不曾浪出世途艱，歸去來兮適意閑。
>
> 寄跡雲煙風月裏，無心榮辱利名間。
>
> 釣魚靜坐溪邊石，採藥晴登屋上山。
>
> 若問個中多野興，杖藜乘醉夕陽還。〔註141〕

元天錫和鄭道傳、李崇仁是同年的進士，但他卻終身未仕，青年時期時常雲遊，晚年隱居於雉嶽山中。他崇尚閑適的生活方式，無心於世間的名利。因為他從未入仕，因而在他的詩歌中很少有矛盾糾結，詩歌以閑遠平淡意境為主。

　　吉再（1353～1419）選擇隱居，則是受到古之君子守節的影響，他在《山家序》中指出，顏回、姜太公等選擇隱居是與時不合，「夫幼而學之，壯而行之」〔註142〕，吉再「謹當不事二姓，非敢激節義之名。

〔註137〕《圃隱先生文集》卷之二。（韓國文集叢刊：冊五，第592頁）

〔註138〕《圃隱先生文集》卷之二。（韓國文集叢刊：冊五，第597頁）

〔註139〕「歸來慕淵明」，見《耘谷行錄》卷之二。（韓國文集叢刊：冊六，第156頁）

〔註140〕「歸來適意希元亮」，見《耘谷行錄》卷之一。（韓國文集叢刊：冊六，第131頁）

〔註141〕《耘谷行錄》卷之一。（韓國文集叢刊：冊六，第129頁）

〔註142〕《冶隱先生言行拾遺》卷上。（韓國文集叢刊：冊七，第392頁）

自適一丘，庶少酬逍遙之志。」〔註143〕他在寫給李崇詩中指出「各隨其性」〔註144〕，可以見出吉再對自身的選擇有著清醒的認識，他亦尊重他人的選擇。無論是從個人性情出發，還是為了心中的堅守，詩人們都以己之詩心，留下了對其歸隱的注解。

麗末鮮初詩人以賦歸詩的題材將陶淵明高風歸隱的精神在朝鮮半島傳播下來，在他們的詩歌中時常化用陶淵明的事像，此外，由於生活環境和思想的差異，他們的隱居生活中或以漁翁的身份自居，或在隱逸之中加入了更多的佛教因數，或著重於對閑適情懷的表現，皆是麗末鮮初詩人學陶之後，對各自詩歌的重建和塑造。

〔註143〕《冶隱先生言行拾遺》卷上。（韓國文集叢刊：冊七，第 394 頁）
〔註144〕《冶隱先生續集》卷之上。（韓國文集叢刊：冊七，第 419 頁）

第三章 人品與詩品：李穡漢詩中的
　　　　 陶淵明接受

第一節　性理學的宣導者

　　麗末，高麗朝五百年的統治即將結束，這一時期權門豪族勢力下降，通過科舉考試選拔出的新興士人地位不斷上升，在此基礎上，李氏朝鮮建朝後逐漸發展成了兩班政治的局面。與此同時，在思想上則是由儒家釋家並重轉向性理學一統的時期。

　　隨著高麗後期武人政權的崩潰，具有強烈責任感的新興士人階層渴望以新的思想理念來解決社會問題。適逢性理學思想的傳入，「忠烈以後《輯注》始行，學者駸駸入性理之域。」〔註1〕正是李穡使得性理學廣泛傳播於朝鮮半島。

一、樸素的君子

　　李穡（1328～1396）字穎叔，號牧隱，忠清道韓山人。其父李穀〔註2〕位列兩班，在元朝殿試二甲，賜進士出身，官拜元朝翰林國史院

〔註1〕（朝鮮王朝）徐居正《東人詩話》，蔡美花，趙季主編：《韓國詩話全編校注》冊一，北京：人民文學出版社，2012年，第198頁。
〔註2〕李穀（1298～1351）初名芸白，字仲父，號稼亭，在元考取進士，著有《稼亭集》。

檢閱官。李穡自幼聰慧異常,「自知讀書,見輒成誦。」〔註3〕

　　李穡從小受到嚴格的教育,8歲時入韓山崇井山中的山寺學習〔註4〕,14歲(1341)參加成均館考試合格,成為進士。16歲(1343)參加成均館九齋都會,刻燭賦詩中魁首。忠穆王四年(1348)李穡隨父親李穀前往元朝,因子弟身份成為國子監生員,「在學三年,得受中國淵源之學,切磨涵漬,益大以進,尤遂於性理之書。」〔註5〕他曾五次入華,並且在華生活了四年有餘。吳光旭指出李穡「深諳和精通中國歷代160多部各類典籍和陶淵明、李白、杜甫、蘇軾等120多位文人的詩詞散文。」〔註6〕

　　恭愍王二年(1353)李穡鄉試一等合格,李齊賢(1287～1367)為主試,「穡之學之正,出於齊賢。」〔註7〕同年征東省鄉試,李穡中舉及第,開始走上仕途。

　　恭愍王三年(1354)李穡在元進士登第〔註8〕,座主為歐陽玄(1273～1357)〔註9〕。在當時門生與座主的關係猶如「衣食父母」,李穡有云:「門生與座主,視猶骨肉親。斯文大血脈,坐令邦命新。」〔註10〕

〔註3〕《陽村先生文集》卷之四十。(韓國文集叢刊:冊七,第345頁)
〔註4〕《長湍吟》:「我年未冠逐諸子,讀書酷愛山中寺。名山到處人跡多,應接無由得專志。」見《牧隱詩藁》卷之十。(韓國文集叢刊:冊四,第88頁)
〔註5〕《陽村先生文集》卷之四十。(韓國文集叢刊:冊七,第345頁)
〔註6〕吳光旭:《李穡漢詩研究——以中國古代文學的關聯為中心》,延邊大學博士學位論文,2015年。
〔註7〕學習院東洋文化研究所刊:《李朝實錄》第8冊,《世宗實錄》卷五九,世宗十五年二月九日(癸巳)條,1956年,第234頁。
〔註8〕在元代科舉考試中,以朱熹注疏及其門人著書為參考書目。
〔註9〕李穡有「吾座主歐陽先生」「衣鉢誰知海外傳,主齋一語尚琅然」「耳聞緒論歆德容,座主圭齋如醉翁」, 歐陽玄,號圭齋。
〔註10〕《俞邁得罪於其座主光陽君,無所告處,來言於僕,觀其意,欲僕求解於其座主也。然門生之於座主,猶子之於父也。子得罪於父,豈有託旁人以求解者乎。但朝夕求哀,以俟其一旦慈愛之心之發耳。予領成均時,邁為諸生。故不忍自外,忠告如此》,《牧隱詩藁》卷之二十四。(韓國文集叢刊:冊四,第330頁)

又曰「斯文骨肉古猶今，座主門生義更深。」〔註11〕回到高麗之後，李穡上疏恭愍王，表達對當時高麗學風的不滿，「今之學者，將以干祿，誦詩讀書，嗜道未深，而繁花之戰已勝；雕章琢句，用心大過，而誠正之功安在。」〔註12〕對於雕琢之風過盛的末麗文壇，李穡以「誠正」作為治學的目標重整成均館，任用金九容、鄭夢周、李崇仁、朴尚衷等人為學官，教授經學，「勉進後學，必以倫理為主。」〔註13〕由此，以記誦詞章的習氣開始改變，性理之學在麗末學界成為思想主流。

　　李穡為官三十七年，主要的業績集中在恭愍王執政時期。李穡深受朝廷重用，官至三重大匡（正一品），他曾多次改革科舉制度，五次擔任讀卷官和知貢舉，選拔了 134 名麗末人才。高麗恭讓王二年（1390）開始李穡經歷多次流放、入獄、召還、貶謫。高麗恭讓王四年（1392）李氏朝鮮建國後大赦，李穡被釋放後隱居驪江。

　　李穡是朝鮮半島創作漢詩最多的文人之一，其子李種善將其作品整理結集為《牧隱稿》，其中詩稿 35 卷，文稿 20 卷，共 55 卷。收有詩題 4360，八千多首詩歌〔註14〕。

　　在家境上，李穡與陶淵明的差距顯著，陶淵明自幼家貧，八歲喪父，「自余為人，逢運之貧。簞瓢屢罄，絺綌冬陳」（《自祭文》），「弱年逢家乏，老至更長飢」（《有會而作》）。及冠之年，陶淵明即開始他的薄宦生涯。而李穡出生官宦之家，衣食不愁，更在及冠之年隨父前往中國留學，二人的成長環境有著天壤之別。

　　李穡與陶淵明相同之處，主要在於對知識的追求。陶淵明愛好讀書的形象在他自己的作品和後人所寫的傳記中都有所表現，如《始作

〔註11〕　《題門生崔中正竹堂》，《牧隱詩藁》卷之三十四。（韓國文集叢刊：冊四，第 498 頁）

〔註12〕　孫曉主編：《高麗史》一百十五，重慶：西南師範大學出版社，2014 年，第 3523 頁。

〔註13〕　《陽村先生文集》卷之四十。（韓國文集叢刊：冊七，第 345 頁）

〔註14〕　另說詩 4386 題，6031 首。見（韓）朴焄：《牧隱李穡的詩文學研究》，世宗大學博士學位論文，1993 年。

鎮軍參軍經曲阿作》有云:「弱齡寄事外,委懷在琴書」,「少學琴書,偶愛閑靜,開卷有得,便欣然忘食。」(《與子儼等疏》)「少年罕人事,遊好在六經」(《飲酒》),《五柳先生傳》中云:「好讀書,不求甚解,每有會意,欣然忘食。」蕭統在《陶淵明傳》中云:「博學,善屬文,穎脫不群。」〔註15〕陶淵明喜好儒家「六經」,他將讀書融入進了日常的理想生活,從古人的書中「得知千載上」,獲得身心的暢遊。

李穡自幼受到良好的教育,他在《長湍吟》中云:「我年未冠逐諸子,讀書酷愛山中寺」〔註16〕,在《望龍頭行李》中李穡回憶他在韓山讀書時,父母皆不在身邊,正是過去充滿相思的讀書經歷,為他仕宦生涯的平步青雲奠定了堅實的基礎〔註17〕。李穡自稱為「讀書翁」,讀書的目標與「修道」相關聯,「馴養浩然志,君子在自強。心中一正字,皎皎徹上蒼。書之置坐右,朝夕戒無忘。」〔註18〕在李穡看來,讀書是一種自我發展和修養提升的途徑。

其次,二人皆認同為官以德的原則。陶淵明有「少時壯且厲,撫劍獨行遊」(《擬古》)的豪情,亦有「憶我少壯時,無樂自欣豫。猛志逸四海,騫翮思遠翥」(《雜詩》)的氣勢,然而在仕宦生涯中他遭遇更多的是世俗追求與尚真本性之間的矛盾。中國學者吳國富認為,陶淵明的出仕處世準則是「為官以德」,「德」包含的內容如「發忠孝於君親,生信義於鄉閭」(《感士不遇賦》),「強調個人的清廉、對百姓的仁愛、對君王的忠義等。」〔註19〕他所不恥的是「真風告逝,大偽斯興,

---

〔註15〕 北京大學北京師範大學中文系,北京大學中文系文學史教研室編:《陶淵明資料彙編》,北京:中華書局,1962年,第6～7頁。

〔註16〕 《病中偶念奮遊,老矣安可復追。聊著三篇,蓋傷之之甚也》,《牧隱詩藁》卷之十。(韓國文集叢刊:冊四,第88頁)

〔註17〕 《望龍頭行李》:「記我韓山幼讀書,父遊中國母松都。當時一片思親地,與我終身作坦途。」《牧隱詩藁》卷之十八。(韓國文集叢刊:冊四,第218頁)

〔註18〕 《牧隱文稿》卷之三。(韓國文集叢刊:冊三,第547頁)

〔註19〕 吳國富:《論陶淵明的中和》,上海:上海古籍出版社,2007年,第20～21頁。

閭閻憚廉退之節，市朝驅易進之心。」(《感士不遇賦》)

　　李穡面臨的矛盾則是未報先王之恩德與自己歸隱之間的矛盾。李穡關注的焦點是君王與臣子的關係。在《直說三篇》中反映了他對君臣之間關係的理解：

　　　　臣所事謂之君，君所使謂之臣。生於楚而用於晉，是不可以國分也。佞於隋而忠於唐，是不可以人別也。相得者，魚川泳而鳥雲飛矣。相違者，瑟雖工而齊不好也。君臣之離會，其有以哉。甚者如仇讎焉，如羊牛焉，其勢也不相持也，其情也不相通也。鳴呼！其危哉。〔註20〕

李穡在君臣的關係上所持的是比較客觀的態度，君臣之間的關係相得益彰是李穡最為看重的。他在《子因說》中云：「君臣之相資，朋友之相責。所以維持帝王之治之美，未有不相因而能致乎其極者也。」〔註21〕在李穡看來臣子應當維護帝王之治，「知出處之分」。李穡將性理學中倫理實踐作為為官的準則，「誠正之功」與樸素的道德生活才是士人應當去追求的。

二、詩道由來寫性情

(一) 思想來源

　　李穀、李穡父子皆師承大儒李齊賢 (1287～1367)，因此在深入分析李穡文學思想之前，應對李齊賢和李穀的文藝觀及其陶淵明觀有一定的把握。

　　《櫟翁稗說》是李齊賢的詩話作品，其中所持的文藝觀主要有「意在言外」、「味不盡」、「自成一家乃逼真」等〔註22〕。「古人之詩，目前寫景，意在言外，言可盡而味不盡。若陶彭澤『採菊東籬下，悠然見南

〔註20〕 《牧隱文稿》卷之十。(韓國文集叢刊：冊五，第 77 頁)
〔註21〕 《牧隱文稿》卷之十。(韓國文集叢刊：冊五，第 80 頁)
〔註22〕 參見何永波：《李齊賢漢詩創作研究》，中央民族大學博士論文，2007年，第 30～39 頁。

山」、陳簡齋『開門知有雨，老樹半身濕』之類是也。」〔註23〕在論及「意在言外」的時候，往往將陶淵明詩作為代表。陶淵明有云：「此中有真意，欲辨已忘言。」（《飲酒》其五）受「得意忘言」的影響，陶淵明追求「好讀書，不求甚解，每有會意，便欣然忘食。」湯用彤有云：「通者會通其意義而不以辭害意。」〔註24〕詩人本意的傳達才是陶淵明在詩歌中所追求之「真」。

　　李齊賢以儒家思想中忠君、愛國、親民的觀念作為自己的價值觀，「早晚歸來報明主」〔註25〕、「主恩猶未報，努力敢求安」〔註26〕、「萬里思親淚，三年戀主情」〔註27〕。李齊賢「通過古文宣導，不僅形成了士大夫文化，並且確立了士大夫式的價值觀，出現了士大夫式的人物，這使得士大夫階級在歷史轉折期起到了主導作用。」〔註28〕在這一方面李齊賢與李穡心印相傳，李穡有大量表現忠君愛國的詩句，如「稽首君恩深到骨」〔註29〕，「吾道如天大，君恩似海深。」〔註30〕此外，李齊賢有著歸隱田園的願望。他一面抒發「倦鳥思深叢」〔註31〕，一面渴望「沽酒引陶潛」〔註32〕，以陶淵明為友。但是在他的歸隱中，更多是出於留學元朝而產生的「歸鄉」渴望。

　　「牧隱15歲時師從樵隱李仁復，但就其學脈而言，主要還是繼承家學，受父親的影響極大。」〔註33〕李穡的漢詩特點有評者云：「精深

〔註23〕　（高麗朝）李齊賢《櫟翁稗說》，蔡美花，趙季主編：《韓國詩話全編校注》冊一，北京：人民文學出版社，2012年，第143頁。
〔註24〕　湯用彤：《魏晉玄學論稿》，上海：上海人民出版社，2015年，第24頁。
〔註25〕　《定興路上》，《益齋亂稿》卷第一。（韓國文集叢刊：冊二，第505頁）
〔註26〕　《北上》，《益齋亂稿》卷第一。（韓國文集叢刊：冊二，第512頁）
〔註27〕　《涇州道中》，《益齋亂稿》卷第三。（韓國文集叢刊：冊二，第522頁）
〔註28〕　（韓）林熒澤：《韓國學　理論與方法》，濟南：山東大學出版社，2010年，第61～62頁。
〔註29〕　《牧隱詩藁》卷之三十四。（韓國文集叢刊：冊四，第98頁）
〔註30〕　《牧隱詩藁》卷之二十九。（韓國文集叢刊：冊四，第421頁）
〔註31〕　《益齋亂稿》卷第二。（韓國文集叢刊：冊二，第517頁）
〔註32〕　《益齋亂稿》卷第十。（韓國文集叢刊：冊二，第609頁）
〔註33〕　張敏：《韓國思想史綱》，北京：北京大學出版社，2009年，第74頁。

平淡，優遊不迫，格律精嚴。」〔註 34〕可見李穡詩歌的主要風格中有平淡的一面。在李穡的詩文中有 11 次借用陶典，他對陶淵明的接受，一方面是「辭官歸隱」的情懷，「更是家貧親亦老，百般心計不如歸」〔註 35〕，而李穡的田園理想則是陶淵明式的，如「不見田頭饁，誰從水際耕。我欲買山去，鑿翠開風櫺。園中養松竹，門外種秫秔。」〔註36〕李穡選取日常生活中的尋常意象，在他的直言歸隱中造語平淡深粹。在他的隱居詩中，充滿著流蕩的情懷，「東流衰衰日西飛，世事紛紛時事微。黃菊開時宜痛飲，青山好處可空歸。」〔註37〕

（二）李穡的詩學主張

李穡雖然留下了五十多卷詩文稿，但是在詩學理論方面並沒有留下專門的論文著述，因而要瞭解他的文藝思想，則要從他的詩歌和文集中去探究。「李穡儒學思想的來源主要有三個方面：一是中國元代理學家許衡關於「氣」的思想，二是其師高麗大學者李齊賢的重修養、重實踐思想，三是其父高麗巨儒李穀的儒釋道三教融合思想。」〔註 38〕李穡繼承家學，將道學精神寓於古文傳統，「泰山北斗韓吏部，力排異端仍補苴。歐王曾蘇冠趙宋，中間作者皆丘墟。程朱道學配天地，直揭日月行徐徐。」（《寄贈金敬叔少監》）〔註39〕在儒家性理學思想的影響下，李穡的詩學觀主要亦繼承自宋代儒家思想。

首先，李穡主張「思無邪」的詩教觀。「予少也讀詩，而不知其味。

〔註34〕（朝鮮王朝）徐居正《東人詩話》，蔡美花，趙季主編：《韓國詩話全編校注》冊一，北京：人民文學出版社，2012 年，第 213 頁。

〔註35〕《自詠，效樂天體》，《稼亭集》卷之十九。（韓國文集叢刊：冊三，第217 頁）

〔註36〕《紀行一首，贈清州參軍》，《稼亭集》卷之十四。（韓國文集叢刊：冊三，第 183 頁）

〔註37〕《次權一齋九日登龍山用牧之詩韻》，《稼亭集》卷之十五。（韓國文集叢刊：冊三，第 193 頁）

〔註38〕復旦大學韓國研究中心：《韓國研究論叢》（第二十四輯），北京：社會科學文獻出版社，2012 年，第 410 頁。

〔註39〕《牧隱詩藁》卷之十。（韓國文集叢刊：冊四，第 79 頁）

獨於夫子所取思無邪之一語，想像髣髴。老之至矣，而不能忘也。陶隱詩語，既灑落無一點塵，而其趣惟在於此，足以感人情性之正，而歸於無邪矣。」（《書陶隱詩稿後》）〔註40〕詩歌要有感人性情的正面作用，而讀者在閱讀詩歌的時候應當以「無邪」來作為落腳點。在李穡的詩歌中寫到「思無邪」的有 12 處〔註41〕，其《讀詩》云：「豳自風為雅，王由雅列風。人心自今古，世道有汙隆。草木皆蒙化，鳶魚亦降衷。思無邪一句，誰識素王功。」〔註42〕他從豳風、王風的變化來論，認為人心古今不同，世道有好有壞，他所認同的「思無邪」既包括了創作詩歌的古人，也包括了閱讀詩歌的今人。

「思無邪」出自《詩經・魯頌・駉》：「駉駉牡馬，在坰之野，薄言駉者，有驈有皇，有驪有黃，以車祛祛。思無邪，思馬斯徂。」〔註43〕來指代魯僖公專心牧馬，沒有邪意。孔子以「思無邪」作為對《詩經》的整體性評價，「子曰：『《詩》三百，一言以蔽之，曰：「思無邪」』。」〔註44〕孔子認為詩歌的內容應當沒有邪思。詩歌言情寫意，在創作中從真情出發，則能感動人心，成為佳作。「思無邪」蘊含了詩人創作時情感的出發點，一為情感之正，二為性情之真。宋人從《詩經》的文本出發闡釋其中的理念。蘇軾認為「凡有思者，皆邪也」，無思則無邪〔註45〕，「宣導人們背離理性的思慮、崇尚直觀的感受體驗。」〔註46〕朱熹在《論語

〔註40〕《牧隱文稿》卷之十三。（韓國文集叢刊：冊五，第 108 頁）

〔註41〕「皎皎思無邪」「勉矣思無邪」「思無邪一句，誰識素王功」「思無邪處獨登臺」「思無邪一句，絕勝對犧尊」「妙處由來難授受，思無邪後要忘機」「心地皎潔思無邪」「感人非渠意，人自思無邪」「思無邪作聖功」「平生一益友，麴生思無邪」「神彩秀發思無邪」「予少也讀詩，而不知其味。獨於夫子所取思無邪之一語，想像髣髴」。

〔註42〕《牧隱詩薰》卷之七。（韓國文集叢刊：冊四，第 41 頁）

〔註43〕程俊英譯注著：《詩經譯注》，上海：上海古籍出版社，2014 年，第 546 頁。

〔註44〕楊伯峻譯注：《論語譯注》，北京：中華書局，2006 年，第 12 頁。

〔註45〕程剛：《宋代文人的易學與詩學》，北京：方志出版社，2014 年。

〔註46〕涂道坤：《思無邪：蘇軾美學的邏輯起點》，中國人民大學學報，1989 年第 3 期。

精義》中集各家的觀點，主要包括兩類，一是順承孔子的觀點，認為《詩經》中的詩，發乎情、止乎禮義，詩人和讀者都應當要「思無邪」；二是認為「思無邪」要求讀者通過讀詩達到防閑邪思、正己存誠的目標〔註47〕。「孔子刪詩，取其思無邪者而已。自建安七子六朝有唐及近世諸人，思無邪者，惟陶淵明杜子美耳，餘皆不免落邪思也。」〔註48〕在宋代儒學復古運動中，與儒家專以言志不同，肯定了陶淵明在詩歌中抒發隱居田園之志，作為「情動於中而形於言」的自覺性表現，宋人從人文精神的角度重新發現了陶淵明高遠的格調和對現實人生的超越。朱熹《讀桑中》認為孔子所說的「思無邪」主要是針對百姓讀詩時提出的，要「以無邪之思讀之……為吾警懼懲創之資。」（《讀呂氏詩紀‧桑中篇》）〔註49〕

其次，針對麗末文壇雕章琢句的弊端，李穡提倡「文以明道」。「詩道所係重矣，王化人心，於是著焉。世教衰，詩變而為騷。漢以來五七言作，而詩之變也極矣。雖其古律並陳，工拙異貫。亦各陶其性情而適其適。就其詞氣而觀之，則世道之升降也，如指諸掌。」（《中順堂集序》）〔註50〕在李穡看來詩道與世道的盛衰是密切相關的，詞氣的高低能反映世道風氣的盛衰。因而要規範社會倫理秩序，要從「文以明道」著手。道是本源，文是道的外在表現。這與宋代「文道合一」「詩道合一」的觀念是一脈相承的。邵雍《論詩吟》曰：「詩者言其志。既用言成章，遂道心中事。」〔註51〕

在李穡看來，「文」具有傳「道」的意義，「文其言也，將以顯其道也」〔註52〕，而如何將「詩道」恢復「思無邪」的詩學傳統，李穡在《讀歸去來詞》中云：「歸去來兮千載人，高風當日有誰親。中興詩道

〔註47〕　吳洋：《朱熹〈詩經〉學思想探源及研究》，北京：社會科學文獻出版社，2014 年，第 103 頁。
〔註48〕　（宋）張戒撰：《歲寒堂詩話》，北京：中華書局，1985 年，第 14 頁。
〔註49〕　（宋）朱熹撰；朱傑人，嚴佐之，劉永翔主編：《朱子全書》第 23 冊，上海：上海古籍出版社；合肥：安徽教育出版社，2002 年，第 3371 頁。
〔註50〕　《牧隱文稿》卷之九。（韓國文集叢刊：冊五，第 69 頁）
〔註51〕　（宋）邵雍撰：《伊川擊壤集》卷十一，《四部叢刊初編》第 884 冊。
〔註52〕　《菊澗記》，《牧隱文稿》卷之三。（韓國文集叢刊：冊五，第 21 頁）

非他術，上合天心是此真。臨水登皋時縱目，倚窗入室自怡神。直書處士仍書晉，綱目明明筆法新。」〔註53〕李穡在這首詩中肯定了陶淵明之高風；認為陶詩之真，正是扭轉詩壇風尚歸於「正道」的唯一方式。其中化用了黃庭堅對陶淵明的評價「彭澤千載人，東坡百世士」(《跋子瞻和陶詩》)〔註54〕；「直書處士仍書晉，綱目明明筆法新」則是指朱熹在《資治通鑒綱目》中云「晉徵士陶潛卒。」〔註55〕

韓愈、柳宗元發動「文以明道」的古文運動，是為扭轉當時社會環境重文輕儒的現象。在韓愈看來，儒學中「道」的含義是仁義思想，是君子之道。「博愛之謂仁，行而宜之之謂義；由是而之焉之謂道，足乎己，無待於外之謂德。」(《原道》)〔註56〕作文不是為了表現文采，「學所以為道，文所以為理耳。」(《送陳秀才彤序》)〔註57〕為文應當先學習古人之文辭，再經過自己的加工創造沉潛感悟而來，對宋代詩學產生了深遠的影響。李穡非常推崇韓愈，稱其為「泰山北斗」，自幼閱讀韓文，「韓子古文唐北斗」〔註58〕，李穡振興儒家的主張與韓愈重振古道具有相似性。(韓)琴章泰先生在《牧隱李穡的儒學思想》中指出「牧隱的儒學思想使以章詞學為主的高麗後期儒學學風轉變到了以經學為基礎的實踐儒學。」〔註59〕

李穡重視對「浩然之氣」的培養，論文主張「知人論世」，繼承孟子與古人為友的看法：

〔註53〕《牧隱詩蒝》卷之八。(韓國文集叢刊：冊四，第60頁)

〔註54〕 (宋)黃庭堅著：《黃庭堅全集》，成都：四川大學出版社，2001年，第77頁。

〔註55〕 (晉)陶淵明著：《陶淵明全集》，上海：上海古籍出版社，2015年，第54頁。

〔註56〕 (唐)韓愈撰，馬其昶校注：《韓昌黎文集校注》，上海：上海古籍出版社，1986年，第13頁。

〔註57〕 (唐)韓愈撰，馬其昶校注：《韓昌黎文集校注》，上海：上海古籍出版社，1986年，第260頁。

〔註58〕《牧隱詩蒝》卷之七。(韓國文集叢刊：冊四，第41頁)

〔註59〕 轉引自張敏：《韓國思想史綱》，北京：北京大學出版社，2009年，第74頁。

孟子論尚友曰：頌其詩，讀其書，不知其人可乎？是以論其世也。吾嘗謂論文章，亦當如是。文章，人言之精者也。然言未必皆其心也，皆其行事之實也。漢司馬相如、楊子雲，唐柳宗元，宋王安石之徒。其言之布于文者，無得而議。徐考其行事之實，有不能不容吾喙。譬之屠家禮佛，倡家學禮，自其外視之似也。本之則屠與倡焉，其可以相掩乎哉？此所以頌其詩讀其書，而尤欲論其世者也。（《動安居士李公文集序》）〔註60〕

李穡關注創作文學作品之作者，關注作者之心與行事之外在表露，在他看來「心之用大矣……行之以政事，述之以文章。」〔註61〕文章能反映一個人的「氣」之所在，「浩然之氣，其天地之初乎？天地以之位，其萬物之原乎？萬物以之育。惟其合是氣以為體，是以，發是氣以為用。是氣也無畔岸、無罅漏、無厚薄、清濁、夷夏之別，名之曰浩然。不亦可乎？堯之仁，舜之智，以至夫子溫良恭儉讓，皆由自強不息。」（《浩然說，贈鄭甫州別》）〔註62〕「氣」無所不在，形式多樣，因而修身、持志、養氣則是在將儒家精神灌注於個人道德品質修養。「文章出肺腑，矯詐徒自欺」〔註63〕，反映在詩歌創作中，則是注重性情的自然抒發。

此外，李穡還強調「溫柔敦厚」的詩教觀，「夫歌詠，所以形容政事之美，正人心扶世道，吾黨所宜勉焉。」〔註64〕詩歌應當抒發人心，表現性情，「文章，外也，然根於心。心之發，關於時。是以誦詩者不能不有感於風雅之正變焉。」〔註65〕「詩道由來寫性情」〔註66〕，李

〔註60〕　《牧隱文稿》卷之八。（韓國文集叢刊：冊五，第60頁）

〔註61〕　《直說三篇》，《牧隱文稿》卷之十。（韓國文集叢刊：冊五，第77頁）

〔註62〕　《牧隱文稿》卷之十。（韓國文集叢刊：冊五，第83頁）

〔註63〕　《牧隱詩藁》卷之六。（韓國文集叢刊：冊四，第24頁）

〔註64〕　《牧隱詩藁》卷之十一。（韓國文集叢刊：冊四，第96頁）

〔註65〕　《栗亭先生逸稿序》，《牧隱文稿》卷之八。（韓國文集叢刊：冊五，第64頁）

〔註66〕　《即事》，《牧隱詩藁》卷之十四。（韓國文集叢刊：冊四，第155頁）

穡直言他並非「嗜詩者」，創作詩歌的目的以寄託情思抒懷為主。

第二節　辯證的仕隱觀

一、古代朝鮮的隱逸傳統

　　古代朝鮮最早的隱逸神話，記載於一然的《三國遺事》中：「後還隱於阿斯達為山神，壽一千九百八歲。」〔註67〕韓國文學史上的隱逸鼻祖當推崔致遠，「世傳崔致遠隱伽倻山，一朝早起出戶，遺冠履於林間，不知所歸……真聖時有崔致遠，初事唐僖宗。知天下亂，去歸國。又新羅政衰，遂遺世逃隱。」〔註68〕

　　然而在高麗中期以前，談及隱士的時候，文人甚少以陶淵明作為隱士的代表。喜好談及「隱逸」為內容的如崔致遠。到了高麗中後期，創作「隱逸」主題的詩人增多，如林椿、李仁老、李奎報等，詩文中多以許由作為隱逸鼻祖，或寫長沮、桀溺、林逋等。此時在古代朝鮮士大夫心目中，陶淵明的人格典範地位尚未建立，林椿在詩文中寫過陶淵明嗜酒一事，如「慎勿學淵明歸去田園坐種秫」〔註69〕，此外，他還創作了一篇假轉體寓言《麴醇傳》，借酒來諷刺奸佞之臣和昏庸的君主。在傳文中他引用陶淵明傳記中不為五斗米折腰之事，將《晉書》中的原話套用在麴醇身上〔註70〕，頗具諷刺的意味。由此可見，在林椿心中陶淵明以嗜酒者的形象為主。林椿在《逸齋記》中將「隱士」理解為：「真隱者能顯也，真顯者能隱也。凡涕唾爵位，粃糠芻豢，枕白石漱清流者，索隱行怪而已，於顯能之耶？桎梏名撿，汩溺朝市，首蟬冠腰龜

〔註67〕　（高麗朝）一然原著；孫文範等校勘：《三國遺事　校勘本》，長春：吉林文史出版社，2003 年，第 30 頁。

〔註68〕　《孤雲先生事蹟》。（韓國文集叢刊：冊一，第 141 頁）

〔註69〕　《次韻李相國見贈長句》，《西河先生集》卷第二。（韓國文集叢刊：冊一，第 218 頁）

〔註70〕　《麴醇傳》：「公府辟為青州從事，以鬲上非所部，改調為平原督郵。久之歎曰：『吾不為五斗米折腰，向鄉里小兒，當立談樽俎之間耳。』」《西河先生集》卷第五。（韓國文集叢刊：冊一，第 259 頁）

印者，奔勢循利而已，於隱能之耶？必有不苟同不苟異，時乎退，不夷而齊之。時乎進，不皐而夔之。一浮沉一往來，無適而不自得者乃真隱顯。而隱與道俱藏，顯與道俱行也。」〔註71〕在他看來真正的隱士乃是在仕與隱之間進退自如，道作為本質貫穿於仕與隱之中。李奎報改寫林椿的《麴醇傳》作《麴先生傳》，其中加入了麴先生與陶潛為友的故事，刪除了「不為五斗米折腰」的典故，可以看出李奎報有意識地改寫林椿筆下的陶淵明形象。〔註72〕

到了高麗末期，國內政治動盪給了「隱士」成長的土壤，歌詠陶淵明隱逸之高風也逐漸多了起來。如李集開始將陶淵明詩歌元素寫入隱逸詩中，「鮮鮮霜菊慰幽懷，一日東籬繞幾回。既與老夫俱隱逸，天寒古寺亦能開。」〔註73〕在田居生活中，李集得以抒發其自然的性情，憑弔古人的高風意趣。李穡與李集酬唱往來比較頻繁，他寫給李集的詩歌有47首，李集時常召喚李穡卜隣而居。那麼李穡對隱逸的認識又是怎樣的呢？

二、被動型隱士

李穡在恭愍王執政時期積極參與政治改革，然而到了晚年，他深感功名的虛妄，如「功名真薄相，天地同浮漚」〔註74〕，「紛紛利名場，旦夕相吞屠」〔註75〕，名利場中的相互侵吞，人與人之間關係的淡薄都讓李穡產生了深深的厭倦。在隱居的生活中，他感受到平淡下的永恆，「獨居窮巷靜，兀坐小窗明。淡泊非無味，膏肓在立名。」〔註76〕窮巷中的寂靜帶給詩人久違的心曠神怡，淡泊中的至味在靜坐中得以體味，詩人渴望同陶淵明一般，在後世留有聲名，「平生苦

〔註71〕　《逸齋記》，《西河先生集》卷第五。（韓國文集叢刊：冊一，第255頁）
〔註72〕　《麴先生傳》：「潯陽陶潛為友。二人嘗謂曰：一日不見此子，鄙吝萌矣。每見，移日忘疲，輒心醉而歸。」《東國李相國全集》卷第二十。（韓國文集叢刊：冊一，第503頁）
〔註73〕　《遁村雜詠》七言絕句。（韓國文集叢刊：冊三，第337頁）
〔註74〕　《牧隱詩藁》卷之三。（韓國文集叢刊：冊三，第548頁）
〔註75〕　《牧隱詩藁》卷之三。（韓國文集叢刊：冊三，第552頁）
〔註76〕　《牧隱詩藁》卷之十五。（韓國文集叢刊：冊四，第171頁）

心處，留與後人傳」〔註77〕。

　　陶淵明在立名上是比較矛盾的，一方面他對身名的流傳報以懷疑的態度，「去去百年外，身名同翳如。」（《和劉柴桑》）寫自己對身後名的不在意，「籲嗟身後名，於我若浮煙。」（《怨詩楚調示龐主簿鄧治中》）另一方面，他賦詩以留名，特別是在《自祭文》和《擬挽歌辭》中，給後人理解他提供了一個管道。在他的觀念中，立善而留名是可取的，「養真衡茅下，庶以善自名」（《辛丑歲七月赴假還江陵夜行塗口》），「身沒名亦盡，念之五情熱。立善有遺愛，胡可不自竭？」（《形影神》）《左傳》有云：「太上有立德，其次有立功，其次有立言，雖久不廢，此之謂不朽。」〔註78〕吳國富指出，先秦到兩晉時期「立言」主要針對的是歷史和諸子著作之作，不包括文學作品。〔註79〕陶淵明在日常生活中以「養真」、「歸田」、「固窮」來作為自己「立德」的一面，然而他更加注重當下的生活與感受「千載非所知，聊以永今朝」（《己酉歲九月九日》），在日常生活中追尋自然本真的狀態。

　　李穡在《南谷記》中引用李戩對「隱者」的定義：「不獨隱其身，又必名之隱。不獨隱其名，又必心之隱。此無他，畏人知而不使人知也。」〔註80〕真正的隱士應當身、心、名皆隱，不為人所知，這與沈約對隱士的認知相近：「夫隱之為言，跡不外見，道不可知之謂也。若夫千載寂寥，聖人不出，則大賢自晦，降夷凡品，止於全身遠害，非必穴處岩棲，雖藏往得二，鄰亞宗極，而舉世莫窺，萬物不睹。若此人者，豈肯洗耳潁濱。皦皦然顯出俗之志乎。」〔註81〕沈約以許由洗耳

〔註77〕　《為同年朴判書，記其所居菊澗》，《牧隱詩藁》卷之二十三。（韓國文集叢刊：冊四，第309頁）

〔註78〕　李夢生撰：《左傳譯注》，上海：上海古籍出版社，1998年，第790頁。

〔註79〕　吳國富：《論陶淵明的中和》，上海：上海古籍出版社，2007年，第74頁。

〔註80〕　「孔子『有道則見，無道則隱』之道處身，則無倉卒一朝之患矣。」《稼亭集》卷之一。（韓國文集叢刊：冊三，第101頁）

〔註81〕　（梁）沈約撰：《宋書》卷九十三，北京：中華書局，1974年，第2275頁。

作為非隱士的代表，「在沈約看來，真正的隱士應該不留下任何可以為人所知的事蹟。隱士而進入史傳，是一個悖論。」〔註82〕

　　真正的隱士當無名於世，對於有名聲傳世的隱者，李穡站在儒家思想的立場上，對其持批評的態度，「彼柴桑竹林，名教之罪人也，好事者尚圖而歌之。」〔註83〕然而，在他的詩歌中有 22 處自白「掛冠」之心，在為官期間創作的詩歌中就多有流露出對掛冠歸田的渴望，「欲歸未歸今幾年，功成名遂身不退」〔註84〕，「白頭猶未歸，對月聊自責」，〔註85〕「白盡髭鬚尚未歸」〔註86〕。曹伸（1454～1528）在《諛聞瑣錄》中指出：「牧老詩甚閑適，其《晨興》詩曰：『湯沸風爐雀噪簷，老妻盥櫛試梅鹽。日高三丈紬衾暖，一片乾坤屬黑甜。』……《拾栗》詩：『坐想山村栗政肥，金丸欲落映離離。乞身何日飄然去，拾得滿籠深夜歸。』可見欲歸之意。」〔註87〕李穡認為隱逸的出發點應當與世道相關：「《易》曰：『天地閉，賢人隱。』今則明良遭逢，都俞籲咈，魚川泳而鳥雲飛也。流示之爵祿而鹽其利。是以於焉者，皆山林之秀也。而吾老矣，猶之可也；子安氏卓然勇往之時也，而以隱自名，可乎？」（《陶隱齋記》）〔註88〕李穡質問李崇仁以「隱」為號，認為此時明主良臣在朝，正是為政之時。李穡自白無法實踐這一目標的原因是感念恭愍王的知遇之恩，「只緣未報先王德，不敢超然便拂衣」〔註89〕，「國恩未報心中惡，幾度欲歸猶未歸」〔註90〕。在詩作中李穡坦白自己忠

〔註82〕　田曉菲：《塵幾錄　陶淵明與手抄本文化研究》，北京：中華書局，2007年，第 59 頁。
〔註83〕　《牧隱詩藁》卷之九。（韓國文集叢刊：冊五，第 74 頁）
〔註84〕　《歸來篇》，《牧隱詩藁》卷之十三。（韓國文集叢刊：冊四，第 134 頁）
〔註85〕　《讀唐賢詠月章》，《牧隱詩藁》卷之九。（韓國文集叢刊：冊四，第 77頁）
〔註86〕　《聞雁》，《牧隱詩藁》卷之九。（韓國文集叢刊：冊四，第 77 頁）
〔註87〕　（朝鮮王朝）曹伸《諛聞瑣錄》，蔡美花，趙季主編：《韓國詩話全編校注》冊一，北京：人民文學出版社，2012 年，第 362～321 頁。
〔註88〕　《牧隱文稿》卷之四。（韓國文集叢刊：冊五，第 28 頁）
〔註89〕　《自詠》，《牧隱詩藁》卷之十八。（韓國文集叢刊：冊四，第 230 頁）
〔註90〕　《自詠》，《牧隱詩藁》卷之三十二。（韓國文集叢刊：冊四，第 477 頁）

於君王，即使有拂衣的願望，但強烈的責任感使他肩負起改革朝政的任務，願以自身才能報效君主。李穡始終無法忘懷世事，他在《殘生》中云：「殘生萬事不如歸，江海淒涼草木稀。萬壑千岩深可隱，清風明月淡相隨。安仁豈足知秋興，靖節元能悟昨非。霜露滿天松菊靜，自憐垂老未忘機。」〔註91〕詩人雖然在理性上認識到歸隱山林之閑靜，然而他的本性中依然保有兼濟天下的渴望，在沒有明君的時候，只能以隱居來保全自己的真，然而到他垂垂老矣之時，卻發覺自己依然無法忘懷。李穡對待歸隱是充滿矛盾的，「菊花粲相照，吾心本忘機。淡然物我共，聖賢端可希。清興持久難，少選嗟已非。對之欲寫真，善畫今又稀。淵明去已遠，吾將誰與歸。」〔註92〕如同陶淵明在《擬古九首》（其八）中追慕伯夷、叔齊和伯牙、莊周有云：「此士難再得，吾行欲何求？」在追慕古人的過程中，一面惋惜斯人已去，一面表現出詩人孤獨悵然之心。

如果說陶淵明是「先天型隱士」，那麼李穡則是「被動型隱士」〔註93〕。在恭愍王時期，李穡受到重用參與政治改革，他的主要政績集中於這一時期，其詩云：「清時誰欲隱，明主我曾逢。」〔註94〕恭愍王被弒身亡，給李穡的影響無疑是巨大的，對志操的堅守與社會現實的衝突，使得李穡在經歷了被貶、流配後選擇了隱居生活，這也是一種人人生的無奈。

三、大隱由來史所書

李穡對陶淵明隱逸的認識是一個由批評到認可再到追慕的變化過程。在李穡心目中一度認為隱士是不留下名聲的，因而陶淵明並不符

〔註91〕《牧隱詩藁》卷之三十三。（韓國文集叢刊：冊四，第477頁）

〔註92〕《牧隱詩藁》卷之二十五。（韓國文集叢刊：冊四，第356頁）

〔註93〕史飛翔依據隱士產生的心理機制將隱士分為兩類：第一類是先天型隱士；第二類是後天型隱士。參見史飛翔：《終南隱士》，西安：陝西人民出版社，2013年，第59頁。

〔註94〕《感事》，《牧隱詩藁》卷之七。（韓國文集叢刊：冊四，第43頁）

合這個標準。但陶淵明的詩文被選入科舉參考書目《文選》，士人們皆誦讀其《歸去來兮辭》，雖然身隱於田園，然而名聲遠播異國異代。在李穡看來，「陶然是真隱，何必賦歸歟？」〔註95〕李穡從歸隱動機角度提出了隱士標準：真正歸隱之人不必留下賦歸的文章。他辯證地指出「汝自不歸歸便得，漢江無地不堪漁」〔註96〕，隱居應當不分處所，他認為隱居是為了修道，當不再言說欲歸之情的時候，則處處都可作為歸處。隱士與留名本身就是一對矛盾的組合，若真心要隱居，當不為世人所知，更無須對自己隱居之事加以賦詠。其《古風》云：

> 淵明千載人，達道諒無匹。
>
> 奈何苦心思，醜拙寄於筆。
>
> 所以杜陵翁，一語敢相詰。
>
> 詩人恨枯槁，今古用一律。
>
> 樂天是真情，我膝當為屈。〔註97〕

在此詩中，李穡肯定了淵明能「達道」，一方面接受了黃庭堅「彭澤千載人」〔註98〕的觀點，另一方面又受到杜甫《遣興五首》（其三）中評價的影響：「陶潛避俗翁，未必能達道。觀其著詩集，頗亦恨枯槁。」〔註99〕陶淵明在《飲酒》（其十一）中云：「雖留身後名，一生亦枯槁」，這是他用來寫顏回和榮啟期的詩句，卻反被杜甫用來形容他。李穡對此認為，陶淵明苦心創作的詩文，被後人以「醜拙」作為評價，實在有違他千載達道之士的形象。「枯槁」一詞在李穡詩歌中出現過 7 次，或用來形容身形，或認為是在追求平淡之下的一種變形。〔註100〕在李穡

〔註95〕　《牧隱詩藁》卷之五。（韓國文集叢刊：冊四，第 12 頁）

〔註96〕　《牧隱詩藁》卷之十。（韓國文集叢刊：冊四，第 89 頁）

〔註97〕　《古風》，《牧隱詩藁》卷之十四。（韓國文集叢刊：冊四，第 151 頁）

〔註98〕　（宋）黃庭堅著：《黃庭堅全集》，成都：四川大學出版社，2001 年，第 77 頁。

〔註99〕　（唐）杜甫著；蕭滌非主編；廖仲安，張忠綱，李華副主編：《杜甫全集校注》卷五，北京：人民文學出版社，2014 年，第 1381 頁。

〔註100〕《紀事》：「欲趨平淡成枯槁」，《牧隱詩藁》卷之十七。（韓國文集叢刊：冊四，第 213 頁）

的另外兩首詩中有云：「淵明誰道恨枯槁，高名萬古流乾坤。」〔註101〕「一點何曾恨枯槁，我今三歎杜陵詩。」〔註102〕對比這三句詩可知，李穡對杜甫所云陶淵明「恨枯槁」的理解，應該是針對隱士生活的狀態而言。在這三首詩中李穡觀點有了明顯的變化，第一首認可杜甫對陶淵明的看法，第二首肯定了陶淵明的高名，第三首則完全否定了杜甫的看法。在經歷了易姓鼎革後的李穡意識到，陶淵明及其詩文經過歷史的沉澱之後才被樹立為經典，並且得以萬世流傳。李穡見到了陶淵明之真，在他看來，仕與隱只是追求方向不同，遵從本真和自我的心態是一樣的，「且傾彭澤杯中物，稟賦由來不可移」〔註103〕。

蔣星煜先生指出，中國隱士人物在先周就已經產生，「士不見於世，所以稱隱士。」〔註104〕荀子有云：「古之所謂處士者，德盛者也，能靜者也，修正者也，知命者也，著是者也。」〔註105〕范曄在《後漢書·逸民列傳》中將隱士歸納為六個類型：隱居以求其志；回避以全其道；靜己以鎮其躁；去危以圖其安；垢俗以動其概；疵物以激其清〔註106〕。

陶淵明在詩文中創造了一種新的隱逸方式，他只說「歸田」，不論隱逸。〔註107〕在他看來事物是發展的，人心亦是會變化，「形逐物遷，心無常准，是以達人，有時而隱。」（《扇上畫贊》）對於「隱逸」的認識不同，因而選擇不同，「時隱時顯」這即是陶淵明對待隱逸的態度。

〔註101〕《終夜一篇，喜春近也》，《牧隱詩藁》卷之二十一。（韓國文集叢刊：冊四，第275頁）

〔註102〕《讀歸去來辭》，《牧隱詩藁》卷之二十四。（韓國文集叢刊：冊四，第336頁）

〔註103〕《牧隱詩藁》卷之十。（韓國文集叢刊：冊四，第83頁）

〔註104〕蔣星煜：《中國隱士與中國文化》，北京：生活·讀書·新知三聯書店，1988年，第1頁。

〔註105〕（清）王先謙著：《荀子集解》，北京：中華書局，1988年，第101頁。

〔註106〕（宋）范曄撰，（唐）李賢等注：《後漢書》卷八十三，北京：中華書局，1965年，第2755頁。

〔註107〕在展開論點的過程中，我沒有讀到田菱的討論，對陶淵明在隱逸方式上的創新，我的觀點與她不謀而合；參見 Wendy Swartz：《閱讀陶淵明》，北京：中華書局，2016年，第138頁。

選擇隱居的原因，他在《歸去來兮辭》中有交代：「富貴非吾願，帝鄉不可期。」而在與他往來的老農眼中，陶淵明只是固窮安貧，並非高隱之士，陶淵明對此並不否認，只是坦言自己天性寡和，違己則迷。〔註108〕在陶淵明的詩文中，直接寫對「隱逸」的看法，有「良才不隱世，江湖多賤貧」（《與殷晉安別》），陶淵明自嘲自己的身份，指出自己與殷晉安只是追求各自的志向，並沒有高下的區別。他的價值觀主要以真、善、情作為標準，有時也以儒家節操來為「安貧」做注腳，以「詠貧」來對抗「苟富」。但是在後人的眼中，陶淵明儼然成為「隱士」的代表之一，如沈約將陶淵明寫入「隱逸傳」，鍾嶸在《詩品》認為陶淵明堪為「隱逸詩人之宗」。

陶淵明留下的詩文為世人從不同的角度進行闡釋，不同時代不同國度的批評家們拿著放大鏡，來觀照這些詩文。而陶淵明何曾想過這一點？即使想到了，他也不以為意吧。世人營營追求的世俗名利並非他所好，「人生似幻化，終當歸空無」，他所追求的無非是「稱心」二字，他不曾招隱，若是真隱，自然無需相招。他尊重自我的生命，也尊重他人的選擇，在子女的教育問題上可以見出一斑。

從朝鮮朝建立後大赦（1392）到去世，李穡的隱居生活只有四年的時間。然而在他的一生中，或仕或隱，卻一直沒有停止過對「歸去來」情懷的歌詠。這一時期中，李穡對陶淵明之隱逸體認加深，他對「隱士」的定義也開始慢慢開放，並且逐漸向陶淵明的隱逸觀靠攏。在表達歸田隱逸思想的時候，李穡多用陶典，如「靖節歸田我獨窮」〔註109〕「淵明去已遠，吾將誰與歸」〔註110〕。在隱逸與出仕之間的選擇的時候有云：「非才求仕真如狂，入仕欲隱還如詐。非狂非詐一良心，

〔註108〕《飲酒》：「田父有好懷。壺漿遠見候，疑我與時乖。襤縷茅簷下，未足為高棲。一世皆尚同，願君汩其泥。深感父老言，稟氣寡所諧。紆轡誠可學，違己詎非迷！」

〔註109〕《牧隱詩藁》卷之八。（韓國文集叢刊：冊四，第60頁）

〔註110〕《牧隱詩藁》卷之二十五。（韓國文集叢刊：冊四，第356頁）

榮親養親難上下。」〔註111〕這種為親而仕的情況和陶淵明的出發點是一致的。李穡憧憬像陶淵明一樣過上田園生活，「有田可種秫，有屋可種菊。何當師淵明，歸去謝馳逐。」〔註112〕在《題南大藩司尹菊詩卷末》詩中李穡以陶淵明為師，志在歸去田園種秫、種菊，而不為世俗所侵擾，詩歌用語樸實，亦是詩人在異代對陶詩的呼應。在詩人看來「人人種菊看，未必能知菊」，一方面反映了當時社會中人人效仿陶淵明之隱逸而在家中栽種菊花的普遍現象，另一方面也批評了世人只知效仿陶淵明的行為，卻不得其隱逸精神的事實。

　　李穡退隱後的詩歌中以陶淵明為師，以田園生活為歸宿，可以看出，他已然認可了陶淵明的隱士身份，在他的文章中也可以看出他對隱士的認識發生了變化，隱士的範圍更加的廣泛，如「退于田里如隱士然」〔註113〕「不仕則隱，不隱則仕，退而求吾終身之地」〔註114〕「隱居則晉處士也」〔註115〕，隱士走下神壇，成為士人們可以追求並且實踐的理想人格。李穡吟詠君子節操，並且以此來鼓舞自己，如「君子守素志，樂哉方順時」〔註116〕，其中呈現出樂觀的精神，在隱與仕之中的選擇都是「順時」的結果。然而，忠君之心在李穡心目中佔據著不可動搖的地位，李穡辯證地看待仕與隱：「昔也，居廟堂，樂其道之行。今也，在田里，樂其身之全，身全道亦全矣。追惟前日如行雲流水，已無蹤跡。獨其愛君之心與吾終身之樂，不可須臾之相離也。可離豈吾所謂可樂者哉。」（《寄贈柳思庵詩卷序》）〔註117〕這與陶淵明之「聊且憑化遷，終返班生廬」（《始作鎮軍參軍經曲阿作》）是一脈相承的，這種

〔註111〕《牧隱詩藁》卷之三。（韓國文集叢刊：冊三，第 540 頁）
〔註112〕《題南大藩司尹菊詩卷末》，《牧隱詩藁》卷之四。（韓國文集叢刊：冊三，第 558 頁）
〔註113〕《牧隱文稿》卷之十。（韓國文集叢刊：冊五，第 80 頁）
〔註114〕《牧隱文稿》卷之五。（韓國文集叢刊：冊五，第 39 頁）
〔註115〕《牧隱文稿》卷之五。（韓國文集叢刊：冊五，第 43 頁）
〔註116〕《牧隱詩藁》卷之十四。（韓國文集叢刊：冊四，第 156 頁）
〔註117〕《牧隱文稿》卷之七。（韓國文集叢刊：冊五，第 53 頁）

超然處世觀和曠達的心胸，發而為德行，即李穡主張的道德修養最高標準：「吾心達乎天德」與「德以守其天」〔註118〕。

在易代之際，不少朝鮮詩人以仿效陶淵明式隱逸詩的方式來抒懷，誠如李穡所云，真正能懂陶淵明的又有幾人？在這一時期詩壇中陶淵明被士人視為隱逸的代表，他從一個嗜酒者的形象，成為一個隱居田園中的高士。文化層面上，陶淵明成為典型人物之後，真實的陶淵明在此時就已經被消解，繼而隱退在人們的視野中。但是在文學層面上的解讀評論則開始興起。

第三節　李穡的詠陶詩

《牧隱文藁》中有不少對陶淵明進行歌詠的詩歌，其中直接詠陶和引用陶典的有近兩百處，李穡從知人論世的角度對陶淵明之人生態度、生存方式、詩學觀點等方面進行了解讀。從他的詩文中可以發現，他所參考的資料不僅有《陶淵明集》，還有記載陶淵明事蹟的史傳，以及唐宋的陶淵明批評，如李白、杜甫、王安石、蘇軾、朱熹等人的觀點。其詩《淵明》云：「淵明時不識，貌枯氣自華。顏公千萬錢，即日送酒家。風霜天地秋，東籬採黃花。誰知重名教，梨栗生深嗟。」〔註119〕詩人從陶淵明的詩歌、性格、思想等方面來寫陶淵明在他心目中的形象，其詩文貌枯氣華，天性曠達灑脫，他在子女教育上以儒家禮法為主。李穡不僅在生活方式上學陶，而且在人生觀上陶淵明對他的影響甚為顯著。

一、彭澤是吾師

李穡在論詩時，注重人品與詩品的一致。從儒家立身的角度上肯定了陶淵明的高風節概，李穡曰「彭澤是吾師」，標示自己對陶淵明高

〔註118〕參見張敏：《韓國思想史綱》，北京：北京大學出版社，2009 年，第 73 頁。

〔註119〕《牧隱詩藁》卷之二十二。（韓國文集叢刊：冊四，第 306 頁）

風的追慕。他非常敬慕陶淵明的人格,「晉有世臣陶靖節,宛然千載有
高風」〔註120〕。陶淵明在後世樹立的經典地位與其留下不多的詩文作
品形成反差,陶淵明詩文之外的留白,成為後人各式闡釋的生發處。李
穡詩歌中,對陶淵明生平軼事的引用較多,且集中在隱士氣節和歸隱
田園上。

(一)忠君態度:不事二君

古代朝鮮漢詩中第一次寫到陶淵明「書甲子」一事始於李穡,他
將陶淵明隱逸的原因與此相聯繫,作為表現陶淵明忠節的依據,並且
借此來表達自己對高麗王朝的忠貞:

> 淵明千載一高士,醉裏抽毫書甲子。
>
> > 《種菊未託,雨又作,作短歌》〔註121〕
>
> 此老豈知書甲子,門前碧柳帶煙斜。
>
> > 《偶題》〔註122〕
>
> 歸來書甲子,憔悴降庚寅。
>
> > 《自賦》〔註123〕

在陶淵明史傳四種中,沈約《宋書》和李延壽《南史》中有「義熙以前,
則書晉氏年號,自永初以來唯云甲子而已」〔註124〕這樣的記載,率先
指出了陶淵明「書甲子」的情況。史傳中大多認為陶淵明歸隱的原因是
陶氏世代為晉臣,因而「恥復屈身後代」。李穡可能閱讀過這兩種傳記
或其中一種,並且對此深信不疑,並也以「不事二朝」為自己的行為
標準:

〔註120〕《中童凌晨來》,《牧隱詩藁》卷之十九。(韓國文集叢刊:冊四,第
250頁)
〔註121〕《牧隱詩藁》卷之十六。(韓國文集叢刊:冊四,第194頁)
〔註122〕《牧隱詩藁》卷之十九。(韓國文集叢刊:冊四,第245頁)
〔註123〕《牧隱詩藁》卷之十五。(韓國文集叢刊:冊四,第173頁)
〔註124〕(梁)沈約撰:《宋書》卷九十三,北京:中華書局,1974年,第2289
頁。

晉臣麗不億，祼將宋廟中。家世與宗國，一體無異同。

所以彭澤令，脫去如飛鴻。悠悠千載下，北牖來清風。

《古風》其三〔註125〕

1368 年元明易代，1392 年麗鮮易代，李穡在其人生的中年和晚年經歷了這兩個國家的改朝換代。易姓鼎革之後，李氏朝鮮朝太祖李成桂召他回朝任職，他卻以亡國之士大夫自稱，拒絕入仕李朝，最終歸隱故鄉。家國局勢劇變及人生的大起大落，使李穡認定陶淵明為師友，「有懷徒耿耿，彭澤是吾師」〔註126〕。李穡熟知陶淵明祖父陶侃以及外祖孟嘉的事蹟，他認同每個人只有一個自己的家族，也只有一個自己的國家，陶淵明的高風隱逸感染了李穡。與陶淵明相似社會和家世背景，成為李穡學陶中的重要內容。李穡祖先幾代在高麗朝一直擔任韓山郡戶長之職，直到其父李穀開始，才進入士大夫階層，加之李穡本人為官的主要時期是在麗末恭愍王執政之時，因而對高麗朝感念至深。後人也以李穡作為「不事二姓」的代表士人：「牧隱先生之正而和也。超然遠引，不事二姓。其擇益精，其辭益婉。」（《耘谷先生事蹟錄後語》）〔註127〕

（二）生命哲學：安貧樂道

李穡創作了不少寫詠貧題材的詩歌，收錄在其《牧隱詩藁》中。其中有表達安貧之志的，如「安貧是吾志，自謂清如水」〔註128〕；有寫貧居生活中的細節，如「誰知牧隱家最貧，時咬菜根長啜粥。蓬頭赤腳耐寒冷，掃葉凌霜走山麓。」（《爨婦歌》）〔註129〕在貧居生活中，李穡卻感受到了在官場中從未體會過的身心輕鬆，因而他「樂貧」，並「詠貧」。特別是到了老年時期，他更加體會到居貧所帶來的心安，

〔註125〕《牧隱詩藁》卷之十八。（韓國文集叢刊：冊四，第 218 頁）

〔註126〕《遣興》，《牧隱詩藁》卷之十九。（韓國文集叢刊：冊四，第 251 頁）

〔註127〕《耘谷行錄》跋，（韓國文集叢刊：冊六，第 234 頁）

〔註128〕《牧隱詩藁》卷之二十八。（韓國文集叢刊：冊四，第 397 頁）

〔註129〕《牧隱詩藁》卷之六。（韓國文集叢刊：冊四，第 22 頁）

「早識善最樂，老知貧可安。」〔註 130〕

　　李穡以陶淵明為友，體味田園生活狀態的至儉至靜，暢懷吟詠「家貧無物心閑適，今古悠然一笑中。」〔註 131〕他追仿陶淵明的隱逸田園，一是由於兩人在個性上都有「憂道不憂貧」的一面；二是兩人都遵從自我，無論是在朝或者在野，都以適宜自我的發展為出發點。李穡有云：「牧隱生來自寡儔，只知天命信悠悠。」〔註 132〕在此，天命包含了客觀世界對他的心靈產生的影響，但詩人強調的卻還是自己的執著。對文學經典接受行為的發生，大都是在接受者的主觀選擇下的結果。陶淵明有云：「深感父老言，稟氣寡所諧」（《飲酒》其九），雖然感念他人的勸解，但自我的內心訴求更加重要。李穡也如此，「在田里，樂其身之全，身全道亦全矣」〔註 133〕，田園生活涵養下的閑適心境使得詩人獲得了心靈上的「無累」，因而得以保全內心所堅持的「道」。

　　在反映田居生活的時候，李穡在詩中常寫「固窮」，如「只有固窮餘力在，時時乞米字橫斜」，〔註 134〕「福過且知命，病深仍固窮」〔註 135〕，「固窮思聖訓，多病感浮生」〔註 136〕，詩人對物質生活的需求在晚年的時候已經非常低，「時咬菜根長啜粥」，李穡時常將其生活與陶淵明聯繫起來：

> 性僻居恒獨，家貧味罕兼。光陰悲鼎鼎，氣象慕岩岩。
> 門靜來幽鳥，簷虛掛冷蟾。秋風吹碧柳，千載憶陶潛。

《記舊作》〔註 137〕

　　詩人自白其個性中有著「性僻」「寡儔」的一面，他以「幽」寫「鳥」，

〔註 130〕《牧隱詩藁》卷之二十一。（韓國文集叢刊：冊四，第 280 頁）
〔註 131〕《牧隱詩藁》卷之十九。（韓國文集叢刊：冊四，第 235 頁）
〔註 132〕《牧隱詩藁》卷之十一。（韓國文集叢刊：冊四，第 96 頁）
〔註 133〕《牧隱文稿》卷之七。（韓國文集叢刊：冊五，第 53 頁）
〔註 134〕《牧隱詩藁》卷之十一。（韓國文集叢刊：冊四，第 101 頁）
〔註 135〕《牧隱詩藁》卷之十一。（韓國文集叢刊：冊四，第 237 頁）
〔註 136〕《牧隱詩藁》卷之三十二。（韓國文集叢刊：冊四，第 465 頁）
〔註 137〕《牧隱詩藁》卷之十九。（韓國文集叢刊：冊四，第 76 頁）

表達出詩人對陶潛的掛念幽思。「鳥」的意象在李穡詩中經常出現，或寫「倦鳥」，如「孤松可撫無已時，倦鳥知還更輕舉」〔註138〕、「自足避塵世，時看飛鳥還」〔註139〕、「倦飛孤鳥已知還」〔註140〕、「古來名利路，倦鳥自知還」〔註141〕，皆化用了《歸去來兮辭》中「雲無心以出岫，鳥倦飛而知還。景翳翳以將入，撫孤松而盤桓。」或與「孤雲」意象連用，「忽然萬里天如洗，獨鳥孤雲共往還」〔註142〕，「白水青林地淨，孤雲倦鳥天長」〔註143〕。李穡將這些意象融入詩歌中，不僅是他在田園生活中的真實感受，更是其內心深處對陶淵明詩意的追摹。在李穡的田園詩中，描繪日常起居活動時多了一些豪氣：

> 淘米田間水，搬柴籬畔山。居貧心自樂，病退跡仍閑。
> 邑宰或饋問，鄰翁時往還。悠悠度旬浹，豪氣欲浮顏。
>
> 《雜興》其一〔註144〕

詩人寫日常淘米、搬柴之事，饒有生活氣息，其貧居生活中往來有官吏，亦有鄰翁，在這樣的生活中，詩人過去豪氣的一面又重新凝匯入身心之中。文學經典接受活動是一種自我與他者的融合過程，李穡田園詩學自陶淵明，又將自己的豪逸詩風熔鑄於其中。徐居正在《牧隱詩精選序》中指出李穡詩「眾體皆備，有雄渾者，有麗藻者，有沖澹者，有峻潔者，有豪以贍者，有嚴以重者，有奧而深者，有典而雅者。」〔註145〕李穡詩歌的風格是多樣的，他在學詩時兼採眾家，他在思想上重視「氣」的培養，「道之在大虛，本無形也。而能形之者，惟氣為然。」〔註146〕李穡認為「氣」是有形的，道的外化就是氣，因而修道和養氣

〔註138〕《牧隱詩藁》卷之二十一。（韓國文集叢刊：冊四，第282頁）
〔註139〕《牧隱詩藁》卷之三十一。（韓國文集叢刊：冊四，第443頁）
〔註140〕《牧隱詩藁》卷之三十四。（韓國文集叢刊：冊四，第495頁）
〔註141〕《牧隱詩藁》卷之十。（韓國文集叢刊：冊四，第89頁）
〔註142〕《即事》，《牧隱詩藁》卷之十七。（韓國文集叢刊：冊四，第208頁）
〔註143〕《海州》，《牧隱詩藁》卷之二。（韓國文集叢刊：冊三，第528頁）
〔註144〕《牧隱詩藁》卷之三十三。（韓國文集叢刊：冊四，第480頁）
〔註145〕《牧隱集》附錄。（韓國文集叢刊：冊五，第178頁）
〔註146〕《西京風月樓記》，《牧隱文稿》卷之一。（韓國文集叢刊：冊五，第7頁）

是一體的。李穡以陶淵明為師，在仿效陶淵明的氣節之外，還有其自身個性中超然物外的灑脫之氣：

> 淵明時不識，貌枯氣自華。顏公千萬錢，即日送酒家。
>
> 風霜天地秋，東籬採黃花。誰知重名教，梨栗生深嗟。
>
> 《淵明》〔註147〕

陶淵明不汲汲於物質財富的追求，有酒則飲，與自然萬物和諧共處。雖然如此，李穡還是認為陶淵明在子女的成長教育問題上，還是有著其重名教的一面。李穡沒有把陶淵明看成一個完美無暇的高貴人格，陶淵明亦有人間性，詩人對這一點深有感觸。正是有了這一點「瑕疵」，除高逸之外，陶淵明讓人有了親近和平易之感。

在易代之時，史傳中陶淵明節義的形象成為詩人們追慕的人格典範；與世俗不容之時，陶淵明的隱逸田園給士人們提供了一個理想的生活環境，這種生活中有儒家精神中的「安貧樂道」和「固窮」，亦有道家思想中的「委運任化」和「順心自然」。對比功名給人帶來的虛無之感，李穡在陶詩中看見了陶詩之真與田園之樂。

（三）本源追求：尚真

「真」始見於道家，「它原來是作為假（借來的東西），虛（內容的空虛性）的相反概念，一般意味著事物內部的充實——塞滿了的姿態。而真所具有的這種意義的充實性，歸根結底是由於古來中國人們，尤其是屬於所謂道家的人們。」〔註148〕「真正耐人尋味的美，其本體、本質必定是真而無偽。」〔註149〕在陶淵明的詩歌中能明顯找見他對去偽求真的孜孜追求。

魏晉南北朝是一個戰亂頻繁的年代，大量的名士被殺，群偽失真。陶淵明在他的詩歌中多次呼喚真風，如「羲農去我久，舉世少復真」

〔註147〕《牧隱詩藁》卷之二十二。（韓國文集叢刊：冊四，第306頁）

〔註148〕（日）笠原仲二著，魏常海譯：《古代中國人的美意識》，北京：北京大學出版社，1987年，第182～182頁。

〔註149〕陳良運：《論「真」的美學內涵》，美學，2003年第2期。

「真風告逝，大偽斯興」，「養真衡茅下，庶以善自名」(《辛丑歲七月赴假還江陵夜行塗口》)，「真想初在襟，誰謂形跡拘」(《始作鎮軍參軍經曲阿作》)，「此還有真意，欲辨已忘言。」(《飲酒》)、「天豈去此哉，任真無所先」(《連雨獨飲》)。在陶淵明的筆下「真」與「偽」相對立，任真乃是側重於自然本性的發展，是屬於老莊哲學範疇中的「真」。老子認為「修之於身，其德乃真。」〔註150〕(《老子》五十四章)《莊子·漁父》中亦云：「謹修而身，慎守其真，還以物與人，則無所累矣……真者，所以受於天也，自然不可易也。故聖人法天貴真，不拘於俗。」〔註151〕郭象注《莊子·大宗師第六》云：「夫真者，不假於物而自然也。」〔註152〕袁行霈先生指出，真與儒家所倡的「禮」相對立，與自然相通，更具人生價值判斷之意義。〔註153〕

　　受陶淵明的影響，李穡在詩歌和人生中皆以「真」作為最高追求。「歸去來兮千載人，高風當日有誰親。中興詩道非他術，上合天心是此真。」〔註154〕李穡將陶淵明高風隱逸之真，視為中興詩道的唯一途徑。李穡云「筆端無力寫真情」〔註155〕，他深知對他以及他所處的詩壇而言，「君子重受命，趨時非真情」〔註156〕，詩中表現「真」很困難。詩人在生活中以陋巷中有真樂，「只喜田家氣味真」〔註157〕，從歸居返回「真源」，使自己的心身得到安頓。即使在家徒四壁的處境中，依然能保存自己的「真」心：「歸來能順父母心，釀出天和成大極。一朝有歸返真源，垂裕子孫千萬億。」這與陶淵明追求的樸素生活是極為相似的：「親戚共一處，子孫還相保」。李穡表達出對於「真趣」、「真源」、

〔註150〕　(魏)王弼注；樓宇烈校釋：《老子道德經注校釋》，北京：中華書局，2016年，第143頁。

〔註151〕　(晉)郭象注：《莊子注疏》，北京：中華書局，2011年，第538頁。

〔註152〕　(晉)郭象注：《莊子注疏》，北京：中華書局，2011年，第133頁。

〔註153〕　袁行霈撰：《陶淵明集箋注》，北京：中華書局，2011年，第197頁。

〔註154〕　《讀歸去來詞》，《牧隱詩藁》卷之八。(韓國文集叢刊：冊四，第60頁)

〔註155〕　《即事》，《牧隱詩藁》卷之九。(韓國文集叢刊：冊四，第68頁)

〔註156〕　《有感》，《牧隱詩藁》卷之十。(韓國文集叢刊：冊四，第87頁)

〔註157〕　《牧隱詩藁》卷之二十四。(韓國文集叢刊：冊四，第329頁)

「真性」、「真樂」的追求，著意於對陶淵明「真趣」的理解，「悠然得真趣，兀坐對龍蠻。」〔註158〕「真趣」在與自然相處中靜觀而悟得，是人與天道同一過程中所產生的興味和審美感受。在「守真」的過程中，李穡感受到了「真樂」，這源於主體與客體在審美關係中實現同一，所以其友人田祿生有云：「牧隱詩語醇且真。」〔註159〕

李穡「尚真」還受到了蘇軾的影響，如「詩句清新不惹塵，因形賦物奪天真」〔註160〕，強調文學創作的真情抒發。蘇軾有云：「吾文如萬斛泉源，不擇地皆可出，在平地滔滔汨汨，雖一日千里無難。及其與山石曲折，隨物賦形，而不可知也。所可知者，常行於所當行，常止於不可不止，如是而已矣。其他雖吾亦不能知也。」（《自評文》）〔註161〕認為文章是道的表現，文章與道是一體的。李穡在創作中明顯繼承了這一觀點。性理學對李穡文道觀的影響也在其對「真」的追求方面發揮作用，如「欲從濂洛泝真源，直恐乾坤似豐蔀。只向殘年更料理，道德文章垂不朽。」〔註162〕「君子無他術，唯知守道真。幾年曾養氣，萬物自含春。」〔註163〕李穡將養氣與存真視為君子修道的途徑，提倡真性、真情以達君子之道。

二、從朝耕到夜春

（一）歸田結廬

李穡在晚年得以歸隱田園，認為人生中最珍貴的便是順從自己的

〔註158〕《牧隱詩藁》卷之十二。（韓國文集叢刊：冊四，第 126 頁）

〔註159〕《送鄭副令寓按于慶尚》，《野隱先生逸稿》卷之一。（韓國文集叢刊：冊三，第 392 頁）

〔註160〕《山水屏風》，《牧隱詩藁》卷之十六。（韓國文集叢刊：冊四，第 181 頁）

〔註161〕（宋）蘇軾著；張志烈等校注：《蘇軾全集校注》卷六六，石家莊：河北人民出版社，2010 年，第 7422 頁。

〔註162〕《伊川歌》，《牧隱詩藁》卷之十五。（韓國文集叢刊：冊四，第 164 頁）

〔註163〕《君子》，《牧隱詩藁》卷之十四。（韓國文集叢刊：冊四，第 156 頁）

內心，實現主觀與客觀世界的和諧相處。他在韓山結廬，一面回味著陶詩，一面吟詠著村居的可愛，「老年真個愛吾廬，獨上東皋一嘯舒」，化用陶淵明《讀山海經》中「眾鳥欣有托，吾亦愛吾廬」，自然萬物皆有所寄託和熱愛，詩人得其所意以達自適的狀態；又以陶淵明《歸去來兮辭》中一句「登東皋以舒嘯」，暢詠個人懷抱。李穡在七首詩中寫到「結廬」一事，對其隱居的環境「清風」「歸鳥」，又有「芳草滿庭」和「柳絲和雨」。試看李穡在不同時期寫結廬的詩歌：

> 四友堂中君子居，滿天清興更無餘。
> 滂江處處多奇絕，欲乞殘生對結廬。
>
> 　《避村李浩然在川寧縣，見寄絕句一首，兼示所作十
> 　首。諷詠之餘，次其韻，又用其韻自詠，皆走筆也。凡二
> 　　　　　　　　　　　　　　　十二首》〔註164〕

> 陰崖猶臘雪，小畹欲春蔬。
> 桃李山村近，攜家往結廬。
>
> 　　　　　　　　　　　　　《感事》〔註165〕

第一首詩是詩人寫給在川寧隱居的李集，在詩歌中李穡雖然說著乞歸結廬的願望，但是畢竟尚未體驗過田園生活，所以對田園的描繪是「滿天清興」，江邊奇絕之景引發詩人的讚歎，然而其對田居生活的瞭解浮於表面，僅僅是以一個遊客的身份在欣賞。第二首詩中，詩人以一個田園隱者的視角描寫臘月山村景色，山陰處的積雪尚未融化，詩人已經在心中籌畫種植春蔬，用質樸的眼光觀照著田園生活，流露出想要和家人在此過平淡生活的渴望。後一首與前一首詩有著「隔」與「不隔」本質上的不同，就如同陶淵明在《飲酒》中寫「採菊東籬下，悠然見南山」，以行動來串聯物象，自然流暢。在這兩首歸田結廬主題的詩歌中，可以看出詩人在未歸和已歸後所選取的兩種截然

〔註164〕《牧隱詩藁》卷之十二。（韓國文集叢刊：冊四，第 111 頁）
〔註165〕《牧隱詩藁》卷之七。（韓國文集叢刊：冊四，第 43 頁）

不同的詩歌意象。第一首詩中氣象宏大，但沒有具體的描寫場景物件，觀察視角是離散的，以直抒胸臆為主；而第二首詩從細微處入手，寫「陰崖」、「臘雪」、「春蔬」等具體場景物件，從而傳遞出田園生活中的泥土味和生命的氣息，讀者並能感受到詩人從古樸生活狀態中獲得的滿足。還比如：

> 倦飛孤鳥已知還，晚景清游得逞顏。
> 天命奚疑即彭澤，世緣終淺似香山。
> 江湖興味三生外，鍾鼎功名一夢間。
> 歌詠大平吾事業，從今自號李閑閑。

《驪興清心樓題次韻》〔註166〕

化用陶淵明《歸去來兮辭》中「樂夫天命復奚疑」和蘇軾「定似香山老居士，世緣終淺道根深」〔註167〕，慨歎古今，自詠垂然老矣，功名事業仿佛一場夢境。還比如：

> 潦暑經過少，靜居長短吟。偶然觀物化，亦復明我心。
> 蟻陣跳白雨，鶯梭懸綠陰。吾廬信可愛，即是晉陶潛。

《夏日即事》〔註168〕

李穡善於從自然景物的觀察中體悟生活趣味，在《夏日即事》中詩人捕捉了悶熱夏季的一場大雨，螞蟻、黃鶯忙碌地躲起雨來，詩人於世間得一靜廬，不用汲汲於營生，仿佛擁有了陶淵明那種閑適的生活。詩人在觀物中實現觀我，詩歌中充滿著勃勃生機，從細微處作詩家工夫。再看：

> 眾雛爛熳睡方濃，直自朝耕到夜舂。
> 籬落何曾知種菊，山林元不學栽松。

〔註166〕《牧隱詩藁》卷之三十四。（韓國文集叢刊：冊四，第495頁）

〔註167〕《軾以去歲春夏，侍立邇英，而秋冬之交，子由相繼入侍，次韻絕句四首，各抒所懷》，見（宋）蘇軾；（清）王文誥輯注：《蘇軾詩集》，北京：中華書局，1982年，第1507頁。

〔註168〕《牧隱詩藁》卷之四。（韓國文集叢刊：冊三，第566頁）

　　繁華物欲非渠敵，樸實家風是我宗。

　　早晚尋盟共談笑，歸途雲樹遠重重。

《曉起即事》〔註169〕

詩人在田居生活中感受到歡悅，「朝耕」、「夜舂」，詩人在時間流趨中遙想先人，回歸田園後繼承了樸素的家風，早晚閑暇時有友人相伴談笑。然而這一切詩人是以一個「觀者」的視角在沉潛體悟，「不須林下躬耕去，大隱由來史所書。」〔註170〕李穡田園詩中多有對自然物候的感知，不同於陶詩中對自然景物不多著筆墨，如「重雲蔽白日，閑雨紛微微」（《和胡西曹示顧賊曹》）、「微雨從東來，好風與之俱」（《讀山海經十三首》其一），只是道出四時景物的自然狀態。李穡在狀寫四時變化時，如寫雨「清晨小雨灑茅簷，客與悠然白柄鑱。江上平田煙漠漠，山崖細徑草纖纖，」〔註171〕寫雪「氣轉春分後，雲興日午餘。飛花自回薄，輕態故虛徐。」〔註172〕詩歌內容豐富，視野開闊，詩語清麗，詩人以詩筆繪出一幅清麗的水彩畫，可見其情性中自然灑脫的一面。

（二）詩書琴酒

　　李穡並未能做到陶淵明那樣的鄉居躬耕，他在隱居日常生活中一面觀察著周圍的人與事，此外還常與「詩書」、「琴酒」相伴，他以詩書來溝通古人，擷取其中的精華，並灌注於自身的修養之中：

　　錦以鏡我身，酒以薰我心。

　　優遊聖賢域，偃息詩書林。

　　探幽入邃古，咀華垂來今。

　　鳳凰鳴高岡，歌之弦我琴。

〔註169〕《牧隱詩藁》卷之十三。（韓國文集叢刊：冊四，第141頁）

〔註170〕《將遣家奴，踏驗新田》，《牧隱詩藁》卷之十二。（韓國文集叢刊：冊四，第119頁）

〔註171〕《曉雨》，《牧隱詩藁》卷之十一。（韓國文集叢刊：冊四，第96頁）

〔註172〕《微雪》，《牧隱詩藁》卷之十一。（韓國文集叢刊：冊四，第97頁）

> 文王去已遠，如聞金玉音。
>
> 《古意》〔註173〕

李穡飽讀詩書，崇尚古賢，能在詩書中獲得心靈上的「偃息」。詩人欣羨陶淵明「寄傲琴書」的生活，因此其隱居的日常生活也如此安排，「園靜宜扶策，窗明快讀書」〔註174〕，「書之置坐右，朝夕戒無忘」〔註175〕，「新年來往少，臥讀古人書」〔註176〕。詩人在弊廬中悠然生活，「天地容吾老，詩書伴我閑。閉門猶白晝，開戶即青山。」〔註177〕詩人在畫卷一般的生活場景中閑適自得，這與陶淵明「採菊東籬下，悠然見南山」的興味如出一轍。

李穡詩在寫自然景物時經常聯想到陶詩，如寫雨云：

> 素琴黃卷室無塵，頭上淵明漉酒巾。
>
> 淡泊老來還有味，羲皇上世是何人。
>
> 《小雨》〔註178〕

史書中有陶淵明「葛巾漉酒」的故事，可見李穡熟讀陶詩，他時以陶典入詩，陶詩的風格以淡泊為主，以陶淵明作為理想人格的標準。陶淵明自稱「羲皇上人」，而老年的李穡在隱居中品嘗淡泊至味之後，卻認為羲皇上人也無甚值得羨慕的了。

陶淵明田居是生活中離不開琴與酒，如「衡門之下，有琴有書。載彈載詠，爰得我娛。豈無他好，樂是幽居。」（《答龐參軍》）和陶淵明一樣，李穡也好酒，如「我昔好飲酒，匪以逃昏冥」〔註179〕，「陶然成一醉，高臥日將曛」〔註180〕，「對酒開懷非俗流，醉鄉天地盡悠

〔註173〕《牧隱詩藁》卷之十。（韓國文集叢刊：冊四，第86頁）

〔註174〕《幽居》，《牧隱詩藁》卷之五。（韓國文集叢刊：冊四，第12頁）

〔註175〕《晝寢》，《牧隱詩藁》卷之三。（韓國文集叢刊：冊三，第547頁）

〔註176〕《感事》（其三），《牧隱詩藁》卷之七。（韓國文集叢刊：冊四，第43頁）

〔註177〕《遣興》，《牧隱詩藁》卷之三十。（韓國文集叢刊：冊四，第438頁）

〔註178〕《牧隱詩藁》卷之十一。（韓國文集叢刊：冊四，第98頁）

〔註179〕《古意》，《牧隱詩藁》卷之十。（韓國文集叢刊：冊四，第86頁）

〔註180〕《鄭簽書攜酒見過》，《牧隱詩藁》卷之七。（韓國文集叢刊：冊四，

悠」〔註181〕，「掃去悲歡惟有酒，誰知一味最為醇」〔註182〕等等。李穡對酒的喜愛完全不亞於陶淵明，李穡詩云：「且盡杯中物，岩廊集眾賢」〔註183〕，直接借用陶淵明《責子》所言「天運苟如此，且進杯中物」。

　　李穡的《題南大藩司尹菊詩卷末》，即是對陶淵明隱居生活的致敬，「有田可種秫，有屋可種菊。何當師淵明，歸去謝馳逐。」〔註184〕詩人以陶淵明為師友，嚮往簡單質樸的生活，有酒可飲，有菊可種，在自然的物化中體悟天命，涵養浩然之氣。

三、詩法平和則味醇

　　李穡不僅在生活細節、人格理想上以陶淵明為學習的標杆，在寫詩技巧上也對陶詩深有體會，李穡對陶詩在詩學上的接受，主要體現在用典和平淡詩風上。

　　「用典」是中國古代文學創作中的常用藝術手法。陶淵明的詩文擅長用典，「陶詩用事，真所謂水中著鹽，雖有鹽味不見鹽質者。」〔註185〕王世貞《藝苑卮言》曰：「淵明托旨沖澹，其造語有極工者，乃大入思來，琢之使無痕跡耳。」〔註186〕陶淵明詩歌中多化用神仙、高士、逸民等典故，如許由、商山四皓、二疏、伯夷、叔齊、顏回等。朱自清先生在《陶詩的深度》中指出，陶詩的意境和字句，脫胎於《古詩十九首》的有十五處。陶淵明在其《閑情賦》序中云：「綴文之士，奕代繼

第36頁）

〔註181〕《對酒》，《牧隱詩藁》卷之九。（韓國文集叢刊：冊四，第75頁）

〔註182〕《自詠》，《牧隱詩藁》卷之十四。（韓國文集叢刊：冊四，第153頁）

〔註183〕《追記安東映湖樓夜飲》，《牧隱詩藁》卷之十九。（韓國文集叢刊：冊四，第243頁）

〔註184〕《牧隱詩藁》卷之四。（韓國文集叢刊：冊三，第558頁）

〔註185〕郭紹虞著：《照隅室古典文學論集》上編，上海：上海古籍出版社，1983年，第326頁。

〔註186〕（明）王世貞著：《藝苑卮言》卷三，南京：鳳凰出版社，2009年，第43頁。

作，並因觸類，廣其辭義。余園閭多暇，復染翰為之。雖文妙不足，庶不謬作者之意乎？」鍾優民指出：「可知男女情愛原是宋玉以來歷代文人吟詠的共同主題，《閑情賦》明顯地存在仿效前人的痕跡，自稱『文妙不足』，大有自愧不如的味道。」〔註187〕在陶集中還有對歷史典故進行了個性化的加工闡釋，〔註188〕如《詠二疏》、《詠三良》、《詠荊軻》和《詠貧士》等化用了《漢書》、《史記》中的人物傳記典故，「詩人的情意是這些典故的核心」〔註189〕。J. R. Hightower 指出，陶淵明的四言詩中「可以找到很多典故，這些詩歌恰恰是鮮有人讀的。」〔註190〕

　　「在中國文學傳統中，以歷史或文學典故來強化自身處境的描述是一種普遍被採用的詩歌創作方法。典故的使用藉由跨文本連結及豐富的意義指陳，能夠擴大一首詩作有限的字數。」〔註191〕陶淵明到了盛唐成為重要的詩學典範，詩人們效仿他田園詩的風格、詩句、主題與佈局手法，喜歡運用陶淵明傳記中內容來構成詩歌中的因數。〔註192〕李穡對陶淵明的接受，包括了對唐宋詩學批評的接受和反思。如杜甫云：「陶潛避俗翁，未必能達道。觀其著詩集，頗亦恨枯槁。」〔註193〕而李穡則認為，陶淵明「達道諒無匹」，「何曾恨枯槁」。其「白衣今欲舞淵明」，化用自蘇軾《章質夫送酒六壺》中「白衣送酒舞淵明」〔註194〕之句。但總體上看，李穡對陶淵明的接受，主要還是出自對陶詩文本的細讀領悟。

〔註187〕鍾優民：《陶淵明論集》，長沙：湖南人民出版社，1981 年，第 197 頁。

〔註188〕J. R. hightower: Allusion in the poetry of T'ao ch'ien. Harvard Journal of Asiatic Studies, Vol. 31 (1971).

〔註189〕吳國富：《論陶淵明的中和》，上海：上海古籍出版社，2007 年，第 234 頁。

〔註190〕J. R. hightower: Allusion in the poetry of T'ao ch'ien. Harvard Journal of Asiatic Studies, Vol. 31 (1971).

〔註191〕Wendy Swartz：《閱讀陶淵明》，北京：中華書局，2016 年，第 52 頁。

〔註192〕Wendy Swartz：《閱讀陶淵明》，北京：中華書局，2016 年，第 14 頁。

〔註193〕（唐）杜甫著；蕭滌非主編，廖仲安，張忠綱，李華副主編：《杜甫全集校注》卷五，北京：人民文學出版社，2014 年，第 1381 頁。

〔註194〕（清）王文誥輯注：《蘇軾詩集》，北京：中華書局，1982 年，第 2155 頁。

　　李穡寫漢詩酷愛用典，他深受中國古代經史子集的影響，在其詩歌中有大量的用典來自其中。徐居正在《東人詩話》中指出李穡「用事精切」，引用權近評價李穡善於用典云：「半山詩『一水護田將綠繞，兩山排闥送青來。』前輩以謂，『護田』、『排闥』出《漢書》，用事精切。牧隱詩『田園未得悠然逝，門巷何曾顯者來』，陽村先生曰：『悠然逝、顯者來，皆出軻書。用事不減半山。』」〔註195〕「古人多用經書語。……牧隱云：『月獨有情從我蔡，山多不俗起予商。』『木鐸二三何患子，舞雩六七詠歸童。』『王風幸矣興於魯，女樂胡然至自齊。』用辭不窘，工致尚可。」化用了《論語》和《左傳》之語。〔註196〕吳光旭在《李穡漢詩研究》的第四章中，對李穡詩歌用典的情況進行了全面細緻的分析，認為魏晉時期的陶淵明，唐代的杜甫、韓愈和李白，以及宋代蘇軾等，對李穡詩歌創作影響最大。由此可以看出，李穡對於唐代的詩文的認可度是最高的，其中又以對杜甫的接受最為明顯。〔註197〕宋代文人頗為重視杜甫詩歌中的用典，比如黃庭堅提倡「奪胎換骨」、「點鐵成金」，並且提出杜詩「無一字無來處」的說法。李穡在詩作中多引杜詩典故。如《乞茅將蓋屋，發書之際，吟成一首》云：「子美秋風破屋歌，牧翁今日更吟哦。」〔註198〕在詩作中引用杜詩詩題，或者化用杜詩中的詩句。杜甫推崇陶詩有云：「焉得思如陶謝手，令渠述作與同遊」，〔註199〕「陶謝不枝梧，風騷共推激。」〔註200〕李穡受其影響，並對杜

〔註195〕（朝鮮王朝）徐居正《東人詩話》，蔡美花，趙季主編：《韓國詩話全編校注》冊一，北京：人民文學出版社，2012 年，179 頁。

〔註196〕（朝鮮王朝）徐居正《東人詩話》，蔡美花，趙季主編：《韓國詩話全編校注》冊一，北京：人民文學出版社，2012 年，第 188～189 頁。

〔註197〕吳光旭：《李穡漢詩研究——以中國古代文學的關聯為中心》，延邊大學博士學位論文，2015 年。

〔註198〕《牧隱詩藁》卷之二十八。（韓國文集叢刊：冊四，第 397 頁）

〔註199〕《江上值水如海勢，聊短述》，（唐）杜甫著；蕭滌非主編；廖仲安，張忠綱，李華副主編：《杜甫全集校注》卷八，北京：人民文學出版社，2014 年，第 2166 頁。

〔註200〕《夜聽許十誦詩愛而有作》，（唐）杜甫著；蕭滌非主編；廖仲安，張忠綱，李華副主編：《杜甫全集校注》卷三，北京：人民文學出版社，

甫的評價進行了反思，「淵明誰道恨枯槁，高名萬古流乾坤」〔註201〕，
「一點何曾恨枯槁，我今三歎杜陵詩。」〔註202〕

李穡詩歌中化用陶典的有將近兩百處，其中《歸去來兮辭》58處，
《飲酒》25處，《讀山海經》9處，多且以《宋書》《南史》《晉書》中
陶淵明傳記的內容入詩。如「頭上淵明漉酒巾」〔註203〕、「淵明何所
有，漉酒一頭巾」〔註204〕，源出史書中「取頭上葛巾漉酒，畢，還復
著之。」〔註205〕此外還善於擷取陶詩中的物象進行詩歌創作，李穡創
作了22首詠菊詩，如《清曉對菊》詩云：

> 夜氣尚餘清，晨光已熹微。菊花粲相照，吾心本忘機。
>
> 淡然物我共，聖賢端可希。清興持久難，少選嗟已非。
>
> 對之欲寫真，善畫今又稀。淵明去已遠，吾將誰與歸。

〔註206〕

詩人在詠菊中，忘記了俗世的煩惱，實現了物我的合一。他追憶陶淵明
之高風隱逸，借由一首詠菊詩表現的淋漓盡致。李穡《詠菊》云：「頹
齡可制非無術」〔註207〕，出自陶淵明《九日閑居》中「酒能祛百慮，
菊為制頹齡」。「欲與菊花將隱逸」〔註208〕，菊花作為隱士高潔人格的
象徵為李穡所喜愛，在他的詩歌中菊花已著陶淵明之人格和精神。

另外，李穡推崇陶詩中平淡的風格，認為「淵明獨擅晉文章」〔註209〕，

　　　　2014年，第592頁。
〔註201〕　《終夜一篇，喜春近也》，《牧隱詩藁》卷之二十一。（韓國文集叢刊：
　　　　冊四，第275頁）
〔註202〕　《讀歸去來辭》，《牧隱詩藁》卷之二十四。（韓國文集叢刊：冊四，
　　　　第336頁）
〔註203〕　《小雨》，《牧隱詩藁》卷之十一。（韓國文集叢刊：冊四，第98頁）
〔註204〕　《幽居》，《牧隱詩藁》卷之十七。（韓國文集叢刊：冊四，第203頁）
〔註205〕　（梁）沈約撰：《宋書》卷九十三，北京：中華書局，1974年，第2288
　　　　頁。
〔註206〕　《牧隱詩藁》卷之二十五。（韓國文集叢刊：冊四，第356頁）
〔註207〕　《詠菊》，《牧隱詩藁》卷之三十。（韓國文集叢刊：冊四，第431頁）
〔註208〕　《自詠》，《牧隱詩藁》卷之十八。（韓國文集叢刊：冊四，第224頁）
〔註209〕　《有感呈巷柳》，《牧隱詩藁》卷之三十一。（韓國文集叢刊：冊四，

詩人尤為欣賞陶詩中「平淡」的一面，他在《即事》中有云：

　　　　平淡由來少味，清新卻是多姿。

　　　　斧鑿了無痕跡，悠然採菊東籬。〔註210〕

在這首詩中李穡論詩歌風格之「平淡」、「清新」、「自然」，以陶詩「採菊東籬下，悠然見南山」作為代表，平淡是一種自然的體現，它摒棄人為的造作。葛立方有云：「平淡到天然處，則善矣。」〔註211〕推崇平淡自然的詩人，往往具有隱逸心態。李穡對官場上的機關算盡產生厭倦之心，漸悟到平淡之中的真滋味，「漸教氣味回平淡」〔註212〕。「平淡」美學在宋代得以確認，比如蘇軾認為平淡詩風當是「發纖濃於簡古，寄至味於淡泊」〔註213〕，並指出陶詩「外枯而中膏，似澹而實美」〔註214〕的特質。李穡亦認同這一觀念，並提出「詩法平和味自醇」〔註215〕，「吟詩足幽味，淡泊勝膏腴」〔註216〕。在他創作的隱居詩中，平淡的特色尤為凸顯：

　　　　幽居無冗事，病客獨長吟。風定樹容重，雨多苔色深。

　　　　倚筇看鬥蟻，欹枕聽啼禽。足以樂天命，悠悠君子心。

　　　　　　　　　　　　　　　　　　　《幽居》〔註217〕

詩人細緻入微地感受自然風物，唯有在心態平靜且有閑暇之時，纔能如此自在地「看蟻鬥」和「聽啼禽」。隨著閱歷的加深，李穡漸漸不再

　　　　第224頁）

〔註210〕　《牧隱詩藁》卷之七。（韓國文集叢刊：冊四，第39頁）

〔註211〕　（宋）葛立方著：《韻語陽秋》卷一，北京：中華書局，1985年，第一頁。

〔註212〕　《牧隱詩藁》卷之二十七。（韓國文集叢刊：冊四，第388頁）

〔註213〕　《書黃子思詩集後》，見（宋）蘇軾著，張志烈等校注：《蘇軾全集校注》卷六七，石家莊：河北人民出版社，2010年，第7598頁。

〔註214〕　《評韓柳詩》，同上，第7549頁。

〔註215〕　《哭易庵成壯元》，《牧隱詩藁》卷之二十五。（韓國文集叢刊：冊四，第349頁）

〔註216〕　《曉吟》，《牧隱詩藁》卷之二十。（韓國文集叢刊：冊四，第261頁）

〔註217〕　《牧隱詩藁》卷之三十二。（韓國文集叢刊：冊四，第462頁）

執著於世事得失，認為「天道自循環，人情亦因物」〔註218〕。李穡是高麗詩壇中最為推崇平淡詩風的詩人，他在論閔思平（1295～1359）詩時，以「造語平淡，而用意精深」〔註219〕論述其特點。在友人韓修（1333～1384）眼中，李穡詩「或為平淡或雄深」〔註220〕。李穡與陶淵明一樣追求本心，在詩人看來詩歌創作應該是無功利的，他重視靈感的「偶得」，「偶得由來勝苦思」〔註221〕，「偶得多真趣，沈吟失本情。」〔註222〕他作詩寫眼所見，耳所聞，不做多餘的巧飾。如同後人以「農家語」、「拙」來指摘陶詩，李穡詩中好用「俗語」被後世所詬病。徐居正指出：（李穡）「喜用俗語。學詩者，學牧隱不得，其失也流於鄙野。」〔註223〕曹伸亦認為：「牧隱自負才豪，但多用俚語以作詩。」〔註224〕論者所持的詩學觀是旨在將詩歌與日常話語區分開。「從漢魏六朝到隋唐五代，除了杜甫等少數人之外，詩人是不允許俗字俚語進入詩歌殿堂的。」〔註225〕到了宋代，蘇、黃則多以俗字俚語入詩。李穡在論人格和詩作上是反對「俗」的，如「高吟揮俗子」〔註226〕、「俗物敗佳意，詩書亦陳跡」〔註227〕、「秋澗自幽絕，東籬已趨俗」〔註228〕。然而李穡在詩

〔註218〕 《南窓》，《牧隱詩薰》卷之六。（韓國文集叢刊：冊四，第 27 頁）

〔註219〕 《題惕若齋學吟後》，《牧隱文稿》卷之十三。（韓國文集叢刊：冊五，第 109 頁）

〔註220〕 《柳巷詩集》。（韓國文集叢刊：冊五，第 264 頁）

〔註221〕 《南窗》，《牧隱詩薰》卷之二十七。（韓國文集叢刊：冊四，第 388 頁）

〔註222〕 《偶題》（其二），《牧隱詩薰》卷之七。（韓國文集叢刊：冊四，第 46 頁）

〔註223〕 （朝鮮王朝）徐居正《東人詩話》，蔡美花，趙季主編：《韓國詩話全編校注》冊一，北京：人民文學出版社，2012 年，226 頁。

〔註224〕 （朝鮮王朝）曹伸《諛聞瑣錄》，蔡美花，趙季主編：《韓國詩話全編校注》冊一，北京：人民文學出版社，2012 年，第 315 頁。

〔註225〕 莫礪鋒：《論宋詩的「以俗為雅」及其文化背景》，成都：四川大學出版社，1991 年，第 347 頁。

〔註226〕 《即事》，《牧隱詩薰》卷之十一。（韓國文集叢刊：冊四，第 104 頁）

〔註227〕 《謝普光二上人見訪》，《牧隱詩薰》卷之三。（韓國文集叢刊：冊三，第 539 頁）

〔註228〕 《詠盆菊》，《牧隱詩薰》卷之十九。（韓國文集叢刊：冊四，第 246 頁）

作中採用俚語入詩，很有可能受到了杜甫、蘇軾、黃庭堅觀點的影響。

　　李穡對陶淵明的接受主要表現在人品與詩品兩個方面，呈現出以下幾個特點：

　　首先，道德化傾向明顯，通過學習陶淵明的高潔品質來培養自我道德修養。他吸取了宋人如蘇軾、黃庭堅對陶淵明的認知，以陶淵明為師，學陶之高風，認為陶淵明乃「達道」之人。李穡在學陶的時候，從理學角度觀照陶淵明的人格。李穡敬慕陶淵明的「高風」，主要是接受了沈約《宋書・隱逸傳》中「不事二君」的觀點。由於陶淵明在後世的地位與他的留下的詩文總量不成比例，詩文之外留下的意義空白，為後人的闡釋留下了很大的空間，其生平軼事典故廣泛流傳，如「書甲子」、「不為五斗米折腰」、「葛巾漉酒」、「無絃琴」、「白衣送酒」等，這一現象在麗末鮮初詩壇同樣出現。

　　其次，李穡在詩歌創作上追求陶詩的「妙悟」，目的是為了改變當時詩壇流行的浮華風格。羅繼從在《詩說答張晦村》中談到：「近世之以詩鳴者，異於古，不求實理，而必步虛辭。往往以詭異奇巧為高，以雕鎪妍媚為勝，只欲眩人而駭世。故驟觀之，雖極侈麗，徐翫之，已失真意。」〔註229〕而李穡之所以推崇陶詩，目的在於以陶詩的高古和自然來扭轉「侈麗」的詩壇風氣。「超然妙悟，不陷流俗如陶淵明、孟浩然輩。代豈乏人哉？然編集罕傳，可惜也。今陶、孟二集，僅存若干篇，令人有不滿之歎。……則詩之為詩，又豈可以巧拙多寡論哉？」（《及庵詩集序》）〔註230〕李穡不喜苦吟，認為優秀的詩歌可遇不可求，是從肺腑中自然流出的真情。因而李穡推崇陶淵明創作中的性情之真，認為振興朝鮮詩道，當以陶淵明為師範。

　　其三，對清新自然詩風的推崇。「平淡由來少味，清新卻是多姿。斧鑿了無痕跡，悠然採菊東籬。」〔註231〕魏慶之引李格非《論歸去來

〔註229〕《竹軒先生遺集》上。（韓國文集叢刊續編：冊一，第17頁）
〔註230〕《牧隱詩藁》卷之九。（韓國文集叢刊：冊五，第68頁）
〔註231〕《牧隱詩藁》卷之七。（韓國文集叢刊：冊四，第39頁）

辭》云：「陶淵明《歸去來辭》……沛然如肝肺中流出來，殊不見有斧鑿痕。」〔註232〕李穡在詩中提出了他個人對「平淡」、「清新」詩風的審美態度，追求自然無「斧鑿」而不在意斟酌字句，由此自然產生詩意，引領著讀者走向一個悠然的田園世界。「吟詩足幽味，淡泊勝膏腴」〔註233〕，李穡把它抽象成了平淡清新的詩歌風格。特別是在晚年，他對陶詩之「真」、「平淡自然」，體悟更加深微，並內化於自己的詩歌創作中，表現出崇尚體物達情與天然旨趣的詩學審美。

小結

　　高麗末期的古代朝鮮詩壇已基本完成了對唐宋詩的接受，包括對唐宋詩學的接受，尤以宋代詩學的影響為巨。〔註234〕麗末朝政的動盪使得詩人更傾向於走入自然山水，詩風趨於平淡。〔註235〕此外，受到宋詩「平淡」詩風的影響，麗末鮮初詩壇對陶淵明的接受，轉而趨向於道德和美學的統一。朝鮮漢詩人在詩歌創作中推崇陶淵明不事二朝的忠貞和高潔的人品，同時陶淵明詩的平淡自然仍然影響著朝鮮詩人的審美選擇。當時平淡自然詩風的代表如李穡、閔思平、金九容、元天錫、李崇仁等，清新閑適詩風的代表如李集、卞季良、柳方善等。

　　胡應麟云：「惟陶之五言，開千古平淡之宗。」〔註236〕王夫之云：

〔註232〕（宋）魏慶之編：《詩人玉屑》，上海：上海古籍出版社，1978年，第282頁。

〔註233〕《曉吟》，《牧隱詩藁》卷之二十。（韓國文集叢刊：冊四，第261頁）

〔註234〕劉強：《高麗漢詩文學史論》，廈門：廈門大學出版社，2008年，第152～154頁。

〔註235〕麗末의 혼란한 정치상황은 士大夫文人들을 더욱더 江湖自然으로 내몰았으니，이 역시詩風변화의 한 원인으로 작용했던 것 같다。」見河政承：《高麗後期漢詩의品格研究：牧隱系士人을中心으로》，成均館大學校博士學位論文，2001年。

〔註236〕（明）胡應麟撰：《詩藪》內編卷二，北京：中華書局，1962年，第34頁。

（陶詩）平淡之於詩，自為一體。平者取勢不雜，淡者遣意不煩之謂也。」〔註237〕可見詩歌創作非近俚為平，無味為淡。平淡美學特徵的主要表現在詩作造語上的「不飾繪飾」，在自然之中包含著妙趣。麗末詩人身處動盪的社會現實中，但有些詩人卻選擇描寫平淡之語，這反映出他們對詩歌審美的選擇。

曹伸《諛聞瑣錄》將詩歌風格概括成渾厚、沉痛、工致、豪壯、雄奇、閑適、枯淡等七種，其中「閑適」、「枯淡」詩風主要從學陶中來。他列舉了李穡、鄭道傳、閔思平、李集等人的詩作為「閑適」詩風的代表，「枯淡」則以李穡、卞季良、李集等人的詩歌為例。〔註238〕試看以下表現閑適的詩例：

李穡

深秋雲自變，老境氣彌豪。夜冷狸奴近，天晴燕子高。
炎涼分有界，法令細如毛。祗恐堅冰至，私心戒一毫。

《八月初十日》〔註239〕

雨止窗初白，雲濃山轉青。殘年深閉戶，清曉獨行庭。
有意箋書傳，無心准易經。後來誰識我，天地一浮萍。

《晨興》〔註240〕

鄭道傳

弊業三峰下，歸來松桂秋。家貧妨養疾，心靜足忘憂。
護竹開迁徑，憐山起小樓。鄰僧來問字，盡日為相留。

《山中》其二〔註241〕

山中新病起，稚子道衰容。學圃親鋤藥，移家手種松。

〔註237〕（明）王夫之著：《古詩評選》卷四，上海：上海古籍出版社，2011年，第189頁。
〔註238〕（朝鮮王朝）曹伸《諛聞瑣錄》，蔡美花，趙季主編：《韓國詩話全編校注》冊一，北京：人民文學出版社，2012年，第362～364頁。
〔註239〕《牧隱詩藁》卷之十九。（韓國文集叢刊：冊四，第236頁）
〔註240〕《牧隱文稿》卷之二十六。（韓國文集叢刊：冊四，第369頁）
〔註241〕《三峯集》卷之二。（韓國文集叢刊：冊五，第314頁）

暮鐘何處寺，野火隔林春。領得幽居味，年來萬事慵。

《山中》其一〔註242〕

閔思平

就第年來日日閑，尚驚宦海足波瀾。

釣魚靜坐籬邊石，採蕨晴登屋上山。

時有埜僧來問字，不妨溪友與同歡。

愧予非是風塵吏，猶未隨君拂袖還。

《有贈》〔註243〕

每聞夫子憶郊扉，何日賦言歸。

矯首尋常南望，古詩謾詠星稀。

春回谷口煙沉，釣瀨水滿春機。

溪友貽書催我，野花幾度殘菲。

《奉和益齋》〔註244〕

李集

永興幾許去京城，卻羨先生晦姓名。

安得卜鄰成一老，杏花春雨耦而耕。

《寄永興田同年》〔註245〕

同為閑適的詩歌風格，李穡詩作更注重以具體物象來表現，他善於從自然風貌起興，寫深秋的雲，寫雨後的窗，辭氣閑雅，以散文的筆法，將日常生活詩化，詩歌呈現出閑適高遠的風貌。鄭道傳的詩歌語言質樸自然，沒有多餘的粉飾，並且富有理趣，在他筆下的村居生活或「種松」或「鋤圃」，優遊不迫，言簡情殷，語言平淡古雅，「質而理，溫而淡」〔註246〕。閔思平（1295～1359）的詩歌中藉由他人隱居之事引發

〔註242〕《三峯集》卷之二。（韓國文集叢刊：冊五，第314頁）

〔註243〕《及庵先生詩集》卷之三。（韓國文集叢刊：冊三，第75頁）

〔註244〕《及庵先生詩集》卷之四。（韓國文集叢刊：冊三，第82頁）

〔註245〕《遁村雜詠》七言絕句。（韓國文集叢刊：冊三，第345頁）

〔註246〕《陽村先生文集》卷之十六。（韓國文集叢刊：冊七，第171頁）

詩人對隱逸生活的構想，不直接寫隱逸，而以「矯首尋常南望」這一動作一隔，似有千種景象從詩人眼中略過，古詩中的情懷在詩人的吟詠中又煥發出新的詩意，以「谷口煙沉」「釣瀨水滿」的情境，動靜結合生動描繪出春日的景色，沖澹高古，留有餘味。李集靈活運用反問句式，緣事而發，且善於用通感的手法，綜合視覺聽覺和嗅覺感受，流暢自然，真實而不造作。詩語清麗，氣象舒閑。再看表現「枯淡」的詩例：

李穡

古寺臨官道，黃昏不費尋。破窗多月影，虛榻半松陰。

被冷知霜重，燈殘坐夜深。朝飧還過望，同榜意殊深。

《清州宿僧房，明日韓同年設食》〔註247〕

出直銀臺信馬回，幽居獨坐絕人來。

雨深病葉時時落，春去餘花續續開。

閉戶讀書殊適意，渾家食祿愧非才。

南方旱甚方行禱，天意蒼茫信大哉。

《雨中》〔註248〕

卞季良

村居寂寞亂峰前，數樹柔桑二頃田。

蒔藥每從林下步，曬書偏向日中眠。

江天雲盡見歸鴈，山竹月明聞杜鵑。

回首兩鄉何限意，新詩一首為君傳。

《村居即事，寄京都李先達》〔註249〕

李集

病餘身已老，客裏歲將窮。

瘦馬鳴西日，羸僮背朔風。

〔註247〕《牧隱詩藁》卷之三。（韓國文集叢刊：冊三，第540頁）

〔註248〕《牧隱詩藁》卷之五。（韓國文集叢刊：冊四，第3頁）

〔註249〕《春亭先生詩集》卷之一。（韓國文集叢刊：冊八，第25頁）

　　臨津冰合渡，華嶽雪連空。

　　回首松山下，君門縹渺中。

《漢陽途中》〔註250〕

李穡詩中對偶工整，自然巧麗，他善於以物象的變化，帶出情緒幽微
的轉變，詩意與意境的融合恰到好處，筆法沉著簡古。表面看來枯淡，
但詩情豐腴。其中第二首的卞季良（1371～1440），繼權近後執掌朝
鮮朝文樞。在這首詩中詩人以「寂寞」給村居生活定下基調，「亂峯」
「柔桑」，反差之下形成一股張力，展現了詩人內心的矛盾，「文辭典
雅高妙，尤長於詩。清而不苦，淡而不淺。」〔註251〕第三首李集詩
作的措辭更顯得寒瘦，同樣寫村居生活，李集由於貧病交加生活窘迫，
於是使用「瘦馬」、「羸僮」、「朔風」詞語，構築出一種枯淡寒苦的意
境。

　　此外，金九容和柳方善（1388～1443）的詩歌多被作為「平淡精
深」和「清新」的代表。鄭道傳有云：「嘗見敬之之作詩，其思之也漠
然無所營，其得之也充然若自得。其下筆也翩翩然如雲行鳥逝，其為詩
也清新流麗，殊類其為人。敬之之於詩道，可謂成矣。」〔註252〕指出
金九容作詩不待安排，自然流出的特色。許筠在《惺叟詩話》有云：「金
惕若九容詩，甚清贍。」〔註253〕其寫給李集的詩作云：

　　衡門茅屋可棲遲，秋色山光共陸離。

　　終日無人來剝啄，倚窗閒和浩然詩。

《遁村寄詩累篇，次韻錄呈，浩然寓居川寧道美蘭

若》〔註254〕

詩人選用的皆是尋常事物如「茅屋」、「秋色」、「山光」，且不加任何形

〔註250〕《遁村雜詠》五言四韻律。（韓國文集叢刊：冊三，第356頁）
〔註251〕《春亭集》舊序。（韓國文集叢刊：冊八，第5頁）
〔註252〕《三峯集》卷之三。（韓國文集叢刊：冊五，第340頁）
〔註253〕《惺所覆瓿稿》卷之二十五。（韓國文集叢刊：冊七十四，第359頁）
〔註254〕《惕若齋學吟集》卷之下。（韓國文集叢刊：冊六，第30頁）

容，因為這在隱逸生活中是常見的，日日皆如此。詩人將隱居生活通過「倚窗」和「和詩」兩個行為，傳達出了恬靜安然和平淡閑適心境。河崙（1347～1416）在為金九容文集作序時寫到：「牧隱先生學於中國，卓爾有高明之見。其於東人之詩，少有許可者。獨於先生之作，有所歎賞曰：平澹精深，絕類及庵。詩而至於平澹精深，亦豈易哉。又於眾作之中，嘗舉先生一句曰：可謂頂門上一針。信乎先生之詩格高出於一時，非他作者所能髣髴也。」〔註255〕及菴是金九容的外祖父閔思平的名號，李穡評價閔思平的詩歌有云：「超然妙悟，不陷流俗，如陶淵明、孟浩然輩……先生詩似淡而非淺，似麗而非靡。措意良遠，愈讀愈有味。其亦超然妙悟之流歟。」〔註256〕李穡對陶淵明詩文的評價非常高，他意識到了陶淵明詩文作品具有超越時代的價值，並且指出閔思平的詩歌風格與陶淵明是一脈相承的，而金九容的平淡詩風受到家學的影響，因而受陶淵明影響很大，試看《呈趙舍人》：

> 騎驢半醉一閑人，遊遍芳郊十里春。

> 今日已非無事客，太平春興屬吾身。〔註257〕

柳方善師承權近、卞春亭，被貶謫之後隱居村野，寄情於山林，其詩風清新疏曠，頗得陶詩閑適之意。徐居正給柳方善的文集序中云：「先生已無意於媒進，退居村野，優遊於泉石之間。凡天地之運化，物理之消息，人事之得失，心思之憂樂，一於詩發之。有孤曠閑適之趣，悲憤激烈之音矣……先生之詩，本之以性理之學，推之以雅頌之正。不怪詭以為奇，不藻飾以為巧。清新雅淡，高古簡潔。雖古之作者，無以加也。」〔註258〕鄭葵陽曰：「（柳方善）為詩尤沖澹高古，清而不苦，溫而不迫。優入唐宋閫域，非得之性情之正，風雅之法，能乎？」〔註259〕

〔註255〕《惕若齋學吟集》序。（韓國文集叢刊：冊六，第3頁）
〔註256〕《牧隱文稿》卷之九。（韓國文集叢刊：冊五，第68頁）
〔註257〕《泰齋先生文集》卷之二。（韓國文集叢刊：冊八，第616頁）
〔註258〕《泰齋先生文集》序。（韓國文集叢刊：冊八，第569頁）
〔註259〕《泰齋先生文集》卷之五。（韓國文集叢刊：冊八，第666頁）

　　麗末鮮初詩壇多重視詩道之正,詩人們多持「詩出於性情」的詩道觀。在陶淵明詩的平淡中,蘊含著對性情和真趣的表現和堅持。「直率所支撐的平淡和自然品質……是解讀陶淵明詩歌的標準。」〔註260〕李穡將陶淵明詩所蘊含的「真」、「性情」作為中興詩道的唯一方式,〔註261〕欣賞「造語平淡,而用意精深」〔註262〕的詩歌風格。鄭道傳在《若齋遺稿序》中感慨詩道之衰,「果能發於性情,興物比類,不戾詩人之旨者幾希。在中國且然,況在邊遠乎?」〔註263〕李崇仁在《題金可行詩稿後》中指出:「詩道之變極,而論者往往不本於情性,惟一句一字之工拙是求。余之病此久矣。」〔註264〕此時「性情說」的高揚,是為了轉變高麗中後期詩壇浮靡雕琢的辭章風氣,亦受到了宋詩學「詩道合一」觀念的影響。

　　麗末鮮初詩壇風氣,多結合人品與詩品而評論詩歌風格。如鄭道傳評金九容「詩也清新流麗,殊類其為人。」〔註265〕對陶淵明的接受亦是如此。易代之際的詩人頗為推崇陶淵明「不事二朝」的精神〔註266〕,以陶為師,不僅是仿效陶詩,更是學習陶淵明的生活態度和處世哲學。吉再「謹當不事二姓,非敢激節義之名。自適一丘,庶少酬逍遙之志。」〔註267〕此外,更多詩人效仿陶淵明的高風隱逸,追求適意的人生,以陶詩中的淡泊之境來慰藉心靈,並以此創造出古代朝鮮的田園夢想和精神家園。麗末鮮初詩人「既繼承了高麗末期唐宋兼宗、多元

〔註260〕 Wendy Swartz 著:《閱讀陶淵明》,北京:中華書局,2016 年,第 220 頁。
〔註261〕 「中興詩道非他術」「詩道由來寫性情」。
〔註262〕 《牧隱文稿》卷之十三。(韓國文集叢刊:冊五,第 109 頁)
〔註263〕 《三峯集》卷之三。(韓國文集叢刊:冊五,第 340 頁)
〔註264〕 《陶隱先生詩集》卷之五。(韓國文集叢刊:冊六,第 609 頁)
〔註265〕 《三峯集》卷之三。(韓國文集叢刊:冊五,第 340 頁)
〔註266〕 「王朝交替期에는 不事二君의 精神으로 文學上에 隱逸的 風潮가 확산되었던 時代다」,見(韓)宋政憲:《陶淵明詩文과高麗隱逸詩》,教育研究論叢,2000 年第 4 期。
〔註267〕 《冶隱先生言行拾遺》卷上。(韓國文集叢刊:冊七,第 394 頁)

整合的詩風，又開啟了後起的辭章派、道學派乃至宗唐詩人的漢詩創作。」〔註268〕在吸收了陶詩平淡風格的基礎上，麗末鮮初詩壇出現了崇尚沖澹高古、孤曠閑適的詩作風潮，這對後世（李氏朝鮮朝）學陶而言，具有承上啟下的作用。

〔註268〕楊會敏：《朝鮮朝前半期漢詩風演變研究》，中央民族大學博士學位論文，2011 年。

第四章　形式的發展：權近漢詩對陶淵明的接受

第一節　朝鮮朝初期文壇執柄人

　　權近（1352～1409），原名晉，字可遠、思叔，號陽村，祖籍安東，菊隱權溥（1262～1364）之孫。權近是麗末理學研究的代表學者，亦是鮮初的思想啟蒙者。「昔予方總角，讀書於忠州之上異山。」〔註1〕自幼勤奮，好讀書。「自勤不輟，蓋其天性然也。」〔註2〕17歲（1368）參加成均館考試合格，18歲（1369）文科及第，師承李穡，開始了他在高麗朝的仕途。恭讓王元年（1389），權近被流放、貶謫、入獄、釋放、流配，然而就是在此兩年間，權近還寫出《入學圖說》。〔註3〕恭讓王三年（1391），獲釋後隱居於忠州陽村。李朝太祖二年（1393），權近復出任職朝鮮朝，歷任春秋檢閱、成均大司成、藝文館大提學、集賢殿大提學等職，長期執掌文柄。

　　權近在高麗和朝鮮朝為官共二十六年，三次擔任知貢舉和讀卷官，

〔註1〕《送交州道林按廉序》，《陽村先生文集》卷之十五。（韓國文集叢刊：冊七，第163頁）

〔註2〕《陽村先生墓誌》，《梅軒先生集》卷之六。（韓國文集叢刊續編：冊一，第96頁）

〔註3〕以圖解說四書五經，頗具學術價值。

選拔了 76 名麗末鮮初人才。〔註4〕他兩次出使明朝〔註5〕，在華生活了近一年時間，這兩次出使目的都是為了讓朝鮮國（高麗朝和李氏朝鮮朝）獲得大明皇帝的認可和庇護，反映出麗末鮮初外「以小事大」的外交原則。權近著有《入學圖說》、《禮記淺見錄》等性理學著作，創作詩稿 10 卷、文稿 20 卷，收錄在《陽村集》中。

　　性理學研究是權近終生致力所在，他認為「功名徒自勞，經術終底用」〔註6〕，權近強烈的宗經意識一方面是繼承自己家學傳統，其祖權溥「嘗以朱子《四書集注》建白刊行，東方性理之學自溥倡。」〔註7〕另一方面是由於明太祖朱元璋大力倡導程朱理學有關。權近在外交上奉行「事大主義」原則，〔註8〕其《入黃河》詩曰：「三韓僻在海東堧，事大誠心格上天。」〔註9〕所謂「事大」原則，最早見於《孟子・梁惠王下》：「以大事小者，樂天者也；以小事大者，畏天者也。樂天者保天下，畏天者保其國。」〔註10〕這成為近一千七百年後李成桂建立李氏朝鮮王朝的外交指導思想，〔註11〕目的是為了得到明朝的承認和

〔註4〕 在高麗朝為官約十年（1369.7～1389.10），其間一次擔任同知貢舉，選拔麗末人才 33 名；朝鮮朝（1393.3～1409.2）約十六年，期間擔任知貢舉和讀卷官兩次，選拔朝鮮朝人才 43 名。
〔註5〕 第一次是恭讓王元年（1389）「奉使朝京師」；第二次是李朝太祖五年（1396）「七月十九日，以撰表事隨使赴京。九月十一日入朝，徐留在文淵閣。命遊觀三日以賜宴，命題賦詩二十四篇，仍賜御制詩三篇。」
〔註6〕 《宿蓋州驛》，《陽村先生文集》卷之六。（韓國文集叢刊：冊七，第 73 頁）
〔註7〕 孫曉主編：《高麗史》一百七，重慶：西南師範大學出版社，2014 年，第 3289 頁。
〔註8〕 「권근은 절구 1 에서 이 일에 대해서 서술하고있으며，이어서 2 에서 자기의 나라가 바다 동쪽에 외떨어져 있지만 사대의 성심이 하늘을 감동시킬 수 있다고 한다。」見張寶雙《權近的漢詩研究：以〈奉使錄〉為中心》，吉林大學碩士學位論文，2017 年。
〔註9〕 《陽村先生文集》卷之六。（韓國文集叢刊：冊七，第 66 頁）
〔註10〕 金良年撰：《孟子譯注》，上海：上海古籍出版社，2014 年，第 29 頁。
〔註11〕 高麗末年，李成桂鎮守北方時曾上書有云：「以小逆大，一不可。」（《李朝太祖實錄》卷一，東京：日本學習院東洋文化研究所，1956 年，第 42 頁）

保護，從而安定國家維持統治。

　　《入學圖說》是權近在 38 歲（1390）被流放期間編成，以圖解形式講解儒家四書五經。他提出「理先心氣後」論，強調理的權威。鄭道傳曾云：「理為公共之道，其尊無對。」〔註 12〕權近在鄭道傳的《理論心氣》注中云：

> 　　理為心氣之本原，有是理然後有是氣，有是氣然後陽之輕清者上而為天，陰之重濁者下而為地，四時於是而流行，萬物於是而化生。人於其間，全得天地之理，亦全得天地之氣。以貴於萬物而與天地參焉。天地之理在人而為性，天地之氣在人而為形。心則又兼得理氣而為一身之主宰也。故理在天地之先，而氣由是生，心亦稟之以為德也。〔註 13〕

權近認為理在氣先，氣有清濁之分，造成四時的變化，萬物因此而產生，人心受天地之理氣所影響，繼而產生了「四端七情」〔註 14〕，權近是古代朝鮮首次辨析四端與七情之關係的人，他認為「四端由理、性所發，純善無惡；七情由氣、心而成，有善有惡。」〔註 15〕至此引發朝鮮儒學史上延續百年的「四七論辯」。權近以「天人合一」為基礎，將修己和治人相統一。權近晚年多次請辭歸鄉，都未獲准：「卿天資純粹，識度淵微。學該六經，靡不研精。發前聖之蘊奧，為後進之師表。而所著《淺見錄》，《入學圖說》，尤為學者之指南。」〔註 16〕可見權近在鮮初文壇和學界的地位之重要。

　　金守溫在《東人詩話序》中有云，徐居正〔註 17〕「家傳陽村詩禮

〔註 12〕　《理論心氣》奉化鄭道傳著，安東權近注，《三峯集》卷之十。（韓國文集叢刊：冊五，第 467 頁）

〔註 13〕　《理論心氣》奉化鄭道傳著，安東權近注，《三峯集》卷之十。（韓國文集叢刊：冊五，第 467 頁）

〔註 14〕　四端為仁、義、禮、智；七情為喜、怒、哀、懼、愛、惡、欲。

〔註 15〕　楊昭全：《中國—朝鮮・韓國文化交流史》，北京：昆侖出版社，2004年，第 244 頁。

〔註 16〕　《權近請辭免本職，終考禮經節次。不允批答》。《東文選》卷之三十。

〔註 17〕　徐居正（1420～1488）權近的外孫。

之訓，獨步詩坰，名動中原。」〔註18〕並且以「清新」一詞概括權詩風格〔註19〕。徐居正在《牧隱詩精選序》中評價權近詩歌風格為「典雅」。〔註20〕許穆（1595～1682）有云：「其感物吟諷之作，亦皆忠厚惻怛之發。文章本非異道，在天為日月星辰，在地為山河百川，在物為珠璣華實，在人為禮樂文章。公之文章，本之以經術，參之以百家，蔚然文采特出。」〔註21〕

　　權近熟悉中國古典經史子集〔註22〕，詩作用典取自《詩經》最多，特別是在《奉使錄》中。金福花曾分析權近的 3 首祝頌詩，認為權詩從內容、形式、結構和語言上均模仿自《詩經》。〔註23〕《陽村集》中「引用了韓愈詩文 12 次、杜甫和屈原 9 次、蘇軾 7 次、李白 5 次，此外，還引用其他一些詩人的個別詩句，總計 27 人的詩歌 44 次。」〔註24〕這個統計並非完整，據筆者統計，權近引用接受陶淵明詩文有 13 次，其中包含有古代朝鮮詩歌史上第一組「和陶詩」。

　　權近主張「文以載道」，這是在李穡「文以明道」觀點基礎上發展而來的。權近《牧隱先生李文靖公行狀》云：「戊申春，四方學者坌集。諸公分經授業，每日講畢，相與論難疑義，各臻其極。公怡然中處，辨

〔註18〕　《拭疣集》卷之二。（韓國文集叢刊：冊九，第 107 頁）
〔註19〕　《還南原梅軒集，戲為謔語。用前韻》：「清新權（陽村）李（陶隱）可交歡。」《拭疣集》卷之四。（韓國文集叢刊：冊九，第 125 頁）
〔註20〕　徐居正《牧隱詩精選序》：「典雅如權陽村。」　《牧隱集》附錄。（韓國文集叢刊：冊五，第 178 頁）
〔註21〕　《陽村權文忠公遺文重刊序》，《陽村文集》序。（韓國文集叢刊：冊七，第 33 頁）
〔註22〕　如《南史》《晉書》《史記》《漢書》《後漢書》《中庸》《晉書》《禮記》《唐書》《新唐書》《宋史》《老子》《莊子》《孟子》《列子》《詩經》《論語》等。
〔註23〕　參見金福花：《〈陽村集〉與中國文學關聯研究》，延邊大學碩士學位論文，2010 年。
〔註24〕　「시문의 인용은 한유가 12 회，두보와 굴원이 9 회，소식이 7 회，리백이 5 회 정도인데 그외에도 한두번씩의 인용을 한 문장가로는 모두 27 인의 작품에서 44 회가 인용되고있다.」參見金福花：《〈陽村集〉與中國文學關聯研究》，延邊大學碩士學位論文，2010 年。

析折衷，必務合於程朱之旨，竟夕忘倦。於是東方性理之學大興，學者祛其記誦詞章之習，而窮身心性命之理。知宗斯道而不惑於異端，欲正其義而不謀於功利。」﹝註25﹞李穡在 1368 年重振成均館，性理學開始成為麗末思想的主流。李穡繼承了宋代理學家周敦頤（1017～1073）的文藝觀，周敦頤在關於「文辭」曾這樣論述：「文所以載道也，輪轅飾而人弗從，徒飾也，況虛車乎？文辭，藝也。道德，實也。篤其實，而藝者書之，美則愛，愛則傳焉。賢者得以學而至之，是為教。故曰：言之無文，行之不遠。然不賢者，雖父兄臨之，師保勉之，不學也，強之不從也。不知務道德，而第以文辭為能者，藝焉而已。噫，弊也久矣。」﹝註26﹞之後朱熹指出文道是相輔相成的，使用得當則盡美。在李氏朝鮮朝初期，文壇評論的主導理念是文以載道，同時重視詞章之學，這在當時的詩文批評中得到了反映。﹝註27﹞如鄭道傳（1342～1398）有云：「人在天地之間，不能一日離物而獨立。是以，凡吾所以處事接物者，亦當各盡其道。」﹝註28﹞「日月星辰，天之文也。山川草木，地之文也。詩書禮樂，人之文也。然天以氣，地以形，而人則以道。故曰文者，載道之器。言人文也得其道。詩書禮樂之教，明於天下。順三光之行，理萬物之宜。文之盛至此極矣。」﹝註29﹞

　　文學創作活動包含有個體經驗和個人價值觀，因而要有普遍的道德規範來對文學創作進行一定的約束。「文在天地間，與斯道相消長。

﹝註25﹞　《牧隱先生李文靖公行狀》，《陽村先生文集》卷之四十。（韓國文集叢刊：冊七，第 345 頁）

﹝註26﹞　周敦頤撰：《周濂溪集》卷六，北京：中華書局，1985 年，第 117～118頁。

﹝註27﹞　「다시말해，당시의 보편적 문학관이던 '文以載道'에 충실하면서도，詩賦詞章之學의 중요성을 강조함과 아울러 스스로 실천했던것이다.」見李光昭《陽村權近의詩文學研究》，高麗大學校博士學位論文，2015 年。

﹝註28﹞　《佛氏昧於道器之辨》，《三峯集》卷之九。（韓國文集叢刊：冊五，第451 頁）

﹝註29﹞　《陶隱文集序》（戊辰十月），《三峯集》卷之九。（韓國文集叢刊：冊五，第 342 頁）

道行於上，文著於禮樂政教之間。道明於下，文寓於簡編筆削之內。故典謨誓命之文，刪定贊修之書，其載道一也。」〔註30〕如何能使作文足以載道呢？權近認為應當以「養氣」為主：

> 為文以氣為主，養氣以志為本。志廣則氣雄，志隘則氣劣，勢當然也。今之學者，欲究經旨以待有司之問，其志先局於句讀訓詁之間。專務記誦，取辦於口。其於義理之蘊，文章之法，有不暇致力焉。又恐一言不中，以見斥黜，羞赧畏憚，其氣先拙。此乃文才氣習靡，然猥瑣之由也。〔註31〕

如何能寫出好的文，權近給出的方式是「養氣」，而「養氣」則是要以樹立廣大之志為本，領悟義理的蘊藉及文章的作法。《論語·雍也》曰：「質勝文則野，文勝質則史。文質彬彬，然後君子。」〔註32〕落實在文學創作中即是要「感物以言志」，詩歌是個人情志的表現。權近善於借景抒情，托物詠懷。在他第一次出使明朝期間（1389），飽覽華夏山水，創作了詩歌126題，收錄於《陽村集》卷六《奉使錄》中，題材以紀事詩、風物詩、鄉愁詩、詠史詩等為主。試看其《金剛山》：

> 雪立亭亭千萬峰，海雲開出玉芙蓉。
>
> 神光蕩漾滄溟近，淑氣蜿蜒造化鍾。
>
> 突兀崗巒臨鳥道，清幽洞壑秘仙蹤。
>
> 東遊便欲凌高頂，俯視鴻蒙一蕩胸。〔註33〕

金剛山是朝鮮的四大名山之一，詩人寫登山時望見的自然景象，眾山頂上積聚著白雪，海上的雲朵變化成芙蓉的樣子，在大自然的鬼斧神工之中，詩人感受到自然的元氣在胸中充溢著，並且在物我交感中獲得了一

〔註30〕 《鄭三峰文集序》，《陽村先生文集》卷之十六。（韓國文集叢刊：冊七，第171頁）

〔註31〕 《論文科書》，《陽村先生文集》卷之三十一。（韓國文集叢刊：冊七，第280頁）

〔註32〕 楊伯峻譯注：《論語譯注》，北京：中華書局，2006年，第68頁。

〔註33〕 《命題》十首，《陽村先生文集》卷之一。（韓國文集叢刊：冊七，第15～16頁）

種天然的靈氣。鄭之生謂此詩「起頭寫出金剛真面目。」〔註34〕韋旭升先生評價此詩：「境界開闊，氣勢雄偉。」〔註35〕在這首詩中能感受到詩人對朝鮮山水的熱愛。然而在《送懶庵上人遊金剛山詩序》中，詩人寫到了這首詩的創作背景：「丙子秋，予入中國，謁天子近耿光。帝親命題，使制詩二十餘首，其一則金剛山也，於是知茲山之名果重於天下。予幼時之所聞殆不虛也，乃恨平日不一往。如天之福，得反鄉國。必欲先往茲山，以償其素志。」〔註36〕在這篇序中交代了 1396 年權近在出使明朝時，朱元璋命其制詩，遂有此作。序的創作年代於 1398 年 2 月，這首《金剛山》是詩人的想像之作。詩中化用了李白《蜀道難》「西當太白有鳥道」〔註37〕，杜甫《望嶽》「蕩胸生曾雲」〔註38〕等詩意，可見權近中國古典文學的功底紮實，整首詩渾然天成，自然天機。權近詩歌既有平淡自然的一面，又有沉鬱頓挫的一面，這與他學詩兼採眾家之長有關。

第二節　權近的「和陶詩」

一、《擬古和陶》的創作緣由

權近創作了四首「和陶詩」，這是古代朝鮮學陶詩新形式的開端。那麼他創作「和陶詩」的外因和內因是什麼呢？

蘇轍《子瞻和陶淵明集引》有云「古之詩人有擬古之作矣，未有追和古人者也。追和古人則始於東坡。」〔註39〕蘇軾詩文集最初流傳朝鮮

〔註34〕 （朝鮮王朝）洪萬宗《小華詩評》，蔡美花，趙季主編：《韓國詩話全編校注》冊三，北京：人民文學出版社，2012 年，第 2325 頁。

〔註35〕 韋旭升：《韓國文學史》，北京：北京大學出版社，2008 年，第 213 頁。

〔註36〕 《陽村先生文集》卷之十七。（韓國文集叢刊：冊七，第 180 頁）

〔註37〕 （唐）李白著；瞿蛻園，朱金城校注：《李白集校注》卷三，上海：上海古籍出版社，1980 年，第 199 頁。

〔註38〕 （唐）杜甫著；蕭滌非主編；廖仲安，張忠綱，李華副主編：《杜甫全集校注》卷一，北京：人民文學出版社，2014 年，第 4 頁。

〔註39〕 （（宋）蘇轍著；曾棗莊，馬德富校點：《欒城集》《欒城後集》卷二十一，上海：上海古籍出版社，2009 年，第 1402 頁。

半島文壇大概是在 1076 年前後，崔思訓率領使團購得《錢塘集》。〔註
40〕而蘇軾「和陶詩」的創作最早始於1092年〔註41〕，對蘇軾「和陶詩」
接受最早的朝鮮詩人是李穀（1298～1419），在其《題叢石亭次韻》中有
「跪履寧同事黃石」句，出自蘇軾《和陶淵明讀山海經十三首》之十一：
「素書在黃石，豈敢辭跪履？」〔註42〕李穡亦有句「何曾跪素書」〔註
43〕，但是由於李穀和李穡都曾留學元朝，他們有可能是在元朝時讀到了
蘇軾「和陶詩」，所以並不能證明此時蘇軾「和陶詩」已傳入高麗朝本土。

權近有組詩《奉謝江原道都觀察使韓公惠東坡和陶詩，兼示所作
關東雜詠》，從題目我們可以得知，時任江原道都觀察使的韓尚敬（1360
～1423）曾惠贈蘇軾「和陶詩」給他，因而最遲在太宗時期（1400～
1417），蘇軾「和陶詩」已傳入朝鮮朝。〔註44〕這組詩其一云：「淵明
高節最堪師，千載流傳醉後詩」〔註45〕，以陶淵明之高節為師範，「醉
後詩」當指代陶淵明《飲酒二十首》。組詩其二中可以瞭解權近對蘇軾
創作「和陶詩」的評價：「曾信東坡百世師，精神都在和陶詩。展來試
得吟中趣，卻恨吾生在後期。」〔註46〕權近以蘇軾為師，並且認為他

〔註40〕 王水照：《蘇軾文集初傳高麗考》，《蘇軾研究》，石家莊：河北教育出
版社，1999 年，第 316～317 頁。

〔註41〕 （清）王文誥在《蘇文忠公詩編注集成》中，將蘇軾的第一首「和陶
詩」——《和陶飲酒二十首》繫年於元祐七年（1092）。（宋）蘇軾著；
（清）王文誥輯注：《蘇軾詩集》，北京：中華書局，1982 年，第 1881
～1882 頁。

〔註42〕 （清）王文誥輯注：《蘇軾詩集》，北京：中華書局，1982 年，第 2135
頁。

〔註43〕 《晚生》（其三），《牧隱詩藁》卷之二十七。（韓國文集叢刊：冊四，
第 376 頁）

〔註44〕 1400～1417 年韓尚敬任江原道都觀察使，「太宗嘉納之，拜參知議政
府事，欽差兵部主事端木智來，命尚敬為接，伴使數旬，禮待逾勤。
智曰：『晏平仲善與人交，久而敬之，公其人也。』出為豐海、江原兩
道都觀察使，入為工曹判書，遷知議政府事兼司憲府大司憲。」學習
院東洋文化研究所刊：《李朝實錄》第 7 冊，《世宗實錄》卷十九，世
宗五年三月戊子條， 1956 年，第 281 頁。

〔註45〕 《陽村先生文集》卷之八。（韓國文集叢刊：冊七，第 95 頁）

〔註46〕 《陽村先生文集》卷之八。（韓國文集叢刊：冊七，第 95 頁）

的「和陶詩」是其創作聚焦凝神之所在。今人金真在《韓國「和陶飲酒詩」芻論》一文中對古代朝鮮「和陶飲酒詩」的創作緣由分了四類〔註47〕，權近的《擬古和陶》當屬於第一類「追和陶淵明原詩」。

　　權近開始嘗試淡化詩歌中對陶典的運用，在陶詩接受方面嘗試以新的形式來表現其意趣，即使已有蘇軾「和陶詩」，但朝鮮漢詩人「卻恨吾生在後期」，依然想要以「和陶」的形式來致敬先賢。朝鮮漢詩人創作「和陶詩」因此得以產生，展現了朝鮮漢詩人接受陶詩中學習和新變的能力。

二、《擬古和陶》的內容分析

> 我生性懶拙，常厭塵俗喧。
>
> 衡門絕來往，適我心期偏。
>
> 時乘高丘望，閑雲生遠山。
>
> 山中有隱士，長往何時還。
>
> 相思撫琴歎，悠悠竟誰言。〔註48〕

陶淵明詩作中常用「先總述、後分述的方式來結構篇章。」〔註49〕權近仿效了陶詩的這種謀篇方式，首句總寫詩人對塵俗喧嘩的厭倦，因而「絕來往」，開始隱居生活。句式上則效仿蘇軾《和陶飲酒二十首》其一句：「我生不如陶，世事纏綿。」（宋景定本）〔註50〕，稱自己「生性懶拙」。陶淵明在詩中時常以「拙」來形容自己的性情和生活

〔註47〕「1、追和陶淵明原詩；2、受蘇軾『和陶飲酒詩』影響；追和韓國前人的『和陶飲酒詩』；4、同一時期文人之間的唱和。」參見金真：《韓國「和陶飲酒詩」芻論》，延邊大學學報（社會科學版），2015年第3期。

〔註48〕《擬古和陶》（其一），《陽村先生文集》卷之二。（韓國文集叢刊：冊七，第22頁）

〔註49〕高建新：《「以文為詩」始於陶淵明》，內蒙古大學學報（人文·社會科學版），2002年第4期。

〔註50〕《和陶飲酒二十首》（其一），（宋）蘇軾著；（清）王文誥輯注：《蘇軾詩集》，北京：中華書局，1982年，第1883頁。

情狀，〔註51〕權近選取「拙」作為他與陶淵明性格中相似的一面，如曰「吾生計拙素無儲」、「吾辭甚蕭拙」。之後詩人分寫「絕來往」後的日常，他「乘高丘」望見遠方山中生出朵朵閑雲，詩人遙想山中的隱士，盼望有機緣見面。詩人並非嚮往成為一名隱士，而是認可隱士超俗的情懷，以隱士為知己，渴望在交流中使自己能短暫的「忘俗」。王國維在《人間詞話》認為「無我之境」如「採菊東籬下，悠然見南山」，而權近在《擬古和陶》其一中，將詩人的自我主體意識凸顯出來。「我」作為詩歌的主角，處處著「我」之色彩，抒發了「我」對塵俗的厭惡，並且描述「我」生活的日常。如果說在《飲酒》其一中陶詩營造了「物我合一」的狀態，權詩則是表現出「以我觀物」的思維。試對比蘇軾此詩的次和：

> 小舟真一葉，下有暗浪喧。
> 夜棹醉中發，不知枕幾偏。
> 天明問前路，已度千重山。
> 嗟我亦何為，此道常往還。
> 未來寧早計，既往復何言。〔註52〕

陶詩以「結廬人境」與「無車馬喧」作對比形成反差，讓人不由得產生疑問，既然是人境之中，豈會沒有車馬之聲呢。而蘇軾以「小舟」與「暗浪」對比，表現出個人在歷史長河之中的渺小和如履薄冰。醉中出發的小船暗示著詩人前半生在一種微醺的不知覺的狀態下前行，「不知枕幾偏」寫出詩人對周遭的變化難以察覺。天亮之後，已是歷盡千山，詩人酒醒，尋問人生所欲何為，似乎又憶起這條路自己已往返多回，詩人仿佛在酒後做了一個長長的夢，夢醒之後意識到應當放下過去的種種，為未來的生活早做打算。陶淵明在這首詩中傳遞出通透的悠然之

〔註51〕 如「守拙歸園田」「叩門拙言辭」「棲遲詎為拙」「拙生失其方」「人事固以拙」「誠謬會以取拙」「性剛才拙，與物多忤」。

〔註52〕 《和陶飲酒二十首》（其五），（宋）蘇軾著；（清）王文誥輯注：《蘇軾詩集》，北京：中華書局，1982年，第1885頁。

趣，蘇軾的這首和詩則寫覺醒者之思。蘇軾「和陶詩」的創作靈感源自陶詩，然而他又能以自己的才思，創出新意。蘇軾對陶詩中的句式非常熟稔，如「嗟我亦何為」句，以陶淵明喜用的疑問句式來設問〔註53〕。蘇軾不拘於陶淵明原詩中的內容，靈活自如地效仿陶淵明散文化的句式，以相同的韻腳進行自己的創作，「詩的結尾二句『未來寧早計，既往復何言』，體現的是超越過去和未來人生智慧的蘇軾哲學態度。」《和陶飲酒》其五具有一種暗鬱的情調，帶有濃厚的哲學色彩。」〔註54〕紀曉嵐指出蘇軾此詩「斂才就陶，而時時亦自露本色，正如褚摹《蘭亭》，頗參己法，正是其善摹處。明七子之摹古，不過雙鉤填廓耳！」〔註55〕相比之下，權近的「和陶詩」在內容上與原詩是比較相近的，而在蘇軾這首「和陶詩」中，幾乎無法聯想到陶淵明的原詩內容。徐師曾《文體明辨序說》「和韻詩」條中「並其意不用者」，蘇軾這首「和陶詩」就屬於這種類型〔註56〕。

權近《擬古和陶》所次《飲酒》組詩的後三首，在內容上皆是以對陶詩中的同一物象的感興作為發端，如「青松」與「孤松」、「秋菊」與「佳菊」、「山禽」與「失群鳥」，而在陶詩中最常用的物象就是這三種。

（一）松與堅貞

孤松生林壑，眾卉爭春姿。

飛霜昨夜下，摧脫皆枯枝。

唯此歲寒操，卓然獨魁奇。

〔註53〕原詩中陶淵明就運用了設問的形式「問君何能爾」，又如「事不可尋，思亦何極」（《祭從弟敬遠文》）等。

〔註54〕（日）今場正美著，李寅生譯：《隱逸與文學》，湘潭：湘潭大學出版社，2014年，第131頁。

〔註55〕（宋）蘇軾撰；（清）嚴紀昀評點：《蘇文忠公詩集》卷三十五，清同治八年（1869）刻本，上海師範大學圖書館藏。

〔註56〕宋恪震：《問學鴻爪拾碎》，北京：中國言實出版社，2014年，第217頁。

清風灑我帽，俛仰復何為。

幽貞不可得，局束如含羈。〔註57〕

權近這首詩的內容幾乎脫胎於陶詩，以松樹為起興，言松樹在春秋時節不顯眼，而嚴冬到來之後，草木枯萎，唯其卓然而立。然而，在相同題材的兩首詩中，詩人創作的主人公形象有著比較明顯的差異，這是由於詩人的懷抱和詩情不同。首先，陶詩中寫的是「青松」，從字面上看，強調的是松樹的顏色四季常青，若從象徵意義上而言則是借「青松」表現堅貞不移的氣節。陶淵明在《和郭主簿二首》其二有云：「芳菊開林耀，青松冠岩列。懷此貞秀姿，卓為霜下傑。」在此陶淵明以擬人的手法將松菊作為高潔人格的象徵。由此可見在陶詩中，青松是具有一定象徵意義的自然物象。然而在權詩中，詩人所吟詠的乃是「孤松」，表現出松樹與周圍環境之間的關係是「寡對多」，而「孤」字本身讓人油然生出同情之理解的渴望。在權近一首詠菊詩中，權近寫菊之品格用了與此處相似的語言：「最憐眾卉皆搖落，獨保清寒晚節香」〔註58〕，以「眾卉」之「搖落」來襯托菊之芬芳。松菊在權近的心中顯然具有比較相近之氣節，因而在他隱居之時「手種松菊開閑園」〔註59〕。其次，二人選取了不同生長環境中的松樹，陶詩中是「東園」，在詩人居所附近〔註60〕，是可以被眾人欣賞稱奇的；而權詩中的孤松生長於「林壑」，在遠離市井的山林，無人知曉。詩人與松樹所處的環境和距離不同，產生的情思也大為不同。權詩中出現的人物只有一位詩人，而陶詩中既有詩人自己，亦有眾人。由此可見出詩人的懷抱大小之別。第三，詩人的情思不同。陶詩中詩人與松樹處在親近的狀態，詩人攜一壺

〔註57〕 《擬古和陶》（其二），《陽村先生文集》卷之二。（韓國文集叢刊：冊七，第22頁）

〔註58〕 《癸未九月晦，奉香宿馬山驛。其夜有雨，朝至碧蹄驛，牆菊盛開》，《陽村先生文集》卷之九。（韓國文集叢刊：冊七，第107頁）

〔註59〕 《致堂詩》，《陽村先生文集》卷之三。（韓國文集叢刊：冊七，第38頁）

〔註60〕 「淵明居處有一東園，《停雲》：『東園之樹，枝條載榮。』」見 袁行霈撰：《陶淵明集箋注》，北京：中華書局，2011年，第178頁。

酒步入東園「撫寒柯」，在《歸去來兮辭》中詩人寫「撫孤松而盤桓」
亦是如此。仰頭飲一口酒，便極目遠望，生出己身如置於夢幻之間，自
問又有何事能縈心呢？權詩中詩人寫清風之曠逸灑脫，而己身卻困於
棲遲偃仰之中。

（二）詩人與酒

> 佳菊有幽芳，我來餐落英。
>
> 餘芬襲巾服，足以慰我情。
>
> 采采寄遠人，不盈筐之傾。
>
> 矯首天一涯，孤鴈雲間鳴。
>
> 終然泛尊酒，爛醉輕浮生。〔註61〕

「他花不足當此一『佳』字」〔註62〕，權近在詩中襲用了陶淵明對菊的
這一形容，又如「佳菊誰栽古館傍」〔註63〕亦是如此。陶淵明詠菊側重
於菊之「色」〔註64〕（視覺），權詩中則關注於菊之「芳」（嗅覺），而
為何是幽芳呢？組詩中詩人寫生活環境有「林壑」、「高丘」、「遠山」，
可知與陶淵明結廬於人境不同，權近的隱居當是在山中。「幽」可以形
容菊花生長環境的僻靜，或者是沉靜而安閑的狀態；也可以指代詩人隱
居之所的幽靜。陶淵明將帶著露水的菊花花瓣摘下，放在酒中一併飲下，
蘇軾有句「要伴騷人餐落英」〔註65〕，「且撼長條餐落英」〔註66〕。權

〔註61〕　《擬古和陶》（其三），《陽村先生文集》卷之二。（韓國文集叢刊：冊
　　　　　七，第 22 頁）

〔註62〕　（清）陶澍著：《陶澍全集》冊 8，長沙：嶽麓書院，2010 年，第 84
　　　　　頁。

〔註63〕　《癸未九月晦，奉香宿馬山驛。其夜有雨，朝至碧蹄驛，牆菊盛開》，
　　　　　《陽村先生文集》卷之九。（韓國文集叢刊：冊七，第 107 頁）

〔註64〕　葉嘉瑩指出「色」不僅指顏色，「凡是宇宙間一切有形的現象都是
　　　　　『色』。」葉嘉瑩：《陶淵明飲酒及擬古詩講錄》，臺北：大塊文化
　　　　　出版股份有限公司，2012 年，第 116 頁。

〔註65〕　《次韻僧潛見贈》，（宋）蘇軾著；（清）王文誥輯注：《蘇軾詩集》，北
　　　　　京：中華書局，1982 年，第 880 頁。

〔註66〕　《再和潛師》，（宋）蘇軾著；（清）王文誥輯注：《蘇軾詩集》卷，北
　　　　　京：中華書局，1982 年，第 1186 頁。

詩亦寫「餐落英」，在他生活的時代文人也有服食菊花的雅好。其「采采寄遠人，不盈筐之傾」，化用自《詩經·周南》中「采采卷耳，不盈頃筐」〔註67〕，用來表達對「遠人」的思念。此外《卷耳》之詩亦有君子求賢之意〔註68〕。人是社會性的動物，在交往之中能確認自己的存在，自己的位置，產生一種被需要的滿足感。在詩歌中權近塑造的主人公的形象，往往是昂首望著遠方的姿態，似乎並未融入到這隱居的日常生活之中，而是心中念著遠方，以「孤雁」、「孤松」來暗示自己內心的孤獨之感。而陶詩中則是充盈著一種自我滿足感的，結束了一天的勞作之後，為自己斟上一杯酒，雖是獨酌，然「杯盡壺自傾」，詩人並不以此為意。夕陽下落，世界歸於安靜，鳥兒歡喜地回到了居所，如同詩人回到了田園，此生有此歸處已然足矣。權詩中的佳菊，固然能給予他一份寬慰，然而詩人終究需要通過飲酒來忘卻浮生的種種不如意。同寫「泛酒」，權近與陶淵明飲酒後的狀態有所不同，陶淵明在醉後創作出千載流傳的《飲酒》詩，他清醒寫出「泛酒」的目的，只是為了使自己遠離「世情」；而從「爛醉輕浮生」句中可以看出，詩人在清醒的時候將世俗人生看得很重，他在飲酒後的反應多少顯得有些消極。

　　在這首「和陶詩」中權近選取了陶淵明原詩中的「菊」與「酒」物象，作為詩人「慰情」之物。在隱居之中的陶淵明自得其中之樂，而權詩傳達出詩人的孤獨和失意之情。權近有句「彭澤泛黃菊」〔註69〕，即是出自「秋菊有佳色，裛露掇其英。泛此忘憂物，遠我遺世情。」（《飲酒》其七）陶詩中「遠」是心理層面的，針對世俗的疏離而言的，而權近詩中之「遠」，則是指地理空間層面的，他的人處在山林，心卻並未歸隱。

〔註67〕　程俊英譯注著：《詩經譯注》，上海：上海古籍出版社，2014年，第6頁。
〔註68〕　蘇軾因「烏臺詩案」入獄後為太皇太后曹氏所赦，寫下挽詩中有句：「關雎卷耳平生事，白首累臣正坐詩。」感激太皇太后的知遇之恩。
〔註69〕　《次韻曹仲實修撰》，《陽村先生文集》卷之二。（韓國文集叢刊：冊七，第22頁）

（三）歸鳥與想像

> 山禽繞嘉樹，日夕雙翔飛。
>
> 與君遠離別，妾心徒自悲。
>
> 閨空素月照，歎息將疇依。
>
> 露寒秋風早，願君當遄歸。
>
> 容華縱雲改，德音永無衰。
>
> 結歡如金石，珍重莫有違。〔註70〕

權詩首句運用比興的手法，將戀人過去的幸福時光以「山禽」「雙翔飛」來表現。在這首詩中權近和陶淵明一樣選擇了第三人稱的視角，陶淵明詩中托身於一隻「失群鳥」，權近詩中則托身於一位思念情郎的女子；陶詩寫「歸」，權詩寫「盼歸」。陶淵明的《飲酒》其五中寫這隻「失群鳥」經歷了晝夜的「徘徊」後與「孤松」邂逅，托身於這片綠蔭的經歷。而權近的這首「和陶詩」以一個女性的口吻來抒發對戀人的思念之情，期盼戀人的早日歸來，表達對待感情的堅定如「金石」一般。兩首詩同樣是寫「悲」，陶詩以「厲響」劃破清晨，權詩以「歎息」聲來表現。失群的孤鳥仿佛是詩人自己的寫照，在勁風之下，唯有孤松保有綠蔭能為鳥兒提供棲息之所，正如田園躬耕之於陶淵明。既然歷經千辛萬苦找到合適的托身之所，陶淵明以「千載不相違」來表達歸隱的決心，權近則以「金石」來寫女子對戀人的堅貞，權近似以「和陶」與陶淵明進行對話。

　　在《擬古和陶》其四中權近還仿學了《古詩十九首》中的詩語，如「與君遠離別」化用自《行行重行行》中「與君生別離」句，表現思婦細膩婉轉的情感。在其《宿連山島驛》中亦受到了《古詩十九首》中「迢迢牽牛星，皎皎河漢女」句的影響：

> 迢迢河漢水，耿耿牛女星。此夕有嘉會，颯然通精靈。
>
> 歡笑別離多，世俗輕嘲侮。寧知天上日，一歲一朝暮。
>
> 萬古常若斯，此是久長期。若使日諧好，顏鬢曾已衰。

〔註70〕　《擬古和陶》（其四），《陽村先生文集》卷之二。（韓國文集叢刊：冊七，第22頁）

> 天孫萬古在，世人幾遷改。如何不自悲，卻歎神仙會。
> 〔註71〕

權近出使明朝到達連山島驛時恰逢七夕，有感而發寫下牛郎織女的神話故事，歌頌他們堅貞的感情。世人以為牛郎、織女一年相見一次離別多於歡笑而產生感傷，可未曾想到兩顆星星千萬年來每年都會相會，而看星星的人會老去，一代代的更替，不由地為人的生命之短暫而感到悲傷。權近時常在詠物和詠懷詩的尾句，寫上他富有哲理的思考。

三、「和陶詩」的特點和影響

袁行霈先生在《論和陶詩及其文化意蘊》中有云：「擬古是學生對老師的態度，追和則多了一些以古人為知己的親切之感。」〔註72〕權近詩題雖然寫「擬古」，然而詩作卻是「和詩」的形式。「擬古詩」是重在模仿古人詩作風格而創作，並沒有形式上的要求。而「和詩」則要求「和韻」，在權近的《擬古和陶》中按照陶詩原詩韻腳，不變其字依次用於詩中，因而權詩創作的「和陶詩」當屬於「次韻」，在內容上屬於「順其意而和之」，時空角度上是「追和」。

權近「和陶詩」有意仿效了陶淵明「散文化」的語言特色，主要表現在詩歌中對虛詞的運用。權近「和陶詩」中使用了人稱代詞「我」四次、「君」一次，疑問代詞「何」兩次、「誰」一次。兩人的詩歌中第一人稱在詩中出現頻率最高〔註73〕，詩歌中「我」作為抒情主人公，時刻提醒著讀者，讀到的一切都是「我」的經歷，並且是真實的感受，「我生性懶拙」「適我心期偏」「我來餐落英」「足以慰我情」，從這些詩句中感受到詩人時時在強調個人的經歷以及主體性，他企圖讓你相信，詩中

〔註71〕 《宿連山島驛。是日七夕，賦牛女》，《陽村先生文集》卷之六。（韓國文集叢刊：冊七，第 62 頁）

〔註72〕 袁行霈：《論和陶詩及其文化意蘊》，中國社會科學院院報，2003 年第 6 期。

〔註73〕 陶詩中第一人稱代詞「我」、「吾」、「予」共出現次數共 245 次。參見魏耕原：《論陶淵明詩的散文美》，文學遺產，2008 年第 6 期。

所寫的內容都是真實發生過的，詩人是原原本本的將其寫入詩歌之中，這是詩歌帶給讀者的第一層效果。魏耕原先生指出陶詩的結構主要有五種「平鋪直敘」「夾敘夾議」「議論──寫景（或抒情）──再議論」「通體議論」「敘與議」〔註74〕。讀者進入到詩人的語言敘事之中，隨著對意象的再造，讀者與詩中的「我」合二為一，因而最後議論的人不再是詩人，而成為了讀者本人，這種敘述方式更加容易產生移情的效果。

在這一組詩中，權近選取的題材以詠物為主，他繼承了陶詩中的比興藝術，或隱或顯地將其象徵意味灌注於「山禽」「佳菊」「孤松」等物象之中。然而在詩意上陶詩更多反映出的是「放」，如「提壺撫（掛／桂）寒柯，遠望時復為（復何為）」中，異文不是本文討論的問題，但是在這一句中，使詩句更加有意味的，是詩人「遠望」的這個姿態，他所望的不是一個人物或者地方，而是望向生命的本源。相比之下權詩中所表現的偏重於「執」的一面，在權詩中一直有一個懷念的物件，如「隱士」「遠人」「情人」，詩人並沒有設定這個物件是具體的某一個，但卻又限制了讀者的想像或思考的空間。

「和陶是一種很特殊的、值得注意的現象，其意義已經超出文學本身，而在更加廣泛的文化層面上吸引我們進行研究。這種現象不僅證明陶淵明的影響巨大，而且表明後代的文人對他有強烈的認同感，表明陶淵明的作品具有普遍的意義。更為重要的是，這種現象說明陶淵明已經成為中國文化中的一個符號。和陶，在不同程度上代表了對某種文化的歸屬，標誌著對某種身分的認同，表明了對某種人生態度的選擇。」〔註75〕在麗末鮮初由權近正式開啟了「和陶詩」的創作，此後，朝鮮朝時期至少有152位詩人創作了不少於1159首的「和陶詩」〔註76〕。

〔註74〕魏耕原：《論陶淵明詩的散文美》，文學遺產，2008年第6期。

〔註75〕袁行霈：《論和陶詩及其文化意蘊》，中國社會科學院院報，2003年第6期。

〔註76〕參見金真：《韓國「和陶飲酒詩」芻論》，延邊大學學報（社會科學版），2015年第3期。

小結

　　除權近創作了四首「和陶詩」之外，麗末鮮初詩壇還出現了效陶詩、節陶詩等詩詠方式，如鄭道傳的《夜與可遠，子能讀陶詩。賦而效之》、《寫陶詩》等，還有元天錫《節歸去來辭》等。這些詩歌的內容或是記錄詩人的日常生活，抒寫自己的生命體驗，或是寫歸隱的心態，此外還有評論陶淵明的詩文及人生態度。

> 良朋共鄰曲，門巷相接連。晨征寒露濡，夜會燈火然。
>
> 相與玩奇文，理至或忘言。日月復如茲，此樂矢不諼。
>
> 《夜與可遠、子能讀陶詩，賦而效之》〔註77〕

鄭道傳在詩題中寫出這首詩的創作緣由，他在與權近、子能讀陶詩後創作的效陶詩。詩歌中的起首兩句「良朋共鄰曲，門巷相接連」，反映出詩人生活的環境是在市井中的，這樣的開題切入寫法，似是對陶詩「結廬在人境」（《飲酒》其五）的仿寫。詩中「夜會」「相與玩奇文」即是交代這次會面的時間和事件。在這裏化用了陶淵明《移居》（其一）中「鄰曲時時來，抗言談在昔。奇文共欣賞，疑義相與析」。友人這次難得的相聚，如同一個詩文的分享會，鄭道傳分享的「奇文」是陶詩，陶淵明何曾想到在千年後的朝鮮半島，他的詩歌會成為詩人們共用的「奇文」。詩人用一個「玩」字，定位自己的效詩。在創作效陶詩的時候，詩人從印象式閱讀開始轉向對陶詩語言的研究。如這首詩中「茲」「復」字的使用，吸取了陶詩散文化的特點〔註78〕。在另外一首《寫陶詩》中，對散文化筆法運用的更加明顯：

> 茅簷虛且明，隨意寫陶詩。
>
> 陶翁信高士，羲皇乃其儔。
>
> 委順大化中，無慮亦無為。
>
> 誰言千載遙，同得我心期。

〔註77〕 《三峯集》卷之一。（韓國文集叢刊：冊五，第294頁）

〔註78〕 「見於散文而不大常用的『茲』，於詩尤為罕見，陶詩卻樂用而不倦。」見魏耕原：《論陶淵明詩的散文美》，文學遺產，2008年第6期。

　　　　珍重尚友志，歲晚莫相違。〔註79〕

在這首詩中鄭道傳借鑒了《飲酒》其四中「千載不相違」，《形影神》中「縱浪大化中，不喜亦不懼。應盡便須盡，無復獨多慮。」詩中使用虛詞的頻率較高，如代詞（誰，我）、連詞（亦，且）、副詞（乃）。由於虛詞的增加，使得詩句比較的散緩，語言比較口語化。再看元天錫的「節陶詩」：

　　　　歸去來兮適所求，琴書之樂實消憂。

　　　　倚窗寄傲論非是，撫樹盤桓任去留。

　　　　或事耘籽而植杖，還將賦詠亦乘舟。

　　　　樂天知命奚疑慮，千古遺風敻絕儔。〔註80〕

元天錫在詩中節取了《歸去來兮辭》中的句子稍加改寫，如「撫孤松而盤桓」「樂琴書以消憂」「樂乎天命復奚疑」等，重在展現陶淵明歸隱的高風逸趣，其中亦多使用虛詞，如代詞（之）、連詞（或，而，還，亦）。

　　此外，鄭道傳的《讀東亭陶詩後序》，是一篇對陶詩比較完整的批評文章：

　　　　自晉至今千有餘年，世喜稱淵明為人。予以為論其世誦
　　　　其詩，則其人可知。當南北分裂之際，干戈相尋，民無寧日，
　　　　內亂將作，王室將傾。此義人志士有為之時，而淵明則歸去
　　　　田園而已。及觀其詩乞食，貧士怨詩飲酒等篇，但不勝其憔
　　　　悴無聊，姑托酒以遣耳。得稱於後世者如此，何歟？杜子美
　　　　曰，陶潛避世翁，未必能達道。觀其著詩集，頗亦恨枯槁。
　　　　韓退之讀醉鄉記，以為阮籍、陶潛猶未能平其心。或為事物
　　　　是非相感發，於是有所托而逃焉者也。二子為世名儒，善論
　　　　人物。而其言如彼，則予之惑滋甚。今得東亭先生陶詩後序，
　　　　曰憔悴於飢寒之苦，而有悠然之樂。沉冥於麴蘖之昏，而有
　　　　超然之節。伏以讀之，不覺歎息曰，噫！此所以為淵明也。

────────────

〔註79〕《三峯集》卷之一。（韓國文集叢刊：冊五，第292頁）

〔註80〕《耘谷行錄》卷之四。（韓國文集叢刊：冊六，第190頁）

雖去千載之遠,如聞其謦欬而接見其容儀也。且其憔悴於飢
寒之苦,沉冥於麴糵之昏者,跡也外也。有悠然之樂,超然
之節者,心也內也。在外者易見,在內者難知。宜後學未能
窺其藩籬也。向者韓、杜之言,特托而言之耳。先生曰:「不
然也。淵明生於衰叔之世,知其時之不可為。高蹈遠引,養
真衡茅之下。塵視軒冕,銖看萬鍾。雖衣食不給,而悠然樂
以忘其憂。及乎宗國既滅,世代遷易,一時之輩相招仕進,
若吾淵明則不然。拳拳本朝之心,如青天白日。不事二姓,
隱於詩酒之中。其高風峻節,凜乎秋霜之烈,不足此也。至
於其詩,當憂則憂,當喜則喜,當飲酒則飲酒。其曰:『夏日
長抱飢,寒夜無被眠。』則其飢寒之苦,為如何哉?『笑傲
東軒下,聊復得此生。』則其悠然之樂,又如何也?其曰:
『春秫作美酒,酒熟吾自斟。』又曰:『朝與仁義生,夕死復
何求。』豈非於沈冥之中而有超然之節乎?蓋淵明之樂,不
出飢寒之外,而其節亦在沉冥之中也。何也?知淵明不義萬
鍾之祿,甘於畎畝之中,則飢寒乃所以為樂也。托於麴糵,
終守其志,則沈冥乃所以為節也。不可以內外異觀也。」道
傳曰:「命之矣。」退而書之。〔註80〕

鄭道傳在這篇序中首先寫了自己早先對陶詩的認識,針對世人多喜歡
稱頌陶淵明的為人,他從人品和詩品兩個方面來提出質疑,以陶淵明
「歸去田園」而沒有「兼濟天下」之心,來質疑其人品;從印象式的情
感反應和文學價值的角度批評陶淵明的《乞食》《詠貧士》《飲酒》等詩
「憔悴無聊,姑托酒以遣」,並以杜甫和韓愈論陶的觀點來佐證他的質
疑。其次,還寫了麗末鮮初詩人廉興邦(東亭先生)對陶淵明的解讀方
式,首先從人生經歷和時代入手,分析陶淵明隱居不仕的原因是忠於
宗國「不事二姓」;其次以詩歌文本為例,分析詩人的個性,並指出其

〔註80〕《三峯集》卷之四。(韓國文集叢刊:冊五,第356頁)

情志中「悠然之樂」和「超然之節」的難能可貴。「當憂則憂，當喜則喜」這個觀點與宋代蔡啟對陶詩的評價一致：「惟淵明則不然。觀其貧士、責子與其他所作，當憂則憂，遇喜則喜，忽然憂樂兩忘，則隨所遇而皆適，未嘗有擇於其間，所謂超世遺物者，要當如是而後可也。」〔註81〕（《蔡寬夫詩話》）在「知人論世」方法的解讀下，陶淵明被視為儒家理想人格的代表，他的人格價值藉由文學表現出來。在此，廉興邦將文學價值等同於人格價值，這一觀點亦得到了鄭道傳的認同。

　　麗末鮮初詩壇對陶淵明的接受有隱性和顯性兩方面，顯性方面主要表現一是以道德評價為主，接受和效仿陶淵明人格和生活情趣，以陶淵明為師為友。由於同處於易代之際，在相似的心理和移情的作用之下，詩人們以其高風隱逸的事蹟作為自己理想的生活狀態的範本；二是將陶詩文中的句子節取或化用到自己的詩歌之中，以《歸去來兮辭》《歸園田居》《飲酒》等篇為主。隱性的則是對陶詩語言風格的學習，雖然並未在詩話上留下具體的文字，但是在麗末鮮初的詠陶詩和隱逸題材的詩歌中，以五言詩為主，對陶詩中善於運用虛詞手法的學習尤為突出。為朝鮮朝詩話的發展奠定了基礎。

〔註81〕郭紹虞輯：《宋詩話輯佚》，北京：中華書局，1987 年，第 393 頁。

結論　麗末鮮初詩壇對陶淵明接受的特點

一、學陶模式：「道德評價」與「文學價值」相結合

　　麗末鮮初詩壇一改高麗前、中期對陶淵明的認識，陶淵明的形象從一名嗜酒者，逐漸成為忠貞高潔的隱士，進而被視為理想人格的典範；對陶詩的學習從簡單的引用事典和襲用詩語，到有意識地從風格和詩歌創作技法等角度來學陶。可以說，麗末鮮初詩壇學陶的表現，彰顯了陶淵明作為一位詩人的身份。通過大量文人的創作實踐，學陶的模式在此時形成了一種典範的模式，即以「道德評價」和「文學價值」相結合。該模式具有承上啟下的重要作用，此後，朝鮮朝學陶的方式和角度無出其右。

　　在「道德評價」方面，陶淵明的高風隱逸和「不事二朝」的精神在朝鮮朝的詩文中被繼續的強化，陶淵明的道德價值被高度的認可，後世鮮少再以「嗜酒」「避世」來指摘陶淵明。這與當時熾盛的性理學思潮和朱熹視陶淵明為儒家理想人格代表的傳播帶來的影響有關。在易代動盪之際，士大夫歸隱風氣的盛行，也促成了學陶之風的大熱。詩人們在處理理想與現實的矛盾時，陶淵明成為可以師法的代表，特別是他詩歌中的閑適情懷和自然認識，為詩人所推崇。他們大量創作吟詠閑居和隱逸田園主題的詩歌，化用陶詩中的物象，從而把握陶淵明的在處理個人與社會環境之間關係時的體驗。

在「文學價值」方面，主要以「風格」「題材」「語言」等方面觀照和詮釋陶詩。在風格上，以平淡和閑適這兩個方面最為麗末鮮初詩人所喜好，重視陶詩創作的尚「真」和「發乎性情」，陶淵明性情最正，認為「中興詩道非他術，上合天心是此真」。他們以性情之真作為創作的出發點，對陶詩平淡風格的學習，這正是順應了麗末鮮初詩壇力圖扭轉高麗中期沉溺於詞章之風，陷於浮華詩風的需要〔註1〕。元明交替之際亦是麗末歷史轉折的時期，在此特殊的歷史背景之下，麗末士大夫文人的文明意識逐漸形成〔註2〕。詩人們從印象式直覺的認識，開始對陶淵明詩文的語言進行學習，特別是語言結構形式和意象的組織方面。陶淵明「擅長使用虛字以加強語言力量與邏輯聯繫」〔註3〕，麗末鮮初詩人在學陶的時候也注意到了這一特色，並運用在詩歌創作中，呈現出高古簡潔的風格。

二、滯後性與相似性

對比中國古代陶淵明接受的情況，麗末鮮初的陶淵明接受吸取了唐宋文人對陶淵明的認識，其中又以宋人的影響為主，整體上呈現出相對的滯後性，這主要受到文本這個物質媒介傳播的影響。

在文學風格上，受杜甫、朱熹、蘇軾論陶淵明的影響比較顯著。杜甫論陶詩影響的方面，如「陶謝不枝梧」〔註4〕等，側重於對陶詩風格的批評，而麗末鮮初詩人對此經歷了認同到反駁的一個過程〔註5〕。

〔註1〕 （韓）金忠烈：《高麗儒學思想史》，臺北：臺灣東大圖書公司，1992年，第79頁。

〔註2〕 임형택，《高麗末의 역사건환과 文人知識層의文明意識》，見（韓）李炳赫編：《麗末鮮初漢文學의再照明》，首爾：太學社，2003年，第44頁。

〔註3〕 逯欽立著；吳雲整理：《漢魏六朝文學論集》，西安：陝西人民出版社，1984年，第298頁。

〔註4〕 李穡有云：「精對古所少，選詩逼陶謝」（《醉賦》），「自愧病餘猶健在，興來陶謝不枝梧」（《自詠》）「白頭苦吟對黃卷，欲令陶謝愁枝梧」（《少年行》）。

〔註5〕 詳見第三章第二節。

朱熹論陶詩為麗末鮮初詩壇所接受的主要是人品評價和平淡詩風等方面，如「晉、宋人物，雖曰尚清高，然個個要官職，這邊一面清談，那邊一面招權納貨。陶淵明卻真個是能不要，此其所以高於晉、宋人也。」〔註6〕「陶淵明詩平淡，出於自然」〔註7〕「淵明詩所以為高，正在不待安排，胸中自然流出。」〔註8〕朱熹對陶淵明人品的推崇，是陶淵明人品在麗末鮮初詩壇形成典範化的因素之一。蘇軾以陶淵明為師，創作的109首「和陶詩」，在麗末鮮初為權近所學習，在此共同影響下，在朝鮮朝形成了「和陶詩」創作的高潮。

　　總體而言，在詩學角度對陶淵明的接受，麗末鮮初詩人經歷了對唐宋文人的觀點的接受到自我認識的形成，在主要觀點上呈現出相似性。

三、「以物觀物」的自然觀

　　高麗末期士大夫的思想受到性理學的影響開始發生轉變，反映在學陶上，則是對其自然觀的認可。魏了翁（1178～1237）在《費元甫陶靖節詩序》中指出陶淵明「以物觀物，而不牽物，吟詠性情，而不累於情。」〔註9〕陶淵明的「採菊東籬下，悠然見南山」即是「以物觀物」的代表，詩歌中的敘述者／抒情者與自然同化為一體。受邵雍「以物觀物」的思想傳入的影響，「物我一心」的自然審美觀在麗末士大夫思想中開始形成。安軸（1287～1348）有云：「天下之物，凡有形者，皆有理。大而山水，小而至於拳石寸木，莫不皆然。」〔註10〕試看李穡和鄭道傳的「觀物詩」：

〔註6〕　（宋）朱熹撰；朱傑人，嚴佐之，劉永翔主編：《朱子全書》第15冊，
　　　　　上海：上海古籍出版社；合肥：安徽教育出版社，2002年，第1226頁。
〔註7〕　（宋）朱熹撰；朱傑人，嚴佐之，劉永翔主編：《朱子全書》第18冊，
　　　　　上海：上海古籍出版社；合肥：安徽教育出版社，2002年，第4322頁。
〔註8〕　《論陶三則》，清陶澍集注《靖節先生集》／（晉）陶淵明著，國學典
　　　　　藏：陶淵明全集〔M〕，上海：上海古籍出版社，2015年，第205頁。
〔註9〕　（宋）魏了翁《鶴山集》卷五十二，《文淵閣四庫全書》第1172冊，
　　　　　第587頁。
〔註10〕　《謹齋先生集》卷之一。（韓國文集叢刊：冊二，第467頁）

　　　　大哉觀物處，因勢自相形。白水深成黑，黃山遠遞青。
　　　　位高威自重，室陋德彌馨。老牧忘言久，苔痕滿小庭。

　　　　　　　　　　　　　　　　　　　　　　　《觀物》〔註11〕

　　　　俯仰乾坤一道人，此心如水淡無塵。
　　　　高齋坐斷蒲團上，閑日中庭草自春。

　　　　　　　　　　　　　　　　　　　　　　《觀物齋》〔註12〕

萬物成長皆有其自然規律及運作方式，人為萬物之靈長亦是如此。李
穡有云：「觀物有術，有物有則。以言乎跡，則其淺也。或同於繪事之
丹青，以言乎理，則其高也。或入於異端之昏默，惟其二之，喪我天
德。範圍乎庖犧之俯仰，祖述乎大舜之明察，然後可以會歸於吾心之太
極也。」〔註13〕「嗟夫！我人萬物之靈，忘吾形以樂其樂，樂其樂以
歿吾寧。物我一心，古今一理。」〔註14〕他在觀物中偏重於對心性的
修養。鄭道傳的詩歌中，重於描寫觀物時的狀態，詩歌中以擬人的手
法，將草木與詩人的感受合二為一。陶淵明亦是以擬人化手法寫自然
景物的行家，如「眾鳥欣有托」「良苗亦懷新」「冷風送餘善」「悲風愛
靜夜」等，通過這種表達方式，進入到「神與物遊」的狀態。

　　以上筆者從多個方面對麗末鮮初對陶淵明詩的接受進行了較為綜
合性的探討。希望以專題研究的方式更加細緻地釐析古代朝鮮學陶的
原因和特點。試圖通過文本的細讀把握麗末鮮初詩人閱讀陶淵明詩文
的體驗，在漢文化圈中，以「他者」的視角來重新審視陶淵明及其詩文
價值。受各方面條件的限制，筆者對韓國出版刊發的論著的閱讀面還
不夠廣，因而難免會有疏漏之處。另外，對朝鮮朝陶淵明接受的研究還
未能涉及，這有待進一步的考察和探討。這些都是筆者今後可以努力
研究的方向。

〔註11〕《牧隱詩薰》卷之十六。（韓國文集叢刊：冊四，第 186 頁）
〔註12〕《三峯集》卷之二。（韓國文集叢刊：冊五，第 305 頁）
〔註13〕《牧隱文稿》卷之十二。（韓國文集叢刊：冊五，第 101 頁）
〔註14〕《東文選》卷之三。

參考文獻

A. 原典（按著編者年代）

【中國部分】

1. 程俊英譯注，詩經譯注〔M〕，上海：上海古籍出版社，2014。

2. （魏）王弼注；樓宇烈校釋，新編諸子集成，老子道德經注校釋〔M〕，北京：中華書局，2016。

3. 楊伯峻譯注，論語譯注〔M〕，北京：中華書局，2006。

4. 金良年撰，孟子譯注〔M〕，上海：上海古籍出版社，2014。

5. （清）阮元校刻，尚書，十三經注疏〔M〕，北京：中華書局，2009。

6. （晉）郭象注，莊子注疏〔M〕，北京：中華書局，2011。

7. （清）王先謙著，荀子集解〔M〕，北京：中華書局，1988。

8. （漢）韓嬰撰；許維遹校釋，韓詩外傳集釋〔M〕，北京：中華書局，1980。

9. （漢）司馬遷撰，史記〔M〕，北京：中華書局，1963。

10. （晉）陶潛著；龔斌校箋，陶淵明集校箋〔M〕，上海：上海古籍出版社，1999。

11. （晉）陶淵明著；逯欽立校注，陶淵明集〔M〕，北京：中華書局，1979。

12. （晉）陶淵明著；王叔岷撰，陶淵明詩箋證稿〔M〕，北京：中華書局，2007。

13. （晉）陶淵明著；袁行霈撰，陶淵明集箋注〔M〕，北京：中華書局，2011。

14. （晉）皇甫謐撰，高士傳〔M〕，北京：中華書局，1985。

15. （宋）范曄撰，（唐）李賢等注，後漢書〔M〕，北京：中華書局，1965。

16. （梁）沈約撰，宋書〔M〕，北京：中華書局，1974。

17. （梁）蕭統編；（唐）李善注，文選〔M〕，北京：中華書局，1977。

18. （南朝·梁）鍾嶸著；曹旭集注，詩品集注〔M〕，上海：上海古籍出版社，1994。

19. （梁）劉勰著；范文瀾注，文心雕龍注〔M〕，北京：人民文學出版社，1958。

20. （唐）王維著；（清）趙殿成注，王維詩集〔M〕，上海：上海古籍出版社，2017。

21. （唐）李白著；瞿蛻園，朱金城校注，李白集校注，上海：上海古籍出版社，1980。

22. （唐）杜甫著；蕭滌非主編；廖仲安，張忠綱，李華副主編，杜甫全集校注〔M〕，北京：人民文學出版社，2014。

23. （唐）韓愈撰，馬其昶校注，韓昌黎文集校注〔M〕，上海：上海古籍出版社，1986年。

24. （唐）白居易著；謝思煒撰，白居易詩集校注〔M〕，北京：中華書局，2006。

25. （唐）歐陽詢等奉敕撰，藝文類聚，文淵閣四庫全書，第 887 冊。

26. （宋）邵雍撰，伊川擊壤集，四部叢刊初編，第 884 冊〔M〕，上海：上海商務印書館，1919。

27. （宋）司馬光編著，資治通鑒〔M〕，北京：中華書局，2009。

28. （宋）黃庭堅著，黃庭堅全集〔M〕，成都：四川大學出版社，2001.05。

29. （宋）蘇軾著，（清）王文誥輯注，蘇軾詩集〔M〕，北京：中華書局，1982。

30. （宋）蘇軾著；張志烈等校注，蘇軾全集校注〔M〕，石家莊：河北人民出版社，2010。

31. （宋）蘇軾撰；（清）嚴紀昀評點：《蘇文忠公詩集》卷一，清同治八年（1869）刻本，上海師範大學圖書館藏。

32. （宋）蘇轍著，儲同人選，蘇子由文〔M〕，上海：中華書局，1937。

33. （宋）蘇轍著，欒城集〔M〕，上海：上海古籍出版社，2009。

34. （宋）張戒撰，歲寒堂詩話〔M〕，北京：中華書局，1985。

35. （宋）朱熹撰；朱傑人，嚴佐之，劉永翔主編，朱子全書〔M〕，上海：上海古籍出版社；合肥：安徽教育出版社，2002 年。

36. （宋）朱熹注，四書集注〔M〕，南京：鳳凰出版社，2008。

37. （宋）魏了翁，鶴山集卷五十二，文淵閣四庫全書，第 1172 冊。

38. （宋）周紫芝撰，竹坡詩話〔M〕，北京：中華書局，1985。

39. （宋）葛立方著，韻語陽秋〔M〕，北京：中華書局，1985。

40. （宋）魏慶之編，詩人玉屑〔M〕，上海：上海古籍出版社，1978。

41. （明）許學夷著，詩源辯體〔M〕，北京：人民文學出版社，1987。

42. （明）王世貞著，藝苑卮言〔M〕，南京：鳳凰出版社，2009。

43. （明）胡應麟撰，詩藪〔M〕，北京：中華書局，1962。

44. （明）王夫之著，古詩評選〔M〕，上海：上海古籍出版社，2011。

45. （清）王夫之等撰，清詩話〔M〕，上海：上海古籍出版社，2015。

46. （清）趙翼撰，陔餘叢考〔M〕，北京：中華書局，1963。

47. （清）何文煥輯，歷代詩話〔M〕，北京：中華書局，1981。

48. （清）沈德潛撰，說詩晬語箋注〔M〕，北京：人民文學出版社，2013。

49. 丁福保著，歷代詩話續編〔M〕，北京：中華書局，1983。

50. 逯欽立，先秦漢魏晉南北朝詩〔M〕，北京：中華書局，2013。

51. 王水照編，歷代文話〔M〕，上海：復旦大學出版社，2007。

52. 王雲五主編；蘇天爵編，元文類〔M〕，商務印書館，1936。

53. 郭紹虞輯，宋詩話輯佚〔M〕，北京：中華書局，1987。

【國外部分】

1. （高麗朝）一然原著；孫文範等校勘，三國遺事校勘本〔M〕，長春：吉林文史出版社，2003。

2. （高麗朝）金富軾原著；孫文範等校勘，三國史記校勘本〔M〕，長春：吉林文史出版社，2003。

3. （高麗朝）李奎報，東國李相國集〔M〕，民族文化推進會編：（影印標點）韓國文集叢刊第3冊，首爾：景仁文化社1988～2005。

4. （高麗朝）李齊賢，益齋亂稿〔M〕，民族文化推進會編：（影印標點）韓國文集叢刊第3冊，首爾：景仁文化社1988～2005。

5. （高麗朝）李齊賢，櫟翁稗說，蔡美花，趙季主編，韓國詩話全編校注冊一〔M〕，北京：人民文學出版社，2012。

6. （高麗朝）李穡，稼亭集〔M〕，民族文化推進會編：（影印標點）韓國文集叢刊第3冊，首爾：景仁文化社1988～2005。

7. （高麗朝）閔思平，及菴詩集〔M〕，民族文化推進會編：（影印標點）韓國文集叢刊第6冊，首爾：景仁文化社1988～2005。

8. （高麗朝）李達衷，霽亭集〔M〕，民族文化推進會編：（影印標點）韓國文集叢刊第 6 冊，首爾：景仁文化社 1988～2005。

9. （高麗朝）田祿生，壄隱逸稿〔M〕，民族文化推進會編：（影印標點）韓國文集叢刊第 6 冊，首爾：景仁文化社 1988～2005。

10. （高麗朝）韓脩，柳巷詩集〔M〕，民族文化推進會編：（影印標點）韓國文集叢刊第 6 冊，首爾：景仁文化社 1988～2005。

11. （高麗朝）鄭樞，圓齋稿〔M〕，民族文化推進會編：（影印標點）韓國文集叢刊第 6 冊，首爾：景仁文化社 1988～2005。

12. （高麗朝）李集，遁村雜詠〔M〕，民族文化推進會編：（影印標點）韓國文集叢刊第 3 冊，首爾：景仁文化社 1988～2005。

13. （高麗朝）李穡，牧隱稿〔M〕，民族文化推進會編：（影印標點）韓國文集叢刊第 3 冊，首爾：景仁文化社 1988～2005。

14. （高麗朝）鄭夢周，圃隱集〔M〕，民族文化推進會編：（影印標點）韓國文集叢刊第 5 冊，首爾：景仁文化社 1988～2005。

15. （高麗朝）李崇仁，陶隱集〔M〕，民族文化推進會編：（影印標點）韓國文集叢刊第 6 冊，首爾：景仁文化社 1988～2005。

16. （高麗朝）元天錫，耘谷行錄〔M〕，民族文化推進會編：（影印標點）韓國文集叢刊第 6 冊，首爾：景仁文化社 1988～2005。

17. （高麗朝）金九容，惕若齋學吟集〔M〕，民族文化推進會編：（影印標點）韓國文集叢刊第 6 冊，首爾：景仁文化社 1988～2005。

18. （高麗朝）鄭道傳，三峯集〔M〕，民族文化推進會編：（影印標點）韓國文集叢刊第 6 冊，首爾：景仁文化社 1988～2005。

19. （高麗朝）卓光茂，景濂亭集〔M〕，民族文化推進會編：（影印標點）韓國文集叢刊第 6 冊，首爾：景仁文化社 1988～2005。

20. （高麗朝）吉再，冶隱集〔M〕，民族文化推進會編：（影印標點）韓國文集叢刊第 6 冊，首爾：景仁文化社 1988～2005。

21. （朝鮮王朝）權近，陽村集〔M〕，民族文化推進會編：（影印標點）韓國文集叢刊第 7 冊，首爾：景仁文化社 1988～2005。

22. （朝鮮王朝）趙浚，松堂集〔M〕，民族文化推進會編：（影印標點）韓國文集叢刊第 7 冊，首爾：景仁文化社 1988～2005。

23. （朝鮮王朝）成石璘，獨谷集〔M〕，民族文化推進會編：（影印標點）韓國文集叢刊第 7 冊，首爾：景仁文化社 1988～2005。

24. （朝鮮王朝）鄭摠，復齋集〔M〕，民族文化推進會編：（影印標點）韓國文集叢刊第 7 冊，首爾：景仁文化社 1988～2005。

25. （朝鮮王朝）朴宜中，貞齋逸稿〔M〕，民族文化推進會編：（影印標點）韓國文集叢刊第 7 冊，首爾：景仁文化社 1988～2005。

26. （朝鮮王朝）李詹，雙梅堂篋藏集〔M〕，民族文化推進會編：（影印標點）韓國文集叢刊第 7 冊，首爾：景仁文化社 1988～2005。

27. （朝鮮王朝）李行，騎牛集〔M〕，民族文化推進會編：（影印標點）韓國文集叢刊第 7 冊，首爾：景仁文化社 1988～2005。

28. （朝鮮王朝）李原，容軒集〔M〕，民族文化推進會編：（影印標點）韓國文集叢刊第 7 冊，首爾：景仁文化社 1988～2005。

29. （朝鮮王朝）柳方善，泰齋集〔M〕，民族文化推進會編：（影印標點）韓國文集叢刊第 7 冊，首爾：景仁文化社 1988～2005。

30. （朝鮮王朝）權遇，梅軒集〔M〕，民族文化推進會編：（影印標點）韓國文集叢刊第 7 冊，首爾：景仁文化社 1988～2005。

31. （朝鮮王朝）卞季良，春亭集〔M〕，民族文化推進會編：（影印標點）韓國文集叢刊第 7 冊，首爾：景仁文化社 1988～2005。

32. （朝鮮王朝）李稷，亨齋詩集〔M〕，民族文化推進會編：（影印標點）韓國文集叢刊第 7 冊，首爾：景仁文化社 1988～2005。

33. （朝鮮王朝）鄭麟趾等著，孫曉主編，高麗史〔M〕，重慶：西南師範大學出版社，2014。

34. （朝鮮王朝）徐居正，東人詩話，蔡美花，趙季主編，韓國詩話全編校注冊一〔M〕，北京：人民文學出版社，2012。

35. （朝鮮王朝）徐居正撰，東文選，（學術 DB，http://db.itkc.or.kr/）

36. （朝鮮王朝）曹伸，諛聞瑣錄，蔡美花，趙季主編，韓國詩話全編校注冊一〔M〕，北京：人民文學出版社，2012。

37. （朝鮮王朝）成倪，慵齋叢話，蔡美花，趙季主編，韓國詩話全編校注冊一〔M〕，北京：人民文學出版社，2012。

38. （朝鮮王朝）李晬光，芝峰類說，蔡美花，趙季主編，韓國詩話全編校注冊二〔M〕，北京：人民文學出版社，2012。

39. （朝鮮王朝）許筠，鶴山樵談，蔡美花，趙季主編，韓國詩話全編校注冊二〔M〕，北京：人民文學出版社，2012。

40. （朝鮮王朝）南龍翼，壺谷詩話，蔡美花，趙季主編，韓國詩話全編校注冊三〔M〕，北京：人民文學出版社，2012。

41. （朝鮮王朝）洪萬宗，小華詩評，蔡美花，趙季主編，韓國詩話全編校注冊三〔M〕，北京：人民文學出版社，2012。

42. （朝鮮王朝）李瀷，星湖僿說詩文門，蔡美花，趙季主編，韓國詩話全編校注冊五〔M〕，北京：人民文學出版社，2012。

43. （朝鮮王朝）李祘，弘齋日得錄，蔡美花，趙季主編，韓國詩話全編校注冊六〔M〕，北京：人民文學出版社，2012。

44. （朝鮮王朝）李朝實錄〔M〕，東京：學習院東洋文化研究所，1956。

45. （朝鮮王朝）盧思慎等纂；（朝鮮）李荇等續纂，新增東國輿地勝覽〔M〕。

B. 專著（按出版時間）

【中國部分】

1. 北京大學北京師範大學中文系、北京大學中文系文學史教研室

編，陶淵明資料彙編〔M〕，北京：中華書局，1962。

2. 山西省圖書館編輯，中國、日本、朝鮮、越南四國歷史年代對照
   表，西元前 660 年～西元 1918 年〔M〕，山西省圖書館，1979。

3. 鍾優民著，陶淵明論集〔M〕，長沙：湖南人民出版社，1981。

4. 朱靖華著，蘇軾新論〔M〕，濟南：齊魯書社，1983。

5. 郭紹虞著，照隅室古典文學論集〔M〕，上海：上海古籍出版社，
   1983。

6. 逯欽立著；吳雲整理，漢魏六朝文學論集〔M〕，西安：陝西人民
   出版社，1984。

7. 朴真奭著，中朝經濟文化交流史研究〔M〕，瀋陽：遼寧人民出版
   社，1984。

8. 李文初著，陶淵明論略〔M〕，廣州：廣東人民出版社，1986。

9. 蔣星煜編著，中國隱士與中國文化〔M〕，北京：生活・讀書・新
   知三聯書店，1988。

10. 韋旭枡著，中國文學在朝鮮〔M〕，廣州：花城出版社，1990。

11. 蔣寅著，大曆詩風〔M〕，上海：上海古籍出版社，1992。

12. 李華著，陶淵明新論〔M〕，北京：北京師範學院出版社，1992。

13. 葛曉音著，山水田園詩派研究〔M〕，瀋陽：遼寧大學出版社，1993。

14. 宋柏年主編，中國古典文學在國外〔M〕，北京：北京語言學院出
   版社，1994。

15. 金柄珉，金寬雄主編，朝鮮文學的發展與中國文學〔M〕，延吉：
   延邊大學出版社，1994。

16. 梁啟超著，中國歷史研究法〔M〕，上海：華東師範大學出版社，
   1995。

17. 羅宗強著，魏晉南北朝文學思想史〔M〕，北京：中華書局，1996。

18. 楊渭生著，宋麗關係史研究〔M〕，杭州：杭州大學出版社，1997。

19. 馬華，陳正宏著，隱士的真諦〔M〕，北京：國際文化出版公司，1997。

20. 李仙竹主編，古代朝鮮文獻解題，北京大學圖書館館藏〔M〕，北京：北京大學出版社，1997。

21. 袁行霈撰，陶淵明研究〔M〕，北京：北京大學出版社，1997。

22. 鄭判龍主編，韓國詩話研究〔M〕，延吉：延邊大學出版社，1997。

23. 戴建業著，澄明之境，陶淵明新論〔M〕，武漢：華中師範大學出版社，1998。

24. 黃建國，金初升主編，中國所藏高麗古籍綜錄〔M〕，上海：漢語大詞典出版社，1998。

25. 王水照著，蘇軾研究〔M〕，石家莊：河北教育出版社，1999。

26. 楊渭生等編著，十至十四世紀中韓關係史料彙編〔M〕，北京：學苑出版社，1999。

27. 王瑤著，王瑤全集〔M〕，石家莊：河北教育出版社，2000。

28. 鍾優民著，陶學發展史〔M〕，長春：吉林教育出版社，2000。

29. 李文初著，漢魏六朝文學研究〔M〕，廣州：廣東人民出版社，2000。

30. 尚學鋒等著，中國古典文學接受史〔M〕，濟南：山東教育出版社，2000。

31. 張伯偉著，中國詩學研究〔M〕，瀋陽：遼海出版社，2000。

32. 龔斌，陶淵明傳論〔M〕，上海：華東師範大學出版社，2001。

33. 吳建民著，中國古代詩學原理〔M〕，北京：人民文學出版社，2001。

34. 張可禮著，東晉文藝綜合研究〔M〕，濟南：山東大學出版社，2001。

35. 白新良主編；王薇等著，中朝關係史，明清時期〔M〕，北京：世界知識出版社，2002。

36. 鄺健行,陳永明,吳淑鈿編,韓國詩話中論中國詩資料選粹〔M〕,
北京:中華書局,2002。

37. 李劍鋒著,元前陶淵明接受史〔M〕,濟南:齊魯書社,2002。

38. 張伯偉著,中國古代文學批評方法研究〔M〕,北京:中華書局,
2002。

39. 楊乃喬主編,比較文學概論〔M〕,北京:北京大學出版社,2002。

40. 葉舒憲著,原型與跨文化闡釋〔M〕,廣州:暨南大學出版社,2002。

41. 高建新著,自然之子陶淵明〔M〕,呼和浩特:內蒙古大學出版社,
2003。

42. 蔣寅著,古典詩學的現代詮釋〔M〕,北京:中華書局,2003。

43. 羅宗強著,玄學與魏晉士人心態〔M〕,天津:南開大學出版社,
2003。

44. 李岩著,中韓文學關係史論〔M〕,北京:社會科學文獻出版社,
2003。

45. 羅宗強著,玄學與魏晉士人心態〔M〕,天津:南開大學出版社,
2003。

46. 陳飛主編,中國文學專史書目提要〔M〕,鄭州:大象出版社,2004。

47. 楊昭全著,中國—朝鮮·韓國文化交流史 1~4〔M〕,北京:昆侖
出版社,2004。

48. 張伯偉編,朝鮮時代書目叢刊〔M〕,北京:中華書局,2004。

49. 朱立元著,接受美學導論〔M〕,合肥:安徽教育出版社,2004。

50. 金寬雄,金東勳主編,中朝古代詩歌比較研究〔M〕,牡丹江:黑
龍江朝鮮民族出版社,2005。

51. 李劍鋒著,陶淵明及其詩文淵源研究〔M〕,濟南:山東大學出版
社,2005。

52. 李梅花著，10～13世紀宋麗日文化交流研究〔M〕，北京：華齡出版社，2005。

53. 鄔國平著，中國古代接受文學與理論〔M〕，哈爾濱：黑龍江人民出版社，2005。

54. 白振奎著，陶淵明謝靈運詩歌比較研究〔M〕，上海：上海辭書出版社，2006。

55. 劉中文著，唐代陶淵明接受研究〔M〕，北京：中國社會科學出版社，2006。

56. 羅秀美著，宋代陶學研究：一個文學接受史個案的分析〔M〕，秀威資訊科技股份有限公司，2007。

57. 田曉菲著，塵幾錄：陶淵明與手抄本文化研究〔M〕，北京：中華書局，2007。

58. 童慶炳，陶東風主編，文學經典的建構、解構和重構〔M〕，北京：北京大學出版社，2007。

59. 王國瓔著，中國山水詩研究〔M〕，北京：中華書局，2007。

60. 程千帆編著，古詩考索〔M〕，武漢：武漢大學出版社，2008。

61. 劉強著，高麗漢詩文學史論〔M〕，廈門：廈門大學出版社，2008。

62. 葛兆光著，漢字的魔方：中國古典詩歌語言學箚記〔M〕，上海：復旦大學出版社，2008。

63. 劉大杰著，古典文學思想源流〔M〕，上海：上海書店出版社，2008。

64. 李甦平著，韓國儒學史〔M〕，北京：人民出版社，2009。

65. 尚永亮等著，中唐元和詩歌傳播接受史的文化學考察〔M〕，武漢：武漢大學出版社，2010。

66. 張伯偉著，域外漢籍研究論集〔M〕，北京：北京大學出版社，2011。

67. 孫力平著，中國古典詩歌句法史略〔M〕，杭州：浙江大學出版社，
    2011。

68. 魏耕原著，陶淵明論〔M〕，北京：北京大學出版社，2011。

69. 嚴明著，東亞漢詩史論〔M〕，聖環圖書股份有限公司，2011。

70. 崔雄權著，陶淵明與韓國古典山水田園文學〔M〕，北京：中國社
    會科學出版社，2012。

71. 魯樞元著，陶淵明的幽靈〔M〕，上海：上海文藝出版社，2012。

72. 子燁著，春蠶與止酒，互文性視域下的陶淵明詩〔M〕，北京：社
    會科學文獻出版社，2012。

73. 復旦大學韓國研究中心編，韓國研究 20 年，文化卷〔M〕，北京：
    社會科學文獻出版社，2012。

74. 葉嘉瑩著，陶淵明飲酒及擬古詩講錄〔M〕，大塊文化出版股份有
    限公司，2012。

75 楊松冀著，精神家園的詩學探尋，蘇軾和陶詩與陶淵明詩歌之比
   較研究〔M〕，北京：人民出版社，2012。

76. 趙季，張景崑著，《箕雅》五百詩人本事輯考〔M〕，北京：人民
    文學出版社，2013。

77. 嚴明著，東亞漢詩研究〔M〕，北京：中國書籍出版社，2013。

78. 吳伏生著，英語世界的陶淵明研究〔M〕，北京：學苑出版社，2013。

79. 楊軍著，朝鮮王朝前期的古史編纂〔M〕，北京：社會科學文獻出
    版社，2013。

80. 鄺健行著，韓國詩話探珍錄〔M〕，北京：學苑出版社，2013。

81. 陳寅恪，蕭望卿著，陶淵明之思想與清談之關係；陶淵明批評〔M〕，
    太原：山西人民出版社，2014。

82. 宋恪震著，問學鴻爪拾碎〔M〕，北京：中國言實出版社，2014。

83. 李岩著，朝鮮中古文學批評史研究〔M〕，北京：人民文學出版社，2015。

84. 陳伯海著，唐詩學書系，意象藝術與唐詩〔M〕，上海：上海古籍出版社，2015。

85. 李時人，翁敏華，嚴明著，東亞漢字文化圈古代文學論集〔M〕，北京：人民文學出版社，2015。

86. 俞成雲著，韓國文化通論〔M〕，南京：南京大學出版社，2015。

87. 湯用彤著，魏晉玄學論稿〔M〕，上海：上海人民出版社，2015。

88. 舒健，張建松著，韓國現存元史相關文獻資料的整理與研究〔M〕，上海：上海大學出版社，2015。

【國外部分】

1. （德）H. R. 姚斯，（美）R. C. 霍拉勃著；周寧，金元浦譯，接受美學與接受理論，瀋陽：遼寧人民出版社，1987。

2. （聯邦德國）顧彬（Kubin, W.）著；馬樹德譯，中國文人的自然觀，上海：上海人民出版社，1990。

3. （韓）金忠烈著，高麗儒學思想史〔M〕，臺北：東大圖書股份有限公司，1992 年。

4. （德）本雅明（Benjamin，Walter）著；王才勇譯，機械複製時代的藝術作品〔M〕，杭州：浙江攝影出版社，1993。

5. （韓）金台俊著；張璉瑰譯，朝鮮漢文學史〔M〕，北京：社會科學文獻出版社，1996。

6. 韓國哲學會編；白銳等譯，韓國哲學史上〔M〕，北京：社會科學文獻出版社，1996。

7. 吉林師範學院古籍研究所編，中國相鄰地區朝鮮地理志資料選編〔M〕，長春：吉林文史出版社，1996。

8. （韓）趙潤濟著；張璉瑰譯，韓國文學史〔M〕，北京：社會科學文獻出版社，1998。

9. （韓）南潤秀著，韓國的「和陶辭」研究，首爾：亦樂出版社，1999。

10. （日）川合康三著；蔡毅譯，中國的自傳文學，北京：中央編譯出版社，1999。

11. （韓）盧仁淑著，朱子家禮與韓國之禮學〔M〕，北京：人民文學出版社，2000。

12. （韓）朴美子著，韓國高麗時代における「陶淵明」觀〔M〕，東京：白帝社，2000。

13. （韓）金成煥編著，韓國歷代文集叢書目錄索引〔M〕，景仁文化社，2000。

14. （日）岡村繁著；陸曉光，笠征譯，陶淵明李白新論，上海：上海古籍出版社，2002。

15. （韓）李炳赫編，麗末鮮初漢文學의再照明〔M〕，首爾：太學社，2003。

16. 古爾靈等著，文學批語方法手冊第 4 版〔M〕，北京：外語教學與研究出版社，2004。

17. （英）伊格爾頓著；伍曉明譯，二十世紀西方文學理論〔M〕，北京：北京大學出版社，2007。

18. （韓）宋載卲著，韓國漢文學思想研究〔M〕，濟南：山東大學出版社，2009。

19. （韓）林熒澤著，韓國學，理論與方法〔M〕，濟南：山東大學出版社，2010。

20. （韓）李家源著；趙季，劉暢譯，韓國漢文學史〔M〕，南京：鳳凰出版社，2012。

21. （韓）金甫暻著，蘇軾「和陶詩」考論，兼及韓國「和陶詩」〔M〕，上海：復旦大學出版社，2013。

22. （日）今場正美著；李寅生譯，隱逸與文學〔M〕，湘潭：湘潭大學出版社，2014。

23. （韓）李佑成著；李學堂譯，山東大學韓國學院韓國學術名著譯叢，韓國的歷史肖像〔M〕，濟南：山東大學出版社，2015。

24. Wendy Swartz 著，閱讀陶淵明〔M〕，北京：中華書局，2016。

C. 學位論文（按發表時間）

【中國部分】

1. 金紅梅，高麗漢文學中的武陵桃源情結考〔D〕，延邊大學，2003。

2. 李紅梅，韓國古典詩歌中的陶淵明研究〔D〕，延邊大學，2009。

3. 李紅燕，高麗中期蘇東坡熱與陶淵明文學的接受〔D〕，延邊大學，2009。

4. 李楠，高麗金克己漢詩創作與中國詩歌關聯研究〔D〕，延邊大學，2010。

5. 任燕妮，近現代陶淵明接受史研究〔D〕，內蒙古大學，2010。

6. 金福花，《陽村集》與中國文學關聯研究〔D〕，延邊大學，2010。

7. 孟群，退溪李滉對陶淵明文學的接受〔D〕，延邊大學，2011。

8. 楊會敏，朝鮮朝前半期漢詩風演變研究〔D〕，中央民族大學，2011。

9. 魏平英，李珥文學的陶淵明接受研究〔D〕，延邊大學，2012。

10. 向世俊子，陶淵明在朝鮮的接受與傳播〔D〕，中國海洋大學，2013。

11. 李茜，陶淵明詩歌對朝鮮朝詩人李賢輔詩歌創作的影響〔D〕，延邊大學，2013。

12. 吳野迪，高麗文人林椿的漢詩研究〔D〕，吉林大學，2014。

13. 金小鈺，李奎報對《詩經》、《楚辭》、陶詩的接受研究〔D〕，延邊大學，2015。

14. 張寶雙，權近的漢詩研究：以《奉使錄》為中心〔D〕，吉林大學，2017。

【國外部分】

1. （韓）趙載億，韓國詩歌에 미친陶淵明의影響，建大大學院碩士學位論文，1966。

2. （韓）李炳赫，高麗末期的漢文學研究：以三隱為中心，東亞大學校碩士學位論文，1976。

3. （韓）李星基，麗朝詩文學에끼친陶淵明의影響研究，建國大學校碩士學位論文，1982。

4. （韓）金周淳，陶淵明詩對朝鮮詩歌影響之研究，臺灣師範大學博士學位論文，中華民國國立臺灣師範大學國文研究所，1984。

5. （韓）宋政憲，陶淵明與李穡詩之比較研究——以隱逸思想為中心，國立臺灣師範大學博士學位論文，臺灣師範大學國文研究所，1985。

6. （韓）董達，朴仁老와陶淵明의詩歌比較研究：作家와作品의特質을中心으로，韓南大學校碩士學位論文，1987。

7. （韓）金時鄴，高麗後期士大夫文學의性格，成均館大學校博士學位論文，1989。

8. （韓）李雨燦，陽村權近의文學觀，東國大學校碩士學位論文，1990。

9. （韓）李亨大，朝鮮朝國文詩歌到되야陶淵明受容樣相과그歷史的性格，高麗大學校碩士學位論文，1991。

10. （韓）申漢澈，權近文學研究，忠南大學校博士學位論文，1991。

11. （韓）河祥奎，韓國自然詩歌에끼친陶淵明의影響，東亞大學校博

士學位論文，1996。

12. （韓）尹寅鉉，韓國漢詩理論으로서의用事論과點化論研究，西江大學校博士學位論文，2001。

13. （韓）河政承，高麗後期漢詩의品格研究：牧隱系士人을中心으로，成均館大學校博士學位論文，2001。

14. （韓）朴東煥，遁村李集의詩文學研究，東國大學校碩士學位論文，2002。

15. （韓）崔光範，高麗末漢詩風格研究，高麗大學校博士學位論文，2003。

16. （韓）趙海波，牧隱李穡시문학의陶淵明수용연구，鮮文大學碩士學位論文，2007。

17. （韓）李喜榮，遁村李集의漢詩研究，高麗大學校碩士學位論文，2008。

18. （韓）盧又禎，陶淵明詩文在韓國漢文學中的傳播與接受，南京大學博士學位論文，2011。

19. （韓）王茜，金時習의和陶詩研究，中央大學校碩士學位論文，2015。

20. （韓）李威，江湖歌詞和陶淵明田園詩박인로的比較研究：陶淵明田園詩的中心，慶尚大學校大學院碩士學位論文，2015。

21. （韓）李光昭，陽村權近의詩文學研究——館閣風詩를 중심으로，高麗大學校博士學位論文，2015。

D. 期刊

【中國部分】

1. 張中，陶淵明在國外〔J〕，南京師大學報（社會科學版），1982，03：67～72。

2. 王雁冰，陶淵明詩歌的語言特色〔J〕，學習與探索，1986，(6)：116～144。

3. 鍾優民，陶淵明與世界文學〔J〕，社會科學戰線，1989，01：332～341。

4. 戴建業，回歸自然與澄明存在：論陶淵明詩歌語言〔J〕，九江師專學報（哲學社會科學版），1993，(1)：29～32，3。

5. 陳忠，韓國四十年（1954～1995）陶淵明研究概說〔J〕，九江師專學報，1996（2）：18～20。

6. 張伯偉，朝鮮古代漢詩總說〔J〕，文學評論，1996，(2)：120～126。

7. 陳彩娟，論朝鮮詩人金時習的和陶詩〔J〕，延邊大學學報（哲學社會科學版），1998，02：100～106。

8. 徐志嘯，從退溪詩看李退溪與陶淵明〔J〕，韓國研究論叢，1999，00：335～345。

9. 吳紹釚，中朝詩人：蘇軾與金時習《和飲酒二十首》之比較〔J〕，延邊大學學報（哲學社會科學版），1999，04：45～49。

10. 崔雄權，李朝中期山水田園詩歌的藝術風格論：「自然天成」與「不文而為文」〔J〕，延邊大學學報（哲學社會科學版），1999（1）：97～100。

11. 龔顯宗，韓國的陶淵明——李退溪〔J〕，歷史月刊，2001，(162)：25～30。

12. 曹虹，陶淵明《歸去來辭》與韓國漢文學〔J〕，南京大學學報（哲學・人文科學・社會科學版），2001（6）：18～27。

13. 吳紹釚，陶淵明與韓國詩人金時習之比較〔J〕，東疆學刊，2002，03：61～66。

14. 高建新，「以文為詩」始於陶淵明〔J〕，內蒙古大學學報（人文，社會科學版），2002，(4)：42～46。

15. 袁行霈，論和陶詩及其文化意蘊〔J〕，中國社會科學院院報，2003，
（6）：149～161。

16. 陳忠，二十世紀中日韓陶淵明研究資訊概說〔J〕，九江師專學報
（哲學社會科學版），2003（4）：3～11。

17. 張伯偉，域外漢籍與中國文學研究〔J〕，文學遺產，2003，03：
131～139。

18. 張伯偉，二十六種朝鮮時代漢籍書目解題〔J〕，文獻，2004，（4）：
65～84。

19. 嚴明，責無旁貸乎時不我待也──東亞漢詩研究的前景展望〔J〕，
學習與探索，2006，（2）：161～163。

20. 曹虹，論朝鮮女子徐氏《次歸去來辭》──兼談中朝女性與隱逸
〔J〕，清華大學學報（哲學社會科學版），2007，01：25～31。

21. 崔雄權，接受的先聲：陶淵明形象在韓國的登陸〔J〕，延邊大學
東疆學刊，2007（2）：23～28。

22. 崔雄權，高麗文人筆下的陶淵明形象〔J〕，延邊大學學報社會科
學版，2007（1）：30～35。

23. 陳廣宏，1946～1979：韓國中國文學研究格局的形成及其早期發
展〔J〕，韓國研究論叢，2007，（4）：400～423。

24. 金柄珸，東北亞文化與東北亞文學〔J〕，東疆學刊，2007，02：
7～13。

25. 張亞新著，文人的理想品格，從陶淵明到蘇軾〔M〕，濟南：濟南
出版社，2008。

26. 崔雄權，論韓國的第一首「和陶辭」──兼及李仁老對陶淵明形象
的解讀〔J〕，東北師大學報（哲學社會科學版），2008（3）：97～103。

27. 崔雄權，崔致遠對陶淵明形象的文化解讀〔J〕，解放軍外國語學
院學報，2008（2）：119～123。

28. 魏耕原，論陶淵明詩的散文美〔J〕，文學遺產，2008，(6)：30～35。

29. 張伯偉，陶淵明的文學史地位新論〔C〕，中國文體學國際學術研討會暨《文學遺產》論壇論文集，2008：412～425。

30. 金柄珉，中國國學與韓國文學〔J〕，東疆學刊，2008，02：1～7。

31. 曹春茹，朝鮮詩人申欽的和陶詩《歸園田居六首》研究〔J〕，新鄉學院學報（社會科學版），2009，01：136～138。

32. 崔雄權，論韓國古代山水田園文學中的「武陵桃源情結」〔J〕，吉林大學社會科學學報，2009（6）：李甦平，論權近的性理學思想〔J〕，韓國研究論叢，2009，(1)：365～379。

33. 李岩，論權近的尊周事大思想及其使行詩〔J〕，延邊大學學報社會科學版，2009，(5)：52～61。

34. 崔雄權，故國與田園：鄭夢周與陶淵明的歸隱意識〔J〕，延邊大學學報（社會科學版），2010（5）：53～58，135～141。

35. 金程宇，近十年中國域外漢籍研究述評〔J〕，南京大學學報（哲學‧人文科學‧社會科學版），2010，03：111～124。

36. 崔雄權，接受與書寫：陶淵明與韓國古代山水田園文學〔J〕，文學評論，2012（5）：15～25。

37. 徐珊，試析陶淵明對韓國漢文學的影響〔J〕，山東行政學院學報，2012，05：139～141。

38. 王進明，高麗朝李仁老《和〈歸去來辭〉》的文學淵源及其深遠影響〔J〕，民族文學研究，2014，01：133～142。

39. 嚴明，東亞國別漢詩特徵論〔J〕，安徽師範大學學報（人文社會科學版），2014，(3)：299～307。

40. 楊樹強，蘇軾與金時習和陶詩比較研究〔J〕，鴨綠江（下半月版），2014，03：45。

41. 崔雄權，論韓國「和陶詩」與「和陶辭」的「朝鮮風」〔J〕，延邊

大學學報（社會科學版），2014（1）：62～67。

42. 詹杭倫，沈時蓉，朝鮮王朝文士和陶淵明《歸園田居》考述〔J〕，西華師範大學學報（哲學社會科學版），2015，03：1～7。

43. 盧文倩，論蘇軾對韓國古代和陶文學的影響——以申欽《和陶飲酒二十首》為例〔J〕，濰坊工程職業學院學報，2015，04：32～35。

44. 崔雄權，蘇軾與韓國漢詩風的轉換與詩學價值選擇〔J〕，中央民族大學學報（哲學社會科學版），2015（2）：142～148。

45. 金真，韓國「和陶飲酒詩」芻論〔J〕，延邊大學學報（社會科學版），2015，（3）：99～108。

46. 曹虹，陶淵明與洙泗遺音——兼及海東文家對陶淵明的儒學想像〔J〕，江西師範大學學報（哲學社會科學版），2016，04：102～109。

47. 何修身，權近應制詩創作及其詩賦外交意義〔J〕，長春師範大學學報，2017，（11）：116～118，128。

【國外部分】

1. （美）James Robert Hightower. Allusion in the poetry of T'ao ch'ien. Harvard Journal of Asiatic Studies. Vol. 31 (1971). pp. 5～27.

2. （韓）李昌龍，高麗詩人과陶淵明——比較文學的觀點에서考察，건대학술지，1973，16：117～139。

3. （韓）李昌龍，李朝文學과陶淵明——比較文學的觀點에서考察，건대학술지，1974，18：61～82。

4. （韓）朴天圭，麗末三隱漢文學，東洋學，1979，9：179～19。

5. （韓）李星基，李奎報의作詩觀과陶淵明受容의樣相，文湖，1983，8：289～310。

6. （韓）宋政憲，陶淵明과麗末三隱詩의比較研究，東方文學比較研究叢書，1985，1：133～184。

7. （韓）金聖基，高麗中期文人의陶淵明受容에대한考察，울산어문논집，1987，3：79～105。

8. （韓）金周淳，高麗漢詩文中有關陶淵明之用事考，韓國學報，1989，08：200～217。

9. （韓）金周淳，朝鮮詩歌中有關陶淵明之致仕歸田考·大東漢文學，1994，6：289～312。

10. （韓）金周淳，朝鮮歌辭中有關陶淵明之作品考，연구논문집，1995，51：47～66。

11. （韓）鄭奎福，退溪文學和陶淵明，退溪學研究，1995，9：95～130。

12. （韓）河祥奎，自然歌辭에미친陶淵明의影響，국어국문학，1995，14：33～79。

13. （韓）鄭玉順，《文選》流傳韓國考，古籍研究，1998，（2）：41～46。

14. （韓）金周淳，高麗詩文學에나타난陶淵明의詩語·詩句·逸話考，中國人文科學，1998，17：231～272。

15. （韓）金周淳，朝鮮詩歌中有關陶淵明之自然歸依觀，中國人文科學，1999，18：123～143。

16. （韓）宋政憲，陶淵明詩文과高麗隱逸詩，教育研究論叢，2000，4：173～193。

17. （韓）金周淳，朝鮮詩歌中有關陶淵明之飲酒詩，見南開大學文學院中文系編，魏晉南北朝文學與文化論文集，天津：南開大學出版社，2002。

18. （韓）黃渭周，關於韓國編纂的中國詩選集的研究〔J〕，中國詩

歌研究，2004，（0）：224～250＋370。

19. （韓）金周淳，申欽의漢詩에나타난陶淵明의受容樣相，中國人文科學，2004.6：261～281。

20. （韓）金周淳，退溪詩에 나타난陶淵明의受容樣相，중국어문학，2005，45：5～33。

21. （韓）金周淳，《和歸去來辭》에나타난蘇東坡와李眉叟文學의比較，2005，14：217～242。

22. （法）Isabelle Sancho，權近（1352～1409）的人性與天命觀：理學在韓國發展的幾個特徵〔J〕，湖南大學學報（社會科學版），2008，（4）：43～46。

23. （韓）金周淳，李奎報와陶淵明詩비교문학적고찰，東方漢文學，2008，35：215～253。

24. （韓）金周淳，象村《和歸去來辭》의 比較文學的考察，韓中人文研究，2008，23：201～226。

25. （韓）金周淳，朝鮮李滉與陶淵明詩之比較研究，中國文體學國際學術研討會暨《文學遺產》論壇， 2008：403～411。

26. （韓）朴貞淑，《文選》東傳時間及其途徑〔J〕，東方叢刊，2009，（2）：185～202。

27. （韓）鄭淑仁， 金宗直의《和陶淵明述酒詩》考察，語文論集，2009.3：189～212。

28. （韓） 金周淳，蘆溪朴仁老詩에나타난陶淵明受容樣相，한국시가문화학회，2009，23：115～146。

29. （韓）金周淳，尹善道의自然詩歌와陶淵明詩비교문학적고찰，東方漢文學，2009，38：291～324。

30. （韓）金周淳，梅月堂의漢詩와陶淵明詩비교연구，한중인문학연구，2009，26：261～293。

31. （韓）金周淳， 松江鄭澈의漢詩나타난陶淵明受容樣相，中國學，
    2009，32：241～274。

32. （韓）盧又禎， 桃源鄉意象的型塑在韓國的流傳與嬗變，中國文
    學，2010，64：199～217。

33. （韓）金周淳，牧隱李穡의漢詩나타난陶淵明의隱逸觀，古詩歌研
    究，2010，25：109～135。

34. （韓）金周淳，李崇仁의漢詩에나타난陶淵明수용양상，中國學論
    叢，2010，31：91～111。

35. （韓）金周淳，金克己의漢詩나타난陶淵明의接受研究，東西比較
    文學，2010，23：77～103。

36. （韓）李喜榮， 遁村李集詩中體現的陶淵明的隱逸觀研究，韓國
    語文學，2010，10：311～322。

37. （韓）李喜榮， 遁村李集漢詩의 일 양상：隱逸生活和관련하여，
    2011，16：337～355。

附錄：麗末鮮初詩壇的學陶用典情況

著者	生卒年	詩文集	對陶詩文的接受情況
李齊賢	1287～1367	《益齋亂稿》《櫟翁稗說》	似花非雪最顛狂，空闊風微轉渺茫。 晴日欲迷深院落，春波不動小池塘。 飄來鉛砌輕無影，吹入紗窗細有香。 卻憶東皋讀書處，半隨紅雨撲空床。 <div align=right>《楊花》</div>琴書一茅屋，高臥樂幽獨。 故人來不來，東鄰酒新熟。 <div align=right>《招崔壽翁》</div>山中有故人，貽我尺素書。 學仙若有契，此世真蓬廬。 軒裳非所慕，木石難與居。 不如飲我酒，死生任自如。 <div align=right>《古風七首》（其六）</div>將軍真好士，識半面，足吾生。況西自岷峨，北來燕趙，並轡論情。相牽挽歸故里，有門前稚子候淵明。對酒歡酣四坐，挑燈話到三更。 <div align=right>《木蘭花慢·長安懷古》</div>老喜身猶健，閑知興更添。芒鞋竹杖度千岩，迎送有蒼髯。坐久雲歸岫，談餘月掛簷。但教沽酒引陶潛，來往意何厭。 <div align=right>《松都八景·紫洞尋僧》</div>

			古人之詩，目前寫景，意在言外，言可盡而味不盡。若陶彭澤「採菊東籬下，悠然見南山」、陳簡齋「開門知有雨，老樹半身濕」之類是也。 　　　　　　　　　　　《櫟翁稗說》
閔思平	1295～ 1359	《及菴詩集》	胸吞雲夢者八九，壽過八旬不枯朽。 見此我公益敬愛，聞風後進爭趨走。 屢開率集論道心，遂出新詩播人口。 茹芝猒逐商山翁，採菊愛從彭澤叟。 門前已有白衣來，簏中莫典青氈舊。 兩公置酒必招予，應念先君並外舅。 賡詩仙客文暢流，獻壽賢甥竹林友。 登臨雖非蠟屐遊，爛熳漸加吹帽後。 醉吟狂簡人莫嘲，恃有蘇黃自矜負。 　　　《九日愚谷席上，次益齋詩韻》 志士慕高舜，難忘畎畝中。 負暄琴在膝，可以和南風。 　　　　　　　　　　　《村中時事韻》 法師任真性，心如雲卷舒。 苦學通禪教，揮塵說真如。 不住真善住，無東豈有西。 楓巒在何許，積雪萬仞餘。 萬二千峯下，九十九庵居。 松蹊攜竹杖，野飯擷香蔬。 有人當一見，玩物莫躊躇。 我今謝羈束，況有一青驢。 便欲相隨去，山中學佛書。 塵緣尚未盡，回首且趑趄。 請師吃茶去，吾亦愛吾廬。 　　《送善住聰法師遊楓嶽》 不採商山芝，獨尋甘谷菊。 以此制頹齡，蓬萊何更憶。 　　　　　　　　　　　《次韻南尚書》

			請看李四與張三，到老憂煎為女男。
			世故都忘公獨樂，俗緣未盡我何堪。
			香山居士應相似，彭澤先生豈亦慚。
			但願強康如衛虎，百年尊酒奉高談。
			《次韻奉呈愚谷》
			一榜幾英材，經公鑒裁來。
			叢誠薦算切，草具釀錢開。
			冬日暖歡席，春風回壽杯。
			黃花保晚節，願以駐顏頹。
			《座主橋軒相國席上仰賡高韻》
			戀主丹心繞五雲，北山空復勒移文。
			江湖夢斷如天遠，桂玉愁深坐夜分。
			誰助漉巾陶令興，不煩作帖魯公勤。
			春風醉飽身無事，破硯為田筆以耘。
			《有贈》
			年齊九秩大師翁，於教於禪無異同。
			隨業漂流憐有報，觀心禮念勸加功。
			愛他曾不揮陶令，誡我毋多酌次公。
			惆悵更難聞警策，空留只履在棺中。
			《哭順庵三藏》
			公材傑出九流家，匣裏霜鋒挺大阿。
			大用早經為國棟，閑居晚愛眄庭柯。
			鋤瓜十里野雲墅，負繮五年金水河。
			往事悠悠成一夢，臨風涕淚不禁多。
			《哭張訥齋》
			欲觀其室在觀隅，夫子天游水浴秋。
			動必以時知進退，貧而樂道絕憂虞。
			一尊酒興追陶令，萬卷書淫勝鄴侯。
			宿習未除文字窟，白生七月識之無。
			《復次前韻》

			去年今年問何事，八月九月多狂雷。
			亂日常多理日少，古來消長知幾回。
			消長迴圈自不盡，理亂無窮生有涯。
			男兒所貴在行道，所不足者尤非財。
			道既不行今者矣，據鞍何須豐鑠哉。
			下惠之志在三黜，杜陵之心在八哀。
			君當隙地構茅屋，我亦明年歸去來。
			不然去逐劉阮輩，相將採藥入天臺。
			《酬許丹溪次韻》
			法師向從得仙杖，持用贈我醉歐陽。
			先生扶持氣益壯，劇談激烈腋浮光。
			曾逢大一□蔡照，大醉高吟白玉堂。
			爾來懸車愛賓客，向人懷抱絕關防。
			吾師愛公日彌篤，意欲更添壽骨強。
			春風花開白日永，師能日日呼桑郎。
			廬嶽曾聞有陶陸，竹林亦可追山王。
			吾曹曷不勤操侍，醉鄉天地聊相忘。
			《藤杖歌》
李達衷	1309～1385	《霽亭集》	老雁初飛霜落寒，小溪水清楓葉丹。
			嘉禾登場高過屋，穹窿培塿羅峯巒。
			山蹊盡日兒童喧，風枝墜實紅團團。
			先生高趣傲鍾鼎，時得清興便為歡。
			秋來事事俱自得，蔗味佳處誰得識。
			東籬菊花三兩枝，幽香滿袖塵採摘。
			攜幼入室酒盈樽，頹然一醉山月碧。
			《金晦翁南歸，作村中四時歌以贈》
田祿生	1318～1375	《埜隱逸稿》	終日昏昏簿領間，偶因迎客出郊關。
			俯看逝水歎流景，坐對青山多厚顏。
			半月城空江月白，孤雲仙去野雲閑。
			更尋陶令歸來賦，千載高風未易攀。
			《雞林東亭》

| 韓修 | 1333～1384 | 《柳巷詩集》 | 無悶去世久，雄篇對秋月。
今來訪宅相，飲我醉兀兀。
後園松已老，東籬菊初發。

愛君說往事，一一折毫髮。
題詩慚雲煙，騷雅蓋吾闕。
　　　　　　《鄭旅溪家，次簡齋韻》
水流有本何時盡，雲出無心既雨歸。
漢上平生行樂處，復攜童冠著春衣。
《題安先生詩卷》
一軒清淨意無厭，鳳嘯龍吟爽透簾。
醉耳也思同受用，可能沽酒引陶潛。
　　　　　　　　　　　《松風軒》
此日亦云暮，百年真可悲。
心為形所役，老與病相隨。
篆冷香殘夜，窗明月上時。
有懷無與語，聊和古人詩。
　　　　　　《夜坐，次杜工部詩韻》
歸來心跡喜雙清，正好田家寄此生。
坐客閑軒有蒲薦，照書夜榻賴松明。
重茅縱被風飆卷，一木能支捒宇傾。
鍾鼎山林皆局促，淹留此地豈無成。
　　　　　《在赤城別墅，次韓山君詩韻》
年近知天命，韻無與俗適。
駕言復何求，吾廬愛幽寂。
盈園霜葩黃，映巷煙柳碧。
淵明骨已朽，佳節秋又夕。
百世得其心，所賴有文藉。
　《九日，陪牧隱先生登後岡，次先生詩韻》
（其一） |

			遵彼山下路,役物各有適。
			豈知山上人,宴坐賞澄寂。
			悠然送落暉,半月掛空碧。
			重陽古所名,可不樂斯夕。
			朗詠陶謝詩,宜爾聲藉藉。
			《九日,陪牧隱先生登後岡,次先生詩韻》（其二）
			咫尺城南久未歸,只緣病骨不堪疲。
			服勞自汝成童後,幹蠱如吾事父時。
			遙想田疇將有事,可憐光景盡供詩。
			去年種柳應無恙,行見新枝裊裊垂。
			《次韻尚敬藉田途中》
			四十九年今已秋,吾非幾逐水東流。
			摧頹不□附鳳翼,吟詠聊為側鶴頭。
			紅葉蒼苔防歸地,清風明月勸登樓。
			悠然物我相忘處,笑殺陶潛強絕遊。
			《九月十五夜,邀牧隱先生登樓翫月,次先生韻》
			殘歲寒風積,窮居酒盞疏。
			愁雲低野迥,東雀傍簷虛。
			拙可存吾道,閑唯愛我廬。
			南窗書課進,漸覺日行舒。
			《奉和韓山君所示》
			每笑淵明未苦賢,飲中知菊不知蓮。
			先生宛在濂溪後,俗物無由到眼邊。
			《韓山君示賞蓮,次韻奉答》
鄭樞	1333～1382	《圓齋稿》	寂寞書窗憶古人,手中黃卷每相親。
			脩身元亮歸田舍,素髮安仁拜路塵。
			王述信癡終晚合,陳平既美豈長貧。
			嗟嗟賈誼才非薄,竢罪長沙實苦辛。
			《遺懷,用先大夫集中韻》

			關東山水窟，形勝四方傳。
			奔走雖王事，遨遊即地仙。
			會心常按轡，乘險旋催鞭。
			日半期三百，沙行路一千。
			浪痕岩上草，雲影鏡中天。
			清曉海逾碧，高秋花更鮮。
			遡風松偃蓋，阻雨岸藏船。
			魚怪吞舟大，龍憐抱寶眠。
			予生本懶拙，求進卻遷延。
			肥遯宜捫腹，蜚英媿魯肩。
			閑門開菊徑，禪榻揚茶煙。
			逸興思陶秫，安心愛遠蓮。
			埋輪從二老，樂道以終年。
			《寄贈沈內舍三和惠聰長老東老》
			我愛陶淵明，賒酒對黃花。
			富貴非所願，爛醉是生涯。
			有琴不絚弦，有巾頻漉酒。
			欹枕到羲皇，清風滿庭牖。
			當時達官盡豐祿，尚惜一醉買珠玉。
			籲嗟先生獨何人，痛飲不恤家無粟。
			《遣懷》
			平生儻蕩愛山川，晚向□門學生□。
			逸興不輸陶□菊，芳名可占遠公蓮。
			紫書罷命淳樞貴，素韡哀號鳳閣賢。
			寒碧主人今老矣，出門東望夕淒然。
			《禹密直挽詞》
金九容	1338～1384	《惕若齋學吟集》	鮮鮮佳菊發，彌彌幽礀深。
			馨香以為德，清淨喻其心。
			先生獨相對，宴坐終日吟。
			興來呼美酒，怡然手自斟。
			此身忘去就，世故不能侵。
			誰知明月夜，還有無絃琴。
			《朴判書菊礀》

			富貴終難保，歸來臥故山。 猶嫌牽俗務，常欲出人寰。 薙髮依僧舍，求心仰佛關。 親朋多志操，君主改容顏。 鐵缽雖新賜，金章尚未還。 跡收塵土裏，身托水雲間。 竹榻香如縷，松窗月似彎。 扶筇凌峯岊，枕石聽潺湲。 綽綽知公裕，區區愧我頑。 何時謝羈束，物外伴清閑。 《金剛院使出家，朝士詩之，予作十韻》
			山中初熟淵明酒，池上閑吟靈運詩。 短棹蹇驢俱不俗，緩尋芳草定何時。 《予亦次韻》
			榮辱升沈醉夢間，拂衣誰肯出塵寰。 鱸魚蓴菜鄉中味，明月清風物外閑。 世與浮雲無著處，身如倦鳥欲還山。 黃驪江上扁舟在，何日垂綸一展顏。 《贈李仲正》
李穡	1328～ 1396	《牧隱詩藁》	春歸百花掃無跡，柳向客程垂暗綠。 鶯啼一聲天欲曉，千樹空蒙霧如縠。 長亭短亭馬蹄塵，疏枝引風來遠谷。 巾車不映彭澤門，錦纜不繫隋江曲。 如何不惜黃金絲，年年被折隨人歸。 天教客眼不蕭索，依然映我來時衣。 佗年富貴歸故鄉，更向馬頭如雪飛。 《官柳吟》
			人生須自重，吾道本來乖。 何處托深契，有時開好懷。 高風思五柳，舊德慕三槐。 漸見幽棲僻，苔痕欲上階。 《自詠》

			平生袖間醫國手，欲出卻嫌多掣肘。 雖然病勢如指掌，誰識秘方猶在後。 白頭臥病自醫身，目不反睹如豐蔀。 當今扁鵲似晨星，汗流日夜國中走。 招之不來非少我，爭邀競致如林藪。 有時特過快我心，豪氣滿天磨北斗。 卵翼之義海之深，刀圭之恩地之厚。 無可奈何禱上下，何所不為用針灸。 當痛安知愛妻子，既寧盡有良朋友。 俄驚七年如一日，又見東風吹五柳。 登樓獨對南郭山，有客細酌西鄰酒。 題詩筆鋒似風生，倒床鼻息如雷吼。 君方善用點鐵金，我當往取如船藕。 且將此藥散窮廬，殘喘須教添得壽。 《吳少尹來訪，予以鄉藥一箱付之，庶其散之民間疾病，蓋終身行恕之一端，足以自悲，歌以自寬》 我夢無公旦，東周不復西。 有生何草草，到老竟棲棲。 疏壁流螢度，殘燈斷雁嘶。 誰知苦心處，我后在乾溪。 寸心煎百慮，鬢髮白無餘。 高興無從廢，幽憂未可除。 山川何淨篆，樹木政扶疏。 向曉燈明滅，浩然觀大虛。 秋聲生古樹，露氣入餘花。 映日垂紅果，隨風動碧苴。 谷深千嶂合，路豁一溪斜。 送客門前立，依然五柳家。 《即事》 麴生去國□遲遲，傾都出餞爭先馳。 日雲莫矣席未罷，共惜風流多別離。 獻酬徹夜雞已鳴，追而餞者尤耆英。 耆英惜別甚於昨，禮數謹嚴心至誠。 白頭廊廟望民康，何曾與生同輕狂。

			愛生調和我血氣，愛生翊贊我綱常。 君臣樂甚生之功，朋友義合生之風。 明堂大禮既雲遠，太室精禋今尚豐。 誰能物外足清娛，曹隨相國能歌呼。 無懷葛天宛移席，方丈蓬島森藏壺。
			我今無力送征鞍，我坐我嘯心難安。 生乎遄歸慰我老，我骨尚爾多辛酸。 從生欲入無窮門，走如野鹿忘寒溫。 那將方寸為物役，久矣天地風塵昏。
			《麴生前日發程，傾都出餞，日晚不能行，翌日追而送者尚多。予于麴生，知雖不深，亦不可謂無意於斯人者也。以病閉門，竟不得望行色，吟成一首。異日麴生還朝，當為誦之》
			司空二壻亦司空，德業俱豐一代雄。 晉柳當門今獨盛，御溝深處舞春風。
			《故司空柳公子壻，來請先壟之銘，且以酒饌來，明日吟成一首》
			咸陽亞相美鬚髯，白髮中書久滯淹。 禮讓稼亭辭祭酒，遭逢桂榜唱垂簾。 諸孫有幾能傳業，病客無端獨傍簷。 芳草滿庭微有逕，柳絲和雨媚陶潛。 <div align="right">《訪南鄰》</div>
			夢餘肌骨倍酸辛，轉展無眠竟達晨。 樓下數峯橫翠障，門前五柳接芳鄰。
			由來燕雀安知鵠，謾道雎鳩可致麟。 老境悠悠塵慮少，有時端坐更求仁。 <div align="right">《早興》</div>
			天地自爐鞴，山川誰陶冶。 忽然闊無涯，日月出於野。 風微雲影移，雨過川光活。 小立觀吾心，未知誰讓闊。 天下日多故，桃源猶避秦。 誰知白帽客，已作遼東民。

| | | | 北瞻混同江，南對醫無閭。
索莫犬羊窟，那知君子居。
草色接遙天，川光浮輕霧。
欲求君子居，回首瞻佳樹。
纔看朝出日，又望昏起煙。
渺渺醴泉路，山連東海天。
物性鵬將鷃，人材鶴與雞。
醴泉豪氣甚，餘子盡頭低。
身初起海隅，名已滿天下。
鴻鵠商嶺來，庭趨有洗馬。
海闊隔齊魯，天遙拱遼礇。
臨川筆有光，梁上飛塵入。
胸次芥夢澤，中華播清芬。
牧童十絕句，永示公來雲。
<div align="right">《崖頭驛》</div>
聞說流頭好，青為幕府鄰。
但令公事少，豈善出遊頻。
怪語如聞晉，遺氓尚避秦。
君能蹤跡否，四海正風塵。
<div align="right">《送晉州李判官，兼簡同年全記室》</div>一自桃源得避秦，至今誰不羨其人。
採花食實真細事，只喜山川隔戰塵。
<div align="right">《園中雜詠》</div>千巖萬壑夢中行，窗下殘燈翳復明。
玉局自來無俗累，薜書難以與人評。
桃源寂寂回舟客，桑域遙遙採藥生。
只向心中清淨了，雲山未必寄吾情。
<div align="right">《紀夢》</div>感時因物暢精神，老我依然世外人。
紫上金鋪苔稱意，白生虛室月分身。
自知梧野難逢舜，豈必桃源可避秦。
情興悠悠無所累，但嫌雙腳踏紅塵。
<div align="right">《雜詠》</div> |

| | | | | 頭流山最大，羽客豹皮茵。
木末飛雙腳，雲間出半身。
人譏困三武，或說避孤秦。
豈乏幽棲地，風塵白髮新。
　　　　《智異山多仙人釋子，短律寄懷》
柏嶽松林跡已陳，白頭今日過桃源。
城東山水增清秀，路上風沙掃翳昏。
欲學避秦空托興，不須論魏久忘言。
眼中髣髴先人跡，遙想金剛嶽無尊。
　　　　　　　　　　　　　　《桃源亭》
槵食眠初罷，悠然聽午雞。
門庭何寂寂，身世竟棲棲。
樓迴天無際，窗明日欲西。
白頭頻攬鏡，只欠去來兮。
　　　　　　　　　　　　　　《晚生》
甄城雲物勸躋攀，撫古悠然一破顏。
欲訪衣冠悲往事，謾將圖記說遺寰。
酒闌黃菊清霜後，簾捲青山落照間。
今古英雄如過鳥，不須待倦始知還。
《次韻題完山記室華同年詩卷三首，予訪華君至完山。同年尹典簽如京，偶相值日，留數日，完山，百濟王甄萱故都也》
倦飛孤鳥已知還，晚景清游得逞顏。
天命奚疑即彭澤，世緣終淺似香山。
江湖興味三生外，鍾鼎功名一夢間。
歌詠大平吾事業，從今自號李閑閑。
　　　　　　　　　　《驪興清心樓題次韻》
白雲萬重山之深，有時上頂聞猿吟。
碧波萬丈海之深，有時入底窺龍潛。
城南一區柳洞深，終歲寂寂無人尋。
人間蓬萊有真境，春風秋月何駸駸。
老牧平生愛幽僻，卜築到處如山林。
開徑荒涼種松菊，登樓縹渺臨雲岑。
高歌長嘯自傲睨，絕句短律徒謳吟。 |

			不羨二十四考中書令，不羨高齊北斗堆黃金。 只願舞雩詠歸處，五六六七皆同心。 奸聲亂色淨掃去，柳洞深將天地深。 <div align="right">《柳洞深行》</div>有何不可吾非狂，壯可走四方，老可歸故鄉，故鄉不去松菊荒。封君帶三重大匡，我髮我心誰短長。經邦濟世何杳茫，求田問舍何參商。黃塵漲海車馬僵，揮汗相逐如翻漿。樂天無處非羲皇，僥倖咫尺真羊腸。寬懷倘佯終允臧，倚樓長嘯忘行藏。 <div align="right">《有何不可篇》</div>長湍南畔砧城西，山擁茅茨水泊堤。 中有主人三徑在，卜隣吾欲共攜提。 《訪砧城俞先生不遇，夫人邀入客位，具酒殽甚厚。又請登後園小山四望曰，我公意也。蓋欲令老夫知其形勝也。歸而志之》 不為五斗米，不為三徑菊。 志在歸去來，飛電誰能逐。 <div align="right">《題南大藩司尹菊詩卷末》</div>三徑荒涼屋數間，病軀帶眼日來寬。 半生不免尋常債，獨立曾無大小難。 豈有文章如玉潔，祇知冠佩忌金寒。 中和洋溢元無欠，只把明誠驗兩端。 <div align="right">《有感》</div>歸來篇。欲歸未歸今幾年，功成名遂身不退，自古未見能圖全。 汾陽突兀掩千古，直與白日懸中天。 當時靜坐待盧杞，至今可想心中煎。 范蠡五湖掛明月，陶潛三逕迷寒煙。 何曾一毫累靈臺，應為世人消禍胎。 歸來兮歸來。長江鏡淨自澄澈，高山壁立仍崔嵬。 珍禽叫呼樹陰合，錦鱗游泳天光開。 野僧攜手入寺去，溪友踵跡披蓑回。

			飲酒何嘗患無偶，有客何嘗期不來。 逍遙卒歲復何望，文墨自足登雲臺。 君看汗馬諸子孫，盛滿自古難栽培。 人生乘化有修短，白頭何不歸去來。 歸來歸來莫留滯，驪江春水葡萄醅。 《歸來篇》 卜居難似卜遷都，鸞鵠由來峙碧梧。 已見平原春動盪，尚憐陰壑雪模糊。 荒涼松菊開三徑，縹渺煙波泛五湖。 莫笑牧翁終縮坐，驪興江水浴雙鳧。 《柳開城歸利川別墅，聞之晚，不及有所詣訪。吟成短篇》 年來舊故慚相疏，瘦骨支持臥病餘。 身後敢期千字誄，腹中空載五車書。 德璋北嶽移頻勤，靖節東皋嘯獨舒。 回首南陽今寂寂，何人繼起孔明廬。 《即事》 世事多非意，人情漸不真。 市恩方挾主，嫁禍動如神。 松菊荒三徑，風塵暗四鄰。 白頭心力短，得句頗清新。 《世事》 髮任中年白，眼還終日青。 書堆蟲網案，門掩雀羅庭。 松菊開三徑，兒孫教一經。 世今無博物，誰識楚江萍。 《晨興》 龍鳴在匣鏡藏奩，肯向竹竿緣似鯰。 欲辨幾微都是錯，不論鹹淡本無鹽。 春深准擬花藏塢，夜靜追隨月入簾。 自信生來難一笑，歸來三徑見陶潛。 《自詠》 遊山如啖蔗，最愛入佳境。 雲望共無心，溪行獨攜影。 鍾魚林壑空，殿宇松杉冷。 甚欲辦青纏，臨風更三省。 《寶蓋山地藏寺》

			山深誰識面，雲出自無心。
			已棄功名屣，徒沾筆削襟。
			忘形齊萬物，謀道惜分陰。
			假步有周子，他年休嗣音。
			《幽人》
			松風軒裏道人閑，腳踏天磨縹渺間。
			忽向南方行化去，誰言飛鳥倦知還。
			《絕碉南赴幻庵法會，過門告別》
			病不吟詩恐亂心，數年長臥到於今。
			東皋舒嘯思彭澤，曲水流觴想茂林。
			吹壁白波長對畫，滿窗明月獨鳴琴。
			個中樂處誰能識，短綆由來古井深。
			《用前韻自詠》
			祗今身世兩茫然，幽興相牽自少年。
			縹秩晝翻閑裏課，蒼松雪落醉中眠。
			登皋長嘯思元亮，蹈海高風想仲連。
			石鼎煎茶三絕最，小童新汲竹間泉。
			《述懷》
			秋日漸涼天漸高，時時舒嘯上東皋。
			繁華雖美不旋踵，利欲□輕如燎毛。
			閑憶少年游竹院，老因多病愛松醪。
			回頭行露難如昨，夢愕狂風激怒濤。
			《秋日》
			東皋昔有淵明登，高風絕塵何棱棱。
			折腰五斗便掛冠，獨舒長嘯天地寬。
			庸夫先生我同年，精強諳練超群賢。
			城東庭宇倚翠微，一丘一壑如屏圍。
			東皋西望思依依，縹渺鼎湖龍已飛。
			望之不及空落暉，光岩碑石埋煙霏。
			桑榆晚景樂無違，吾非斯人誰與歸。
			《庸夫將扁其室，問名於予。予曰，先生居城東，庭院幽邃，丘壑可愛。請以東皋塞責如何。庸夫曰，可矣。於是詩以志之》

| | | | | 名利真同春夢，江山漸好秋遊。
飲酒應須對月，賦詩何必臨流。

《安東權慎齋書來見次韻，復用寄呈》
日出雲初薄，雨收風更吹。
陰晴多變化，身世幾安危。
芳草將侵轍，清流可賦詩。
悠然得意處，自足慰吾衰。
《日出》
彭澤心為形役，昌黎命與仇謀。
顏子如愚終日，簞瓢陋巷清幽。
《即事》
寂寂門庭雀可羅，狹中廷尉奈渠何。
樽前屢舞年來少，枕上新聯病後多。
消渴長卿遺亂道，歸來靖節動悲歌。
有時狂興難收拾，白鳥誰馴萬里波。
《自詠》
魯連東海有高風，瓜種青門露溘叢。
四皓高歌芝嶺上，七賢沈醉竹林中。
申屠抱病誰能迫，靖節歸田我獨窮。
回首乾坤長太息，箕山穎水兩濛濛。
《讀史》
回首茫茫萬丈塵，一區林壑足安身。
野僧每向求詩熟，山鳥應緣得食馴。
彭澤琴書曾寄傲，少陵芋栗豈全貧。
他年甚欲焚遺草，肯向平時賦大人。
《即事》
仲冬頻看雨疏疏，籬下黃花憔悴餘。
賓客清談無蓋罘，兒童狂走鬧庭除。
鳥還彭澤思松徑，龍臥南陽憶草廬。
賴有一篇周易在，靜觀時復擬潛虛。
《雨晴》 |

| | | | 物像隨時動客心，賴將詩句獨微吟。
沈酣薰骨春風暖，坎壈纏身夜雨深。
時復中之似徐邈，歸來已矣即陶潛。
晴軒把筆聊言志，豈望流傳到士林。
<div align="right">《即事》</div>曾驚倭難逼，卻向俗離尋。
苦節扶吾道，餘風振士林。
商山芝露重，彭澤菊秋深。
牧隱今衰甚，何當共一吟。
<div align="right">《寄伊山李吉商，孟希道持去》</div>青泥盆底潤，黃菊室中幽。
只愛開當面，何須插滿頭。
孤松彭澤晚，衰蕙楚江秋。
耿耿配君子，芳心誰復求。
<div align="right">《對菊》</div>久病譜人事，衰年又歲寒。
藥材求不易，瓦片爇猶難。
彭澤堪容膝，樊川更倒冠。
微吟殊寂寞，靜坐到巑岏。
<div align="right">《即事》</div>淵明採菊望南山，笑殺世間行路難。
入室幸哉仍有酒，自來容膝亦云寬。
<div align="right">《自詠》</div>詩魔酒顛真病風，往往逢人呼六公。
霞棲雲臥似傲世，落落翼儲稱彼翁。
狂者狷者難同堂，我欲異味皆兼嘗。
老矣衰矣志不遂，時從靖節傾壺觴。
有田種秫肯種黍，西疇農夫來致語。
孤松可撫無已時，倦鳥知還更輕舉。
山河歷歷思主人，近世獨有容城因。
我今痛飲欲醉死，鏡中白髮年年新。
<div align="right">《圓齊又□□催釀載醪等語，起予者也》</div> |

			浩歎乾坤窄，孤生銖兩多。
			時時發狂興，事事觸悲歌。
			物欲如鋤草，年光似決河。
			悠然樂天命，終日盷庭柯。
			《浩歎》
			半夜月明凝雪霜，南牎紙白通玄黃。
			夢回悄然坐歎息，古意渺渺追虞唐。
			平生服膺十六字，顛頓狼狽庸何傷。
			只今志耗氣又濁，莕花澀釼無寒芒。
			毛群擾擾欺臥駝，老矣命也知奈何。
			春風肯鋤茂叔草，樽酒獨盷淵明柯。
			只恨當年不學琴，手中難作南風歌。
			誰教胸次久磊落，有時涕淚雙滂沱。
			雲巖蒼蒼松聲清，獨遊獨吟無恨情。
			岧嶢金碧照沙界，臥碑筆勢銀鉤明。
			堂頭幻翁入道妙，政作道商遊化城。
			何當靜坐聽禪話，閉眼歷歷觀三生。
			只恐異端或娛我，閑邪直欲存吾誠。
			《半夜歌》
			消息無他事，起居今若何。
			因僧化經紙，報我盷庭柯。
			利欲如鋤草，光陰似浹河。
			請君知右味，聞是勿蹉跎。
			《用書格，奉蘭清州牧使》
			曉向虛堂獨盷柯，綠陰風細鳥聲多。
			誰言三伏皆蒸溽，骨冷魂清自絕邪。
			《夏涼》
			江山塵不染，心跡水無波。
			渺渺青雲興，依依白雪歌。
			袁生擁門雪，陶令盷庭柯。
			經世自有策，老衰吾奈何。
			《江山》

			好怪當初記十洲，歸來筆法檢春秋。
			斯文萬古有歸宿，雜說眾家真謬悠。
			稚子候門陶靖節，清詩近道阮陳留。
			老年情興猶狂甚，爛醉時時散百憂。
			《自詠》
			進退曾期范仲淹，歸來卻似晉陶潛。
			江山風月平生足，樽酒篇章興味兼。
			為愛行雲頻植杖，恐驚宿鳥罕鉤簾。
			閑中自有存心處，最幸星星鬢上添。
			《遣興》
			吾生吾自省，雙鬢鏡中秋。
			汲汲名兼利，區區樂且憂。
			東坡歎如寄，彭澤感行休。
			風月無涯處，高吟獨倚樓。
			《吾生》
			有意南游漢上流，登高舒嘯思悠悠。
			只緣縮項樣頭耳，到處江山自滿樓。
			天命固宜甘順受，吾生何必歎行休。
			扁舟明月終長逝，笑殺區區賦四愁。
			《有意》
			白頭朝列苦吟詩，身世悠悠甚矣衰。
			長白山前沙漠漠，大明殿上草離離。
			誰教南渡開新主，欲頌中興無好辭。
			古往今來只如此，樂天彭澤復奚疑。
			《有感》
			衰老身多病，清貧勢自廉。
			雲歸如卷旆，天豁似褰簾。
			飲酒紅浮頰，吟詩白盡髯。
			悠悠乘化處，回首憶陶潛。
			《早興》
			我自饒秋興，誰其共夜遊。
			月明宜對酒，山好可登樓。
			葉葉如雲薄，光陰與水流。
			可憐陶靖節，乘化歎行休。
			《我自》

| | | | | 幽居無宂事，病客獨長吟。
風定樹容重，雨多苔色深。
倚筇看斗蟻，欹枕聽啼禽。
足以樂天命，悠悠君子心。
<div align="right">《幽居》</div>樂夫天命復奚疑，此老悠然歸去時。
一點何曾恨枯槁，我今三歎杜陵詩。
乾坤蕩蕩山河改，門巷寥寥日月遲。
長嘯白頭吾已矣，閉門空讀去來辭。
<div align="right">《讀歸去來辭》</div>簷溜聲中搔白頭，苦吟詩思轉幽幽。
七年湯藥誰為地，萬里江山自入樓。
敢擬孔明承付託，直從元亮學歸休。
門前楊柳無情甚，和雨和煙欲到秋。
<div align="right">《又吟》</div>頹然就枕曉雞鳴，渺渺光岩夢裡行。
白髮高秋心更苦，青山落日跡逾清。
孔明付託何寥闊，靖節歸來已太平。
烽火江鄉今寂寞，無從一睡足平生。
<div align="right">《八月初一日，遊光岩，夜歸就枕，頹然
達旦》</div>宿雲卷盡曉天明，林外黃鸝三兩聲。
夢破小窗甘寂寞，興來敗筆掃縱橫。
孔明付託丹心在，靖節歸來白髮生。
歲歲觀燈是今夕，扶輿遊遍鳳凰城。
<div align="right">《曉起》</div>驪興田土荷君恩，感愧殘年可盡言。
處士竹松猶有徑，先生芋栗豈無園。
巧偷豪奪還遭眊，靜坐沉思欲省煩。
老境寬懷何處是，五湖煙月滿乾坤。
<div align="right">《驪興田》</div>終夜骨酸何忍言，漸漸頭痛雙眼昏。
老妻摩挫腕欲脫，小婢蹴踏心甚煩。
演福鍾鳴快無敵，長明燈暗空斷魂。 |

| | | | 年來功夫只一味，倘得氣順參天原。
流光袞袞去不息，又是數刻分寒暄。
傍花隨柳亦云近，小車高合何其尊。
四支調適樂忘我，成趣豈獨淵明園。
淵明誰道恨枯槁，高名萬古流乾坤。
<div align="right">《終夜一篇，喜春近也》</div>悸遙雖慚小丈夫，那將矩步便群趨。
從容退讓誠非易，宛轉營求斷所無。
樽酒老年寧復壯，田園今日亦將蕪。
只緣未報先王德，不敢飄然向五湖。
<div align="right">《述懷》</div>古道委蔓草，桃李亦無言。
浮生安所期，金石與蘭蓀。
恩讎竟相雜，雲雨覆且翻。
吾道如一髮，危哉誰復存。
攜幼入吾室，撫松涉吾園。
自足樂天命，德性何其尊。
我道大如天，高舜日月懸。
周監於二代，大成集文宣。
群陰漸以消，六經粲在前。
中為記誦學，剽竊紛爭先。
濂洛出真儒，始知希聖賢。
聖賢在吾心，景仰當拳拳。
我初學為詩，只以求性情。
善惡所勸戒，足求吾道精。
比興意自深，鋪陳心自明。
淫佚入皇極，沐浴歌太平。
流而弄風月，適取浮誇名。
核實必有在，慎勿輕譏評。
<div align="right">《古風》</div>國家耆老如蓍龜，後進承招當世稀。
所以喜而不能寐，庶幾來者猶可追。
冠蓋風塵連紫陌，琴尊松菊敵黃扉。
叨陪杖履真難得，清曉抽毫繭紙披。
<div align="right">《早起》</div> |

			仲秋涼已甚，病骨可綿衣。
			疏屋風相透，殘星曉正稀。
			為仁是安宅，趨利是危機。
			及此心無累，分明悟昨非。
			《早興》
			殘生萬事不如歸，江海淒涼草木稀。
			萬壑千岩深可隱，清風明月淡相隨。
			安仁豈足知秋興，靖節元能悟昨非。
			霜露滿天松菊靜，自憐垂老未忘機。
			《殘生》
			久坐腰腳酸，欲出馬蹄病。
			徒步畏泥塗，輿夫無從倩。
			進退諒惟谷，終甘四夷屏。
			新涼漸可人，身健隨所請。
			經丘與尋壑，縱意出塵境。
			《久坐》
			夜氣尚餘清，晨光已熹微。
			菊花粲相照，吾心本忘機。
			淡然物我共，聖賢端可希。
			清興持久難，少選嗟已非。
			對之欲寫真，善畫今又稀。
			淵明去已遠，吾將誰與歸。
			《清曉對菊》
			人人種菊看，未必能知菊。
			把酒對南山，悠然失所逐。
			《題南大藩司尹菊詩卷末》
			禍福元相倚，悲歡亦倘來。
			一心如有定，萬事豈難裁。
			最愛黃花約，偏知九日開。
			東籬今寂寞，緬想獨徘徊。
			《寄呈伯父》

| | | | 種菊添我逸，深期在歲暮。
霜清秀色明，白酒相媚嫵。
落帽自風流，誰會悠然趣。
淵明千載人，欲訪恐迷路。
　　　　　　　　　《種菊》
平淡由來少味，清新卻是多姿。
斧鑿了無痕跡，悠然採菊東籬。
　　　　　　　　　《即事》
菊花避地在東籬，白白朱朱各一時。
天地亦憐心獨苦，滿天風露降霜遲。
　　　　　　　　　《詠菊》
彭澤歸來採向籬，南山秀色更佳時。
樂天不是延年者，可笑評論早與遲。
　　　　　　　　　《詠菊》
病中來往是情親，冷坐無由醉吐茵。
月艇鑑湖頻入夢，菊籬彭澤獨無鄰。
由來大腹容諸子，豈有妖情近正人。
占得百年幽僻地，滿窗初日照清晨。
　　　　　　　　　《自詠》
牧隱生來自寡儔，只知天命信悠悠。
醉狂自喜春浮頰，衰病難禁雪滿頭。
市遠少陵殊草率，地偏彭澤卻優遊。
賴因門下多佳士，攜酒時時洗我愁。
　　　　　　　　　《謝見訪》
不把雲煙作四鄰，老年無地避風塵。
東籬種菊淵明爾，誰道韓山是後身。
　　　　　　　　　《訪韓柳巷》
國老尊無對，文孫裕有餘。
盤飧具山海，樽酒照庭除。
公昔頻投轄，吾今獨愛廬。
何當陪杖屨，花雨看疏疏。
《永嘉權侍中遣其孫少大常來致酒食拜受
醉飽，吟成短律》 |

			有花有酒此身閑，造物洪恩滿世間。 四美難並吾輩事，上樓獨坐對南山。 《酒禁》 我本疏慵不入時，況今衰病欲何之。 閉門自合安心坐，連袂誰曾汗背馳。 賀歲里閭將欲遍，謝恩閶闔敢云遲。 如今又起看花興，准擬南山醉賦詩。 《遣興》 殘喘猶存臥病餘，還如靖節愛吾廬。 蓬頭垢面非輕世，棘口茅心久廢書。 綠草迢迢鄉里遠，青山隱隱樹林疏。 人間俯仰成今古，時見片雲行大虛。 《詠懷》 滿腮初日弄輕埃，坐念浮生兩鬢催。 釋典儒書雜難整，道情人欲忽相猜。 落花風細思禪榻，明月江空夢釣臺。 又見東籬黃菊靜，牧翁光景盡悠哉。 《即事》 秋澗自幽絕，東籬已趨俗。 可憐青盆中，區區對老牧。 《詠盆菊》 夏景鮮明甚，幽人宛在家。 樹高風弄葉，草淺雨抽芽。 南陌無來馬，西峯欲返鴉。 地偏心更遠，隨分答年華。 《即事》 淵明時不識，貌枯氣自華。 顏公千萬錢，即日送酒家。 風霜天地秋，東籬採黃花。 誰知重名教，梨栗生深嗟。 《淵明》

			矮陋群居扳，簫條獨往難。 吟高山日側，視短海天寬。 籬下師元亮，遼東友幼安。 吾生自可樂，外物敢相干。 <div align="right">《自詠》</div> 東鄰無相邀，西鄰無所適。 柳洞兩先生，黃花對寂寂。 秋從一心清，山與雙眼碧。 籬下可掃地，芳叢寒露滴。 且與蝶揚揚，聊以永今夕。 何必落吾帽，杯盤共狼藉。 《九日，無相邀者。走家僮問西鄰柳巷公，亦曰，無所適。於是戲作一首錄呈》 十日黃花照窮谷，主人白髮立於獨。 採之手中插其頭，東籬悠然山色綠。 主人早歲似梅花，眾木不敢爭開葩。 如今真同澗底松，猿攀鶴宿山萬重。 明知一夜香不減，弄芳何惜逞衰容。 只恐風霜漸刻骨，天地閉塞將成冬。 <div align="right">《十日菊》</div> 人情節物苦牽聯，頭上光陰如逝川。 已負中秋姑待後，俄驚九日又當前。 化工似靳東籬菊，老我徒瞻北海天。 賴有西鄰同寂寞，更須相對共悠然。 <div align="right">《重九前一日呈柳巷》</div> 群芳搖落客長吟，數點猩紅色更深。 籬下菊花真靜者，最宜相對共論心。 <div align="right">《四季花》</div> 時哉可歸去，尚憐終南山。 耿耿一心赤，蕭蕭雙鬢斑。 農功畎畝上，僧話風月間。 自足避塵世，時看飛鳥還。 <div align="right">《時哉》</div>

| | | | 我亦避喧者，而游金馬門。
因病得高臥，開窗見南山。
雲煙弄秀色，變化俄頃間。
豈不念窮獨，幸有簞瓢顏。
心跡固難辨，眾論何足患。
但當守我素，保此生死關。
　　　　　　　　　　《我亦》

溽暑經過少，靜居長短吟。
偶然觀物化，亦復明我心。
蟻陣跳白雨，鶯梭懸綠陰。
吾廬信可愛，即是晉陶潛。
　　　　　　　　　《夏日即事》

人生貴適意，吾亦愛吾廬。
有興將誰語，忘懷卻自如。
冰消泉谷咽，雪盡樹林疏。
自信幽懷熟，無從賦子虛。
　　　　　　　　　　《獨夜》

登眺三峯近，逍遙數載餘。
雖然在人境，不是愛吾廬。
糴米頭將鶴，催租背有蛆。
此生俱倖免，稽首謝詩書。
　　　　　　　　　　《自詠》

穿岷南崖草尚青，柳林行盡到門庭。
夜深稚子猶相候，靜坐更參山海經。
　　　　　　　　　《奉憶光岩》

曉窗頭未櫛，兀坐愛吾廬。
傳語自參政，刻期觀秘書。
文章猶介冑，筆硯似儲胥。
默坐有餘味，氣豪猶未除。
《廿一日，司天監官來傳曹六宰語，趣進秘書》 |

			老年真個愛吾廬，獨上東皋一嘯舒。 風日清酣天地闊，峯巒淨秀樹林疏。 江南雲擁螭頭陛，塞北霜隨雁足書。 強善共言為可繼，有心歌詠太平初。 《老年》 牧老雖衰興有餘，荊州風采畫難如。 俯看桃李南山頂，對坐乾坤四月初。 分彎中途參相府，聯裾南里愛吾廬。 日斜高枕吟仍嘯，身世悠悠付子虛。 《昨與韓清城登南山賞花，歸而有作》 昨日東風吹倒人，朝來里巷靜無塵。 便知樹木欣欣甚，繞屋扶蘇氣象新。 《即事》 借得童盆作火爐，仍將大甕貯雕胡。 諸孫迭索棗兼栗，老我流觀書又圖。 利欲戰爭疑楚漢，中和揖讓似唐虞。 一家天地自泰否，對鏡時時看白鬚。 《借得》 最愛幽居僻，林泉興有餘。 出門山擁馬，入室酒浮蛆。 園靜宜扶策，窗明快讀書。 陶然是真隱，何必賦歸歟。 《幽居》 披草卜隣幽事多，髶郎個儻盡無他。 星臨姜被風露冷，天近菟裘霜月磨。 松陰最好我盤磚，山意似欲君吟哦。 茅茨土階翠微裏，乘興往來鳴玉珂。 《披草》 虎生三日見頭顱，天意分明積慶餘。 索飯啼門情爛熳，敲針作釣計迂疏。 但知梨栗陶潛室，必學箕裘戴聖書。 天運悠悠一杯酒，頹然酣夢送居諸。 《即事》

				誰云北牖風，我愛南牖日。
				天道自循環，人情亦因物。
				《南窗》
				冬初直至吹東風，退食委蛇方自公。
				一朝還笏自閑適，造物必也憐衰翁。
				甘心養拙綠野堂，有味鼎臠如初嘗。
				有花如錦照我席，有酒如波盈我觴。
				有田種桑又種黍，時與老農同笑語。
				江湖鷗鷺盟欲尋，庭除鳥雀色斯舉。
				自謂羲皇上世人，何曾按劍殊無因。
				樂夫天命且遊豫，浩然氣化方新新。
				《又賦》
				四序更相代，孤生漸自寬。
				牖風師靖節，門雪友袁安。
				稍喜閭閻靜，寧憂禮樂殘。
				邇來無眼力，最是讀書難。
				《有感》
				幽居盡蕭灑，心與跡俱閑。
				自致羲皇上，何須季孟間。
				亭臨闕外岫，樓對郭南山。
				時見白雲出，我今腰腳頑。
				《有感》
				君子欲澤民，用意何其真。
				遭逢在於命，亦或難保身。
				所貴守吾道，出處明彝倫。
				浮雲滿虛空，微雨雜煙塵。
				北牖政高臥，清風來故人。
				《君子》
				從來遇事有從違，老去無心管是非。
				擇里處仁須自重，樂天知命與誰歸。
				悠悠古意孤鸞操，渺渺長空一鳥飛。
				寄向琴中彈不盡，悄然危坐卻忘機。
				《即事》

			苦思奔月逐纖阿，只恐青冥風露多。
			漫與詩篇編不盡，相逢樽酒飲無何。
			江間鬪勢誰孤石，松上施容我女蘿。
			今古英雄皆寂寞，援毫聊和白雲歌。
			《自詠》
			秋風胡為哉，與我偏相尋。
			我欲絕知誘，湛然存我心。
			忽爾雲物變，涼風生夕陰。
			動我滄洲趣，和之白雲吟。
			山中有美人，宛在松桂林。
			蕙花垂石崖，飛泉如素琴。
			邈哉不可攀，信哉金玉音。
			《秋風》
			翼翼松京壯，寥寥柳洞深。
			兩人方對酌，六友忽相尋。
			雁影俄秋色，雞聲又夕陰。
			樓居即仙境，唱和白雲吟。
			《上黨樓上設酒食，金敬之適至》
			籬下黃花如散金，老翁相對獨微吟。
			重陽最恨藏身密，十月還驚用意深。
			泛泛不辭隨白酒，寥寥寧願對青衿。
			頹齡可制非無術，杳矣碧潭何處尋。
			《詠菊》
			浮雲本無蒂，流水更何根。
			相別人情耳，悠悠誰記存。
			《代送僧》
			白衣送酒來，云自廣州牧。
			開緘閱手教，悅然如面覿。
			贈之千里春，侑以一束玉。
			漢山在何處，迢迢漢江曲。
			山川修且阻，杳若胡越隔。
			豈意漢江水，添我壽觴瀝。
			感歎良不已，江月照夜寂。
			《白衣送酒來，謝李同年廣州司錄悅》

			今年霜露不相催，十月黃花爛熳開。 應與衰翁慰愁寂，門前不見白衣來。 <div align="right">《十月初二日詠菊》</div>桑海團團日，松山蕩蕩春。 歸來書甲子，憔悴降庚寅。 雲壑泉如築，陽崖草欲茵。 境幽心自寂，何處伴高人。 <div align="right">《自賦》</div>牧翁愛菊今成癖，移自花園數枝碧。 栽培未竟念生成，便見庭中雨來滴。 土潤黃祇用意深，秋風金錢似山積。 淵明千載一高士，醉裏抽毫書甲子。 誰歟歸來慕遺風，東海怒濤猶未已。 寄謝寶源郭槖駝，風霜晚景當如何。 由來百里半九十，對菊慷慨成詩歌。 <div align="right">《種菊未訖，雨又作，作短歌》</div>數枝籬畔媚霜葩，潤色韓山牧隱家。 此老豈知書甲子，門前碧柳帶煙斜。 <div align="right">《偶題》</div>晉臣麗不億，祼將宋廟中。 家世與宗國，一體無異同。 所以彭澤令，脫去如飛鴻。 悠悠千載下，北牖來清風。 <div align="right">《古風》</div>放曠何曾畏簡書，時時扶醉在籃輿。 踏青未識誰招喚，酒禁傳言數日餘。 <div align="right">《清明節》</div>早年遠歆洙泗風，發軔便從鄒國公。 淨穢初分螺髻王，神仙亦有鹿皮翁。 絕之不使登我堂，我道有味非徒嘗。 我有珍殽滿我按，我有美酒崇我觴。 如酒用秫不用黍，二氏豈可交相語。 原道本論有所據，韓歐以來誰再舉。

			濂溪夫子是異人，描出太極元無因。
			發揮益多益不效，何時淨洗乾坤新。
			《近承佳作，唱和多矣。皆浮言戲語，不可示人。後二篇，志於功名，自傷之甚也。嗟夫士生於世，功名而已乎。直述所懷，為圓齊誦之》
			我亦不曉事，對山無酒杯。
			時時發狂興，筆端風雨來。
			今年不種秫，石田荒蒼苔。
			經欲謀一醉，誰家初發醅。
			好懷盡有數，未知開幾回。
			悠悠百歲內，何必黃金臺。
			《我亦》
			冰雪曾過此，江山似識予。
			地腴耕稼好，人少往來疏。
			枉慕淵明秫，深慚葛亮廬。
			寄言金判事，借我樂琴書。
			《宿臨津金龜聯判事野莊》
			強項近自大，折腰近自卑。
			縣令不易為，何況居台司。
			丞相辱近臣，中使持節馳。
			誰知呼吸頃，漢鼎山不移。
			奈何群進退，嫿嫿圖自私。
			浮雲鬱嵯峨，流水何逶迤。
			君子守素志，樂哉方順時。
			《有感》
			自得幽居味，羲皇上世人。
			寂寥如異境，淳樸是比鄰。
			門豁苔連砌，簾疏樹逼茵。
			淵明何所有，漉酒一頭巾。
			《幽居》
			素琴黃卷室無塵，頭上淵明漉酒巾。
			淡泊老來還有味，羲皇上世是何人。
			《小雨》

				茅屋賦詩處，當門數朵山。
				雲煙終萬變，心跡自雙閑。
				高臥羲皇上，清談魏晉間。
				樵童橫短笛，又向夕陽還。
				《題朴摠郎詩卷》
				病裡幽居靜，頹村依翠微。
				年年苦蓋苦，頗羨瓦油衣。
				樓迥灑飛雨，壁疏穿落暉。
				悠然樂容膝，老我早忘機。
				游燕猶夢愕，返魯足心安。
				俗狀塵仍染，僧談夜易闌。
				蒼梧空一望，清廟尚三歎。
				髮白還多病，何堪行路難。
				忽有移居興，非嫌柳洞深。
				病軀難久坐，異境可新吟。
				橫嶂雲生岫，無弦月滿琴。
				蓮花池更近，冒雨擬相尋。
				《即事》
				伯宣愛山水，悅然知夙因。
				長攜貝葉書，欲卜曹溪隣。
				端如古明鏡，刮剔千年塵。
				詩癖砭不去，吐句皆清新。
				怪我膠世漆，不頂淵明巾。
				因君起遠興，盧嶽知有人。
				《聞李生誦伯宣詩，欣然次其韻》
				重利忘交誼，臨機動本心。
				人諶元自巧，物欲亦云深。
				細雨俄侵戶，清風忽滿襟。
				稍欣情境淡，誰弄沒絃琴。
				《有感》
				蒼崖絕人跡，長松橫半天。
				白雲過其下，女蘿仍蔓延。
				有時鶴飛來，有時猿攀緣。
				世無鹿皮翁，寂寞今千年。
				我亦避世士，身為名利牽。

			尚賴是道骨，□想長飄然。 微吟吐幽素，又恐浮世傳。 悠悠山中意，欲寫琴無弦。 <div align="right">《山中吟》</div>雲之為雲龍所憑，乍離乍合惟其能。 雨而不雨誰之由，一點二點旋即休。 白髮臥病忝封君，三重大匡領藝文。 清風滿榻鳥啼林，不用更置無絃琴。 閑中有念及蒼生，默察寒暑並陰晴。 今年四月又將闌，誰知有淚方汍瀾。 江天漠漠低我磯，空翠霏霏濕我衣。 何當反觀今日心，驗得聖恩天地深。 <div align="right">《悶雨歌》</div>商山茹芝老，羽翼劉家郎。 江湖動星像，天下知嚴光。 自古隱淪士，或登天子堂。 但令出處高，史筆何煌煌。 陶劉玩世客，身世寄槽床。 宇宙既縱意，琴書仍引觴。 寥寥百代下，醉鄉誰擅場。 我生亦晚矣，飄縷步周廊。 猿吟蘿月白，茅宇今淒涼。 名遂誓將去，莫待沾衣霜。 <div align="right">《次前韻遣興》</div>我生逐物工推移，與世俯仰如韋脂。 人猶指點負介特，自信齟齬將衰遲。 閉門不出動旬月，有時會合皆迂闊。 平章李公偶墜馬，國之司命民賴活。 敲門投刺適醉眠，上堂據座題詩聯。 明朝馳騎來相邀，我策我馬登華筵。 中官李相適來訪，東亭大醉談稍放。 李相情懽吐肺腑，蔡氏於吾是妻黨。 仍邀明日特設酌，酌我甚多耽且樂。 徑取大杯仰青天，病入豈知方救藥。 倒床嘔吐連數朝，心中膏火相煎熬。

			妻煎湯劑解酒毒，自訝氣息無由調。
			今晨起坐意自定，關牎風日清且靜。
			向來艱辛墮夢中，欲訪陶劉仍取正。
			人間萬事盡悠悠，借問獨醒何所求。
			朝廷有道青春深，政可飲酒夫何憂。
			《與廉東亭赴李相之招，酒病二日稍定，吟為詩歌》
			我所思兮上古樸略風，誰其引之儀狄公。
			風之衰兮禮法起，禮繁俗亂樞婦翁。
			不如天地是庭堂，衢樽之設為禘嘗。
			歌風舞月綏後祿，一日須傾三百觴。
			區區功名如累黍，不有陶劉誰共語。
			可憐秩株賓初筵，立監佐史書謬舉。
			忘形任性真廢人，況彼果果並因因。
			是為醉鄉兮即吾土，胡不歸兮白髮新。
			《圓齊又以風字韻詩投僕，其序曰，詩酒敵也。公以詩誨僕，僕敢不對之以酒。予曰，酒吾所嗜也。雖欲閣吾筆，如以手障黃河。其勢不可止，順其流而導之而已。於是又作一篇》
			高風慕彭澤，多病似文園。
			草草生何苦，梅梅視欲昏。
			心形自相後，富貴復何論。
			倘得乞骸骨，歸來江上村。
			《自詠》
			春深送酒亦風流，蓓蕾依然滿樹頭。
			造物乘除當有意，順時消遣復何憂。
			獨醒正則還多侶，群醉淵明卻寡儔。
			只有如錐管城子，每邀飛雨倚高樓。
			《送酒》
			斗在青天酒在泉，虛名自古謾流傳。
			淵明一醉非偶耳，正則獨醒今渺然。
			紅葉野禽相上下，黃花寒蝶尚牽聯。
			碧雲談處風雷起，為問何山定有仙。
			《晨興》

			舒來吞有像，斂去入無形。
			團結是一氣，鼓行由七情。
			昏昏彭澤醉，耿耿楚江醒。
			頗有中庸近，唯嗔似近名。
			《自笑》
			滿酌苦辭思往時，無酒欲飲知吾衰。
			平生志氣不流蕩，菽水羊酪何能移。
			屈之醒也非我徒，陶之醉也非吾師。
			是有中道兮吾所，周旋折旋皆矩規。
			奈何欲動情又逸，盡力屏去俄紛披。
			汝今白頭亦老矣，敗露至此將咎誰。
			窒欲明訓苟茫昧，盜蹠之歸寧可辭。
			寧可辭何其危，前功可惜宜深思。
			《雨中獨坐，欲酌一杯而無酒，因自嘲》
			欲墜懸崖路，猶攀朽木枝。
			可憐無所告，相托欲何為。
			和靖梅花早，淵明菊蘂遲。
			安心是良藥，傲世且支離。
			《有求官者戲題》
			磽磽易折莫爭雄，最是忘情樂在中。
			衰髮驚秋成老醜，苦心憂國保初終。
			我今殄命夫何慮，爾輩持身且盡忠。
			晉有世臣陶靖節，宛然千載有高風。
			《中童凌晨來》
			先生未必是清流，白髮蕭然獨倚樓。
			晉相自尊寧仕宋，韓仇已報可封留。
			赤松鬱鬱寒雲晚，碧柳依依細雨秋。
			畢竟安心無寸地，每從天際望歸舟。
			《有感》
			遇興詩成易，求精筆下遲。
			自甘前輩笑，誰望後人知。
			嶽瀆分崩際，川原淨麗時。
			有懷徒耿耿，彭澤是吾師。
			《遇興》

			大醉情何縱，初醒體更疲。
			坐朝難自在，請假盡委蛇。
			陶令辭彭澤，山公倒接羅。
			吾師定誰是，且看未歸時。
			《合坐以酒困先出》
			城南孤柳里之名，柳樹無數連簷楹。
			吾家門前只一株，春風嬌舞腰肢輕。
			黃鸝飛來止其上，夢破南窗時一聲。
			去年風拔大可駭，傷不甚故延其生。
			今年馬傷蟲入腹，外內交攻叢眾毒。
			皮之僅存氣乃行，雨露所沾黃更綠。
			如人外實內先虛，一病來侵隨不祿。
			枝枝可種地且肥，或榮或佑誰所司。
			置之不顧縱其性，昆令季強當有時。
			他年成行蔭門戶，更想靖節吟吾詩。
			《門前有一株柳》
			獨坐悠悠生野情，高吟長嘯便詩成。
			雲容自薄日將漏，雨點更疏山欲晴。
			老矣可從元亮醉，淡然還似伯夷清。
			中書二十四考令，未識與吾誰重輕。
			《述懷》
			開遍群花到菊華，天公巧處亦云多。
			相知只有淵明耳，更不生渠可若何。
			《偶題》
			春陰漠漠柳低簷，半醉歸來興自添。
			借問何人知此味，寂寥千載一陶潛。
			《過柳巷飲，醉歸有作》
			青驪新界里，我友構新亭。
			拾栗腸何潤，栽桑體自寧。
			柳風吟又嘯，竹露醉還醒。
			莫愛淵明菊，松山地最靈。
			《奉呈六益亭》

			作室以居，取晉處士陶靖節松竹菊三益之語。益樹以桑栗柳，而自名其亭曰六益。
			求予記，予曰：損益之象，著於易卦，不必言也。損益之友，詳於論語，又不必言也。直之好吟詩，詩之比興，蓋其所得者深矣。予又何敢贅哉。然賓客之登斯亭者，未必皆知直之之心。名亭之義，故略述直之之拳拳於六物者以告焉。松之有心，竹之有苞，貫四時而不改柯易葉，君子之所取也。菊之隱逸，隱者之所取也。桑記幽雅，衣裳之本也。栗著楚丘祭饗之用也。柳之為物，因時感人。忘其私而勤於奉公，給於用而易於求取者也。直之居於其中，觀寒暑之推移，樂時物之變化。隨感而應，吟為詩歌。入於無形之形，嚼其無味之味。四時之景不同，而樂亦無窮矣。直之雖不得於世，其所以自得於身者如此。嗚呼！與齒去角，造物真靳人矣。 《六益亭記》 性僻居恒獨，家貧味罕兼。 光陰悲鼎鼎，氣象慕岩岩。 門靜來幽鳥，簷虛掛冷蟾。 秋風吹碧柳，千載憶陶潛。 《記舊作》 花木逢春次第開，老翁乘興亦徘徊。 誰將晉竹連陶柳，自笑皮桃擬宋梅。 榴葉未抽方日照，梨花欲落有風來。 最憐雪嶺孤松秀，枉被盆中寸地栽。 《對花木發詠》 少年綴文我最工，落筆往往驚諸公。 存心養氣力未徹，光焰不復摩蒼穹。 黃河之水天上來，震盪宇宙雷喧豗。 行潦無根涸可竢，華敷實碩須栽培。 窮鄉僻地歲雲徂，崢嶸洞壑冰模糊。 白頭苦吟對黃卷，欲令陶謝愁枝梧。 晚年所得無一物，枵然腹空徒矻矻。

| | | | 有時感激吐心肝，欲吐未吐還閣筆。
回思少年不再來，短檠牆角生莓苔。
縱欲讀書那可得，兩眼昏黑年光頹。
<div style="text-align:right">《少年行》</div>淵明千載人，達道諒無匹。
奈何苦心思，醜拙寄於筆。
所以杜陵翁，一語敢相詰。
詩人恨枯槁，今古用一律。
樂天是真情，我膝當為屈。
<div style="text-align:right">《古風》</div>秋氣日淒淒，仲尼日棲棲。
棲棲竟何為，鳳兮仍鳳兮。
幼安超渤海，靖節離風塵。
獨立悠悠甚，懷哉千載人。
<div style="text-align:right">《古風》</div>歸去來兮千載人，高風當日有誰親。
中興詩道非他術，上合天心是此真。
臨水登皋時縱目，倚窗入室自怡神。
直書處士仍書晉，綱目明明筆法新。
<div style="text-align:right">《讀歸去來詞》</div>中秋已近碧天遙，月獨年年照二毛。
靜坐軒窻心寂苦，舊游樓閣氣猶豪。
謫仙才逸鳴唐李，處士名高繫晉陶。
何日驪江江上去，一聲長嘯動波濤。
<div style="text-align:right">《中秋已近，興懷發詠》</div>頗怪周子言，陶後鮮愛菊。
同時見古人，往躅不須逐。
《題南大藩司尹菊詩卷末》
桑海真朝暮，浮生況有涯。
陶潛方愛酒，江摠未還家。
小雨山光活，微風柳影斜。
自回遠遊意，獨坐賞年華。
<div style="text-align:right">《偶吟》</div> |

			向午雲飛快放晴，四山秋氣十分清。 寒蟬短景聲初澀，霜雁遙空影又橫。 青蕊昔曾吟子美，白衣今欲舞淵明。 登高能賦吾家事，已有新詩眼底生。 《喜晴》 世道年來日漸非，山僧沽酒亦云稀。 今朝遇著惠遠老，不識淵明何處歸。 《題妙覺寺高井方丈》
元天錫	1330～ 1395	《耘谷行錄》	好山多處卜幽居，長笛高樓興有餘。 每把酒樽花下醉，常尋藥圃雨中鋤。 愛廬早效陶元亮，勉學曾傳董仲舒。 靜捲疏簾無一事，松廊盡日臥看書。 《題趙牧監幽居》 已教元亮為茶客，無復高陽會酒徒。 山鳥不知邦國令，隔林時復勸提壺。 《國有禁酒之令，聞提壺鳥》 不曾浪出世途艱，歸去來兮適意閑。 寄跡雲煙風月裏，無心榮辱利名間。 釣魚靜坐溪邊石，採藥晴登屋上山。 若問個中多野興，杖藜乘醉夕陽還。 《寄題春州辛大學郊居》 生生習氣未消磨，傲世心懷日更多。 聞道悲辛抑虺話，追思軻軻飯牛歌。 歸來適意希元亮，勤苦成功笑伏波。 攻破是非猶有酒，欲將雲月醉無何。 《自詠》 無孔笛中吹古調，沒絃琴上弄新聲。 行行好向煙蘿去，一片閑雲不世情。 《送曹溪參學允珠遊嶺南詩》 余俗性鄙野，於琴瑟間曾不用心。雖不知調弄音律，其廣狹方圓之制度，高低緊緩之得中，亦可考而詳也。此豈陶淵明所謂但取琴中意，何勞弦上聲之意歟。今有奉

| | | | 善護軍任公，曾為樂府之首領官。於其八音，各盡其妙。豈非自從仙界來降人世，化頑嚚而歸於閑雅者也。月二十日，到於鄉而夜坐，悄然索琴而彈之。其音泠泠然普矣，可以解吾慍。吟得長句四韻一首，示諸同席。此情動放中而形於言者也。
我今雖不解音聲，但好絲桐浪得名。
閑弄清溪歌五曲，興深明月夜三更。
一彈宛轉塵懷靜，再鼓飄零古意生。
既已泠然得真趣，弦弦雅韻不須評。
　　　　　　　　　《聞任尚書彈琴詩》
寂寞愁懷未可攄，一窗風雪正蕭疏。
齒牙疾痛連針炙，頭髮蒙塵不洗梳。
雲自無心生遠岫，山如有約對幽居。
良辰已過陽生旦，默數光陰檢曆書。
　　　　　　　　　　　　《病中作》
新沐秋容靜，溪山雨霽初。
日斜楓岸迥，煙濕菊籬疏。
蟬老竹林冷，雁回楡塞虛。
悠悠感時節，畏日惜居諸。
　　　　　　　　　　　　　《秋思》
桑柘成陰接小軒，蒼苔一徑隔塵喧。
客稀盡日無敲戶，身懶多時不掃門。
松菊陶園心自遠，簞瓢顏巷樂猶存。
古賢趣尚皆如此，遙挹清芬愧我昏。
　　　　　　　　　　　《夏日自詠》
春深紅紫苑，中有百花王。
灼灼仙姿秀，夭夭國豔芳。
露凝三朵重，風動一枝長。
冷淡秋籬菊，那知雨露香。
　　　　　　　　《金按部牧丹詩次韻》
儒術豈謀身，家傳只詩卷。
斷斷無良才，未可膺博選。
歸來慕淵明，俊逸希劉炫。 |
| | | | |

				惟尋花月樓，遊樂但無倦。
				重來舊遊地，我心不可轉。
				桃花依舊紅，何處情人面。
				悠然空倚欄，不可以安晏。
				元無願見人，吾亦不願見。
				《次崔所贈詩韻》
				一江風月連松門，萬壑雲嵐朝一洞。
				巍巍像設□孤園，庭有端莊孤塔聳。
				曹溪兩客偶尋來，煙蘿翠色為之動。
				主賓相對開笑談，閑淡如雲無雜冗。
				若能沽酒引陶潛，三笑歡遊吾可共。
				從此平生慕真隱，向方夜夜勞清夢。
				《興法大禪翁以曹溪行腳文斡，斯近兩人所著詩一軸，走价責予詩，次韻奉寄》
				曾與錢兄久絕交，生涯亦足一間茅。
				有誰齎酒邀元亮，欲自題詩拜孟郊。
				秋雨初收黃稻頃，暮雲猶在翠松梢。
				更看節物相催老，無效方書病裡拋。
				《秋居病中》
				莫希當要路，還恐有危機。
				古法從今變，今人似古稀。
				道情恒寂靜，詩思入玄微。
				恬惔是真樂，淵明何不歸。
				《正初齋居》
				百年鍾鼎一鴻毛，早賦歸來我愛陶。
				涉日遊觀問前路，有時舒嘯上東皋。
				短筇到處山橫障，小艇乘流水半篙。
				若把閑忙論得失，青雲莫及白雲高。
				《讀陶元亮歸去來辭》
				歸去來兮適所求，琴書之樂實消憂。
				倚窗寄傲論非是，撫樹盤桓任去留。
				或事耘籽而植杖，還將賦詠亦乘舟。
				樂天知命奚疑慮，千古遺風夐絕儔。
				《節歸去來辭》

			曾聞阮籍泣途窮，擬欲心期失馬翁。
			堪笑襄王巫峽雨，可誇曾點舞雩風。
			能詩和靖憐梅樹，愛酒淵明對菊叢。
			我亦因看魯褒論，鹿門將訪老龐公。
			《復次》
			闃然廬嶽白雲深，靖節先生每到臨。
			三笑幾時相會面，七言八句已知心。
			石田茅屋身空老，溪月松風夢屢尋。
			想得我師清燕處，寫經餘暇禮觀音。
			《次山人角之詩韻》
			須信無情笑有情，有情惟是一生平。
			陶公死後千餘載，依舊東籬粲粲明。
			《牧隱相國對菊有感詩云，人情那似物無情，觸境年來漸不平。偶向東籬羞滿面，真黃花對偽淵明。次韻》
			棲棲還自笑，踽踽與誰鄰。
			心阻塵埃世，身閑畎畝民。
			野僧來作伴，林鳥近相親。
			操筆弄雲月，聊歌聖德新。
			《次半刺楊先生所示按節鄭公題洪川客館詩韻》
			文行俱全力有餘，武功兼效藺相如。
			德施天下男兒事，莫學陶潛獨愛廬。
			《半刺先生寄詩，次韻奉呈》
			屈陶才智有優餘，投水辭官兩不如。
			何若獨醒吟澤畔，可誇三徑結雲廬。
			《半刺先生寄詩，次韻奉呈》
			人憐紉佩屈，我效愛廬陶。
			義路何曾舍，名場早已逃。
			山川共蕭灑，雲月伴孤高。
			豈敢辭窮約，年年宅不毛。
			《述懷》

| | | | 人中惟我獨酸寒，情興時時發筆端。
松菊猶存元亮宅，雲煙空鎖子陵灘。
喚沽鄰酒三杯穩，吟得新詩一字難。
高步大羅天上客，必應欺我轉閑安。
《次新及第邊所寄詩韻》
古今人縱隔千年，趣尚無分彼此邊。
菊徑老生非靖節，松岩嚴居士是龍眠。
《復次李居士所贈詩》
砌蛬啾唧夜遲遲，風露初晴燕去時。
觀物省心猶有感，樂天知命復奚疑。
傍山小檻雲為伴，敧枕疏窗月自窺。
萬古煙嵐耘谷裏，又逢佳節更伸眉。
《秋懷》
早起梳頭白髮新，偶書長笑放心神。
窗虛已上雙竿日，榻淨難侵一點塵。
松菊竹篁三作徑，雲霞樹木四為鄰。
老來身世知何處，默數存亡今古人。
《復用晨興詩韻》
布襪青縢意趣深，欲參天下大叢林。
只條杖抹千峯影，一片雲含萬里心。
無孔笛沒絃琴，必應今去遇知音。
要看普濟曾遊處，須向平山古道尋。
《送竹溪軒信回禪者遊江浙詞》
禪門絕名相，闃闃本幽深。
祖脈傳台嶺，宗風隔少林。
應吹無孔笛，閑弄沒絃琴。
此別何須恨，不同塵土心。
《天臺演禪者將赴叢林，自覺林寺來過餘，觀其語默動靜，甚是不凡。雖當釋苑晚秋，將是以復興其道。臨別需語，泚筆以贐行云》
已於泉石寄安居，豈向承明引帝裾。
五鼎千鍾都不顧，一琴三卷外無儲。
每思入海先驅鱷，常為遊山穩跨驢。
非道求名是閑事，即今吾亦愛吾廬。
《次韻邊竹岡懶利名詩書千卷後》 |

				幽居何悄悄，秋思轉悲涼。
				雁外晴光遠，蛩邊夜夢長。
				澗松含晚翠，籬菊吐新黃。
				對此礪清操，馨香可比方。
				<div align="right">《秋居即事》</div>
				小齋人日絕跫音，殘雪疏籬動野吟。
				擔酒白衣來扣戶，豁然消釋寂寥心。
				《七日，劉辨見訪》
				坐久依然日已晡，柴扉寂寂往來無。
				清吟水閣鷰飛句，閑覽雨村牛牧圖。
				松冷澗邊驚歲暮，菊殘籬畔送秋徂。
				老來多感仍多病，信矣行藏命矣夫。
				<div align="right">《即事》</div>
				昨夜雨蕭蕭，曉來山霧深。
				修然正衣坐，不覺發長吟。
				東籬有秋色，菊蘂粲黃金。
				繞叢自怡悅，清香薰素襟。
				孤芳傲霜冷，苦哉君子心。
				撫己再三歎，朝陽輝遠林。
				<div align="right">《自詠》</div>
				聚沙為砌席為門，懸磬茅簷晝亦昏。
				邦本既殘誰顧念，卻嗟曾未入桃源。
				<div align="right">《村舍》</div>
				人憐上苑桃花，瀾漫繁開豔陽。
				我愛東籬菊蘂，馨香獨發凌霜。
				<div align="right">《自詠六言扇對》</div>
				深鎖赤霞楓葉嶺，平鋪白雪荻花洲。
				菊叢寂寞金葩嫩，唯有東籬獨未秋。
				<div align="right">《晚秋》</div>
				夾岸垂楊弄影微，追涼盡日卻忘歸。
				身閑樂土知今是，跡寄名場悟昨非。
				《南溪柳下追涼，作鷗鴣天，憶契內張、趙二公》

			濯旱連遙塞，和風浥細塵。 淋漓膏乳洽，薈鬱稼雲新。 松徑生蒼蘚，荷塘長白蘋。 誰知持傘客，破屋樂清貧。 《次安同年喜雨詩》 東籬數叢菊，不待重陽開。 呼兒折一朵，命婦篘新醅。 從此尊中物，清香薰我杯。 獨舉還獨詠，幽情難自裁。 忽聞扣戶響，適有佳賓來。 飜然驚且喜，共坐看花臺。 對酌笑還語，不知玉山頹。 四事固難並，要須及時哉。 飲中八仙子，骨化為塵埃。 高陽嗜酒輩，一去無復廻。 秋光正蕭酒，紅葉棲蒼苔。 丹棗正堪剝，赤栗亦可煨。 君須歌且舞，我酒盈山罍。 努力賞佳節，雙鬢欲皚皚。 《九月五日，與客小酌》 挺然高幹秀叢林，宴坐聊觀定慧心。 覺月已圓三界朗，迷雲盡卷六窗陰。 非空非色非中外，無滅無生無古今。 且問庵居何所樂，四威儀弄沒絃琴。 《書明庵卷》
卓光茂	1330～ 1410	《景濂亭集》	適我願班荊，不如一友生。 攀龍咸仰德，附驥益彰名。 眾醉誰無恥，獨醒自有清。 世皆從仕樂，寫史愧淵明。 《寄樵隱》 懶向人前強作顏，水亭終日對青山。 吾家嗜好與時異，此地清幽非世間。 風月無私隨處足，乾坤大度放予閒。 逍遙自適忘機裏，臥看長空倦鳥還。 《退老詩》 採菊淵明趣，愛蓮茂叔心。 吟風前弄月，讀易後鳴琴。 《題景濂亭》

| 鄭夢周 | 1337～
1392 | 《圃隱集》 | 歸來豈待故人招，擬向南山種豆苗。
受命何曾顧家事，觀光又欲覲天朝。
華風昔慕衣冠美，土貢今將駃騠驕。
盛代政逢收混一，江南海北路非遙。
《次韓揔郎鴨綠江詩韻》
婦去採桑男去耕，籬間炙背喜新晴。
鬢毛幾閱經離亂，眠孔猶存見太平。
小圃花開親灌漑，比鄰酒熟屢招迎。
坐談八十年前事，童稚來聽耳共傾。
《山東老人》
箕子以明夷，萬世訓皇極。
重耳嘗險阻，諸侯宗晉國。
乃知古之人，處困斯有益。
先生昔避仇，崎嶇竄荊棘。
觀者為酸辛，惟子若自得。
愈挫氣愈厲，烈火知良玉。
天教羣邪輩，一朝斂蹤跡。
卻來尋遁村，盤桓撫松菊。
《遁村卷子詩》
卜居近城市，心遠絕世塵。
愛花獨愛菊，種之幽磵濱。
粲爛歲將暮，手擷清香新。
物我自妙合，於焉樂天真。
籬東晉淵明，澤畔楚靈均。
千載誰同調，於今見斯人。
《菊磵卷子》
美人在南方，路遠音塵絕。
欲往從之遊，饕風吹虐雪。
謇修今安在，蘭佩謾香烈。
蛾眉肯我顧，已有邦之傑。
延佇結桂枝，忉忉情已竭。
不如賦歸來，退保平生拙。
胡奈尚遲疑，區區學容悅。
《用首篇李供奉韻》 |

李集	1314～
	1387
		《遁村雜詠》	當年靖節愛吾廬，松菊秋風興有餘。
			三徑如今已蕪沒，候門稚子望巾車。
			        《敘懷四絕，奉寄宗工鄭相國》
			淵明歸去絕交遊，生事蕭條地轉幽。
			紅葉蒼苔尋古寺，清風明月弄漁舟。
			        《次牧隱先生見寄詩韻》
			同年田知州，不見數十年。
			枉道不辭遠，悠悠催著鞭。
			天寒日雲暮，茅屋依山前。
			適值採藥去，不得共被眠。
			淵明早歸去，應有招隱篇。
			可憐蘇季子，那無負郭田。
			卜隣素有約，歲晚相攀緣。
			        《尋永興田同年不遇》
			多違時世態，丕仰古淳風。
			歸去偕陶令，安閑訪遠公。
			望鄉千里遠，問路九衢通。
			煙月漢江上，弊廬蒿與蓬。
			        《自詠》
			鮮鮮霜菊慰幽懷，一日東籬繞幾回。
			既與老夫俱隱逸，天寒古寺亦能開。
			        《道美寺晚菊》
			滿池荷藕正時哉，獨繞池邊日幾回。
			忽值白衣來送酒，開尊徑醉臥蒼苔。
			        《謝金善州惠酒》
			漢江春暖柳傲斜，或棹孤舟或命車。
			共道帝鄉無限好，不如攜幼早還家。
			        《呈廉知申事》
			日涉中園獨詠詩，寂寥門巷鎖蛛絲。
			鼓琴莫謂知音少，千載那無一子期。
			        《次陶隱詩韻》

			遊宦神州心已灰，茅簷曾向碧江開。 旅牕風雨重陽過，三復一篇歸去來。 <div align="right">《次陶隱詩韻》</div>邇來車馬滿門闌，氣色應非舊日看。 誰向世途求伴侶，不如歸去臥淮安。 <div align="right">《雪後走筆，邀曾吾，子安》</div>在公夙夜意無他，天地神祠賚與多。 一馬二僮衝雨雪，何如高臥晬庭柯。 <div align="right">《戲呈仲晦先生》</div>種菊南牆下，開花十月初。 鉤簾可怡悅，難致貴人車。 <div align="right">《上宗工鄭相國》</div>田家豈雲樂，來往為營生。 茅屋山前白，松燈雨外明。 漁樵相解笑，僮僕亦歡迎。 老婢勸饘粥，可憐丘壑情。 <div align="right">《城南村舍書懷，錄呈霽亭》</div>病裡逢佳節，將誰上翠微。 秋醪新氣味，霜菊晚光輝。 解印陶明府，攜壺杜紫薇。 古人惜此日，不醉欲何歸。 <div align="right">《城南村舍書懷，錄呈霽亭》</div>鄭生應似我，無屋屢遷移。 只賴同年愛，今為相國知。 借書勤夜讀，乞米續農炊。 莫向三峯隱，君王亦爾思。 <div align="right">《贈鄭三峯》</div>貧居非舊隱，送老此江邊。 謀食求田遠，為家度地偏。 納涼依樹坐，避雨擁簑眠。 但喜農談好，禾麻勝去年。 <div align="right">《杏村病中書事》</div>

			江樓高處是君居，隔岸相望十里餘。 一棹往來應數數，此間吾亦結茅廬。 <div align="right">《寄敬之》</div>美景良辰奈病何，枕書聊復夢還家。 覺來隔屋聞農語，雨過籬邊豆結花。 <div align="right">《道美寺病中雜詠》</div>世間富貴等雲浮，寄傲閑居穩送秋。 午睡覺來聞剝喙，滿山黃葉下書樓。 <div align="right">《次牧隱先生見寄詩韻》</div>
李崇仁	1349～ 1392	《陶隱集》	途也來傳一封書，知君又向江村居。 江村十里樹木疏，回汀曲渚相縈紆。 應從野叟共叉魚，或伴山僧同跨驢。 清遊豈啻圖畫如，逸興直到鴻蒙初。 乾坤此生即棲苴，且問誰毀仍誰譽。 淵明晚歲愛吾廬，不羨於我乎渠渠。 君不見陶齋學士讎校萬卷儲，翺翔秘閣紅 雲衢。 又不見圃隱先生金章映華裾，醉詠芍藥飜 階除。 功名自古憂患餘，卻被遁翁長嘘嘘。 <div align="right">《李途傳乃翁書，以詩答之》</div>周旋出入十年間，宗社將危事可歎。 自許孤忠扶世道，俄驚太勢屬權奸。 筍輿歸去陶元亮，紗帽風流管幼安。 不待象胥心已會，相看一笑好開顏。 <div align="right">《呈明善副樞》</div>赤葉明村徑，清泉漱石根。 地偏車馬少，山氣自黃昏。 <div align="right">《[失題]》</div>林靜鳥聲盡，潭空天影閑。 因思陶靖節，籬下見南山。 <div align="right">《[失題]》</div>

| | | | | 泠泠絕磵水，落此松風軒。
磵水源流活，松風晝夜喧。
初疑奏天樂，復似韶濩音。
上人跏趺坐，和以沒絃琴。
<div align="right">《題倫上人絕磵松風軒卷》</div>星嶺朝雲散，瞳瞳日出初。
手攜二三子，隨意尋僧居。
僧居幽且好，徑荒松菊疎。

敲門試一呼，不問是何如。
倒屐方出迎，喜氣何多歟。
坐我清風宇，杯盤仍有餘。
劇飲成大醉，天地一籧篨。
相將到爾汝，不知歸吾廬。
僕夫嗔我放意禮法外，扶持為報當鞭驢。
聞之忽有覺，出門欲向東里墟。
居僧挽袖求我詩一首，揮毫拂紙聊復書。
<div align="right">《[失題]》</div>且問潤雲老，飄然何處歸。
孤征猿鶴導，舊隱薜蘿垂。
漠漠塵區隘，紛紛世事違。
吾生亦淡蕩，只愧拂衣遲。
<div align="right">《送潤雲老上人還山》</div>茅茨頗幽僻，車馬絕喧嘩。
江淨漾明鏡，柳深張翠華。
側巾看遠岫，投杖步晴沙。
落日淡芳渚，漁蓑掛斷槎。
<div align="right">《江村即事》</div>身世無窮事，田園未卜時。
犬羊腥四海，烏鵲繞南枝。
對食彈長鋏，寬愁覓小詩。
兒曹徒擾擾，寧與話心期。
<div align="right">《東偰橡》</div>南山雲一片，無心時卷舒。
開窗靜相對，俯首愧不如。
<div align="right">《絕句二十首，用唐詩分字為韻，寄呈民望待制》</div> |

			夏日茄苽足，秋日秔稌多。 從今學農圃，吾謀君謂何。 《絕句二十首，用唐詩分字為韻，寄呈民望待制》 山色空庭得，花枝細雨香。 客中清興味，寄傲一窗涼。 　　　　　　　　　　《題僧舍寓軒》 每年逢夏月，移病掩柴門。 藥物新陳雜，方書左右紛。 昈庭柯正密，藉徑草還蕃。 盡日跫音絕，幽懷亦自欣。 　　　　　　　　　　　　《病中》 飄飄千里客，草草一年春。 白愛村醪濁，青看野菜新。 感時仍自歎，更事漸如神。 田父襟懷好，相從擬卜隣。 　　　　　　　　　　《立春日小酌》
吉再	1353～ 1419	《冶隱集》	飄風不起，容膝易安，明月臨庭，獨步徐行，簷雨浪浪，或高枕而成夢。山雪飄飄，或烹茶而自酌。若乃春日暄妍，禽鳥和鳴。草樹菲菲，採蘩祈祈。楊柳絮飄，桃李花開。攜其一二同志，浴乎沂風於舞雩。或以蒼鷹猛犬，騎白馬而發金鏃。或以綠蟻嘉肴，策藜杖而趁花竹。夏日薰蒸，暑炎逼人，則駕雲帆歸江湖。薄暮微涼，疏雨散絲，則荷耒鋤歸田園。至於秋霖初霽，酷熱已解，百稻皆熟，鱸魚初肥。偏坐漁舟，直下絲綸。從流而下，溯流而上。蘆花索索，菰風細細。煙雨明滅，雲水汪洋。浩蕩萬里，其誰能馴。又其風雪打窗，冬氣栗烈。或擁爐而開酒甕，或開卷而事天君。卓乎無邊而從容自樂者，豈非隱者之所樂哉？然所樂豈在是歟？個中之樂，籲其微矣哉。 　　　　　　　　　　　　《山家序》

			欲變一介而即命，深恥二心之苟容。踰牆不恭，恒奏二牛之畫。閉門非禮，何憚百拜之辭。忠不能圖存於舊君，智安能篤棐於新主。名忝故國，榮極注書。身逃今辰，閑伴薲豎。送生涯於綠野，寄身世於白鷗。鳥之山萬丈長，可以望落日之歸鳥。鳳之水千里帶，於以臨暮景之遊魚。分已定於雲山，畫豈宜於廟貌。餐栗里之黃菊，恐見寄奴。茹商山之紫芝，疑逢漢使。心不銃於輔世，罔應虞人之招。志無改於枕山，何損聖君之德。 《上宰相啟》
鄭道傳	1342～1398	《三峯集》	嗟我抱沉痾，居常畏炎天。 況復車馬塵，衣冠苦拘纏。 所以氣煩鬱，五月猶未痊。 懷哉三峯雲，故人在其巔。 為我泛瑤琴，亂以歸來篇。 清風振林莽，遺響何泠然。 問我久行役，何時當來還。 山靈未移文，岩壑聊佇延。 我感故人意，危涕流潺湲。 君臣義甚重，病矣猶勉旃。 天門九重深，欲叫空盤桓。 三峯渺何處，極目但雲煙。 《病中懷三峯舊居》 倚杖望松嶺，雲歸日將暝。 宿鳥遠飛還，樵歌時一聽。 卻歎飛蓬蹤，飄飄無所定。 安得賦言歸，秋風滿三徑。 《用李浩然詩韻，示同年康子野》 清風入高樹，幽澗鳴深林。 誤疑在丘壑，不知傍有琴。 我愛康子野，與世任浮沉。 所以淡泊聲，能慰羈旅心。 《聽子野琴，用浩然韻示之》

			茅簷虛且明，隨意寫陶詩。
			陶翁信高士，羲皇乃其儔。
			委順大化中，無慮亦無為。
			誰言千載遙，同得我心期。
			珍重尚友志，歲晚莫相違。
			《寫陶詩》
			金侯有雅尚，歸來山水鄉。
			登高構危亭，日夕此徜徉。
			仰視峯巒奇，俯看江流長。
			禾黍被原野，松菊滿道傍。
			落日淡西浦，素月生東岡。
			藜杖極孤賞，衫袖領新涼。
			秋風無限興，浩然不可量。
			我家三峯下，兩地遙相望。
			何當歸去來，一笑共深觴。
			《題秋興亭》
			幽人謝塵事，高臥白雲中。
			雲來本無心，雲去忽無蹤。
			日夕自怡悅，氣味與之同。
			我來逢玉雪，得以挹高風。
			可思不可見，雲深山萬重。
			《題臥雲山人詩卷》
			秋風吹玉露，河漢夜有光。
			行人將發夕，道路悠且長。
			男兒志遠大，一別何足傷。
			感激承嘉惠，涕淚沾衣裳。
			昂昂鸞鶴姿，肯處雞鶩場。
			恨無雙飛翼，寥廓同翱翔。
			《送行人段公還朝》
			良朋共鄉曲，門巷相接連。
			晨征寒露濡，夜會燈火然。
			相與玩奇文，理至或忘言。
			日月復如茲，此樂矢不諼。
			《夜與可遠，子能讀陶詩。賦而效之》

			竹林深處著匡床，六月南方一片涼。
			臥讀陶詩日將午，風吹清露滴衣裳。
			《奉題東亭竹林》
			守騫齋中守騫翁，此身雖騫道還通。
			焚香坐讀淵明集，千載悠然氣味同。
			《奉題守騫齋》
			村居盡幽絕，未見外人來。
			病葉霜前落，黃花雨後開。
			看書從散帙，有酒自傾杯。
			不是忘機事，冥心久已灰。
			《村居》
			五年三卜宅，今歲又移居。
			野闊團茅小，山長古木疏。
			耕人相問姓，故友絕來書。
			天地能容我，飄飄任所如。
			《移家》
			古郡蕭條傍海山，來尋陶令共怡顏。
			為攀涼樹穿林下，忽有幽花翳草間。
			吏退訟庭還寂寂，鳥臨書幌自關關。
			彈琴也是縈心事，獨坐新亭白日閑。
			《題仁州申使君林亭》
			自晉至今千有餘年，世喜稱淵明為人。予
			以為論其世誦其詩，則其人可知。當南北
			分裂之際，干戈相尋，民無寧日，內亂將
			作，王室將傾。此義人志士有為之時，而
			淵明則歸去田園而已。及觀其詩乞食，貧
			士怨詩飲酒等篇，但不勝其憔悴無聊，姑
			托酒以遣耳。得稱於後世者如此，何歟？
			杜子美曰，陶潛避世翁，未必能達道。觀
			其著詩集，頗亦恨枯槁。韓退之讀醉鄉記，
			以為阮籍、陶潛猶未能平其心。或為事物
			是非相感發，於是有所托而逃焉者也。二
			子為世名儒，善論人物。而其言如彼，則
			予之惑滋甚。今得東亭先生陶詩後序，曰
			憔悴於飢寒之苦，而有悠然之樂。沉冥於

			麴糵之昏，而有超然之節。伏以讀之，不覺欷息曰，噫！此所以為淵明也。雖去千載之遠，如聞其謦欬而接見其容儀也。且其憔悴於飢寒之苦，沉冥於麴糵之昏者，跡也外也。有悠然之樂，超然之節者，心也內也。在外者易見，在內者難知。宜後學未能窺其藩籬也。向者韓、杜之言，特托而言之耳。先生曰，不然也。淵明生於衰叔之世，知其時之不可為。高蹈遠引，養真衡茅之下。塵視軒冕，銖看萬鍾。雖衣食不給，而悠然樂以忘其憂。及乎宗國既滅，世代遷易，一時之輩相招仕進，若吾淵明則不然。拳拳本朝之心，如青天白日。不事二姓，隱於詩酒之中。其高風峻節，凜乎秋霜之烈，不足此也。至於其詩，當憂則憂，當喜則喜，當飲酒則飲酒。其曰，夏日長抱飢，寒夜無被眠。則其飢寒之苦，為如何哉？笑傲東軒下，聊復得此生。則其悠然之樂，又如何也？其曰，春秫作美酒，酒熟吾自斟。又曰，朝與仁義生，夕死復何求。豈非於沉冥之中而有超然之節乎？蓋淵明之樂，不出飢寒之外，而其節亦在沉冥之中也。何也？知淵明不義萬鍾之祿，甘於畎畝之中，則飢寒乃所以為樂也。托於麴糵，終守其志，則沉冥乃所以為節。不可以內外異觀也。道傳曰，命之矣。退而書之。 《讀東亭陶詩後序》 嘗謂古人之於花草，各有所愛，屈平之蘭，陶潛之菊，濂溪之於蓮，是也。各以其中之所存，而寓之於物，其意微矣。然蘭有馨香之德，菊有隱逸之高，則二子之意可見。 《景濂亭銘後說》

			水流竟到海，雲浮長在山。 斯人獨憔悴，作客度年年。 故園渺何許，歸路阻深淵。 春事逝將及，誰破東皋田。 可思不可去，棲棲蒼海間。 賃屋絕低小，朝暮薰炊煙。 有時散紆鬱，步上東山巔。 遙望茂珍城，中有高人閑。 目送飛鳥去，我思空悠然。 《奉次東亭詩韻》
權近	1352～ 1409	《陽村集》	我生性懶拙，常厭塵俗喧。衡門絕來往， 適我心期偏。時乘高丘望，閑雲生遠山。 山中有隱士，長往何時還。相思撫琴歎， 悠悠竟誰言。 孤松生林塹，眾卉爭春姿。飛霜昨夜下， 摧脫皆枯枝。唯此歲寒操，卓然獨魁奇。 清風灑我帽，偃仰復何為。幽貞不可得， 局束如含羈。 佳菊有幽芳，我來餐落英。餘芬襲巾服， 足以慰我情。采采寄遠人，不盈筐之傾。 矯首天一涯，孤鴈雲間鳴。終然泛尊酒， 爛醉輕浮生。 山禽繞嘉樹，日夕雙翔飛。與君遠離別， 妾心徒自悲。閨空素月照，歎息將疇依。 露寒秋風早，願君當遄歸。容華縱云改， 德音永無衰。結歡如金石，珍重莫有違。 《擬古和陶》 松影侵書榻，梨花落玉巵。 吟餘驚換節，醉裏任危時。 彭澤泛黃菊，商山歌紫芝。 寥寥今邈矣，徒使我心思。 《次韻曹仲實修撰》 綠樹園林已暮春，綿蠻鳥語惱幽人。 風吹弱柳初飛絮，雨壓殘花已委塵。 縱飲仍成長日醉，吟詩能得幾篇新。 今朝欲解餘酲在，更覓淵明漉酒巾。 《春晚即事》

| | | | 華月溶溶湧海隅，秋空如水片雲無。
林間乍見金蛙冷，桂下遙憐玉兔孤。
爽氣凌凌侵几案，清輝的的照尊壺。
就中賴有廬山遠，為勸陶潛酒續酤。
《中秋法王寺玩月》
坐宣王化被南國，處處蔽芾春風棠。
政成一日入臺閣，飄纚整笏神賜賜。
莫因折腰賦歸去，使我空吟駒食場。
循良自古多大拜，來作霖雨慰民望。
《次李斗岾韻，送韓舍人赴咸安》
我志在天下，我身拘海東。
學問竟孤陋，事業終何功。
齡齡將老矣，俯仰心有忡。
上人參方去，棄世脫屣同。
浮雲本無心，出岫行遠空。
何當寰宇清，攜手登華嵩。
《送絕傳上人》
佛氏外倫理，吾儒排異端。
趨向既胡越，由來相入難。
但以寡塵累，時焉相往還。
淵明友惠遠，文暢能識韓。
逍遙形骸外，詩酒成長閑。
我生千載後，慕古常慨歎。
明也我不識，求文儒士間。
諸公各有贈，琅琅珠走盤。
吾辭甚蕪拙，把筆多慚顏。
秋風滿征袂，飛錫歸故山。
何當吾亦逝，芋火尋懶殘。
振衣上岩壑，雲月同盤桓。
《送明大選》
悠悠世事似浮雲，謫後歸來臥蓽門。
京國故人傳尺素，開緘吟玩慰羈魂。
《次卜博士見寄》 |

			盤回石徑入煙蘿，出郭遊人向此過。
			有約欣逢開口笑，聞詩不覺側頭哦。
			青山送雨暮雲合，碧樹含風秋氣多。
			我欲索酤陶令酒，那堪只吃趙州茶。
			《藏義寺清齋，奉教陪復齋鄭政堂至撰醮詞，次其韻》
			乘閑時出郭，林下訪高人。
			汲井聊煎茗，看山久岸巾。
			晴窗偏得月，虛室自無塵。
			幸此有幽趣，從今來往頻。
			《次復齋贈贍養詩韻》
			淵明高節最堪師，千載流傳醉後詩。
			未悟昨非慚老大，秋深三徑有歸期。
			《奉謝江原道都觀察使韓公惠東坡和陶詩》（其一）
			曾信東坡百世師，精神都在和陶詩。
			展來試得吟中趣，卻恨吾生在後期。
			《奉謝江原道都觀察使韓公惠東坡和陶詩》（其二）
			瓶錫飄飄萬里遊，乾坤渺渺眼前浮。
			澄心見已三生了，下腳行應一步休。
			皎月分江寧有礙，閑雲出岫自無求。
			自漸蔽塞如牆面，長臥幽齋已白頭。
			《送僧遊方》
			日暮陰雲生，霏微灑帷幄。
			遙聞鳳吹聲，縹渺隨風落。
			倡優喜前庭，旅進事跳擲。
			捩身騰上空，至尊含笑樂。
			牽來生馬駒，驕悍風骨卓。
			桓桓羽林郎，制御執鞭策。
			狂奔怒益張，人立摧山嶽。
			盤旋欻如電，萬馬皆辟易。
			微臣遠瞻觀，膽栗爽精魄。
			俄驚白衣來，甕盎得歡伯。
			一爵寧心神，相對恣談謔。

			伯共襟韻清，殷勤慰寂寞。 夜洙誦出師，聲如響鳴鏑。 孔明千載心，使我增感激。 　　　　　　　　　《記所見》 城南百里慶源村，鈍齋別業傳快軒。 如今堂構有賢孫，致愛致慤心常敦。 豈惟時祀修蘋蘩，孝思翼翼連晨昏。 早年移忠朝至尊，巍峩冠冕趨天閣。 勉將功業承華勳，使我家聲能永存。 中塗歸來甘避喧，手種松菊開閑園。 良晨愛客羅酒尊，白日思君時負暄。 天公錫類令昌門，椒聊遠條盈升蕃。 怡怡伯仲吹篪壎，一家和氣如春溫。 固應積善餘慶繁，袞袞公侯何更言。 吾知忠孝是德元，猶川有源木有根。 出自方寸彌乾坤，嗚呼薄俗胡自惛， 獺猶報本鳥酬恩。 　　　　　　　　　《致堂詩》 一園桃李雨餘稀，病裡經春帶減圍。 枕上感時愁更重，門前屏跡事還微。 攢峯竦誚心猶染，三徑將蕪客未歸。 世上寧為人所棄，莫因形役冒非機。 　　　　　　　　《病中答廉庫使》
趙浚	1346～ 1405	《松堂集》	春半淵明宅，山多庾信園。 草光煙外白，山色雨中昏。 　　　　　　　　　《次野堂韻》 五柳陰中聽素琴，峨洋千載少知音。 勸君莫盡瓜亭曲，世上無人識此心。 《壬戌八月十六日，寓宿草溪，霽月欲上， 公館寥閴。時有卜承景者，攜琴入謁，彈盡 一曲，誦詩而前曰，子能記此乎。曩在京師， 余與子訪柳君爰廷，爰廷為子鼓琴，子作此 詩，蓋今十有一年，聽訖，余怳然而後省》 長慶宮前芳草綠，玉妝橋畔柳如煙。 蕭曹未似陶彭澤，宜向春風一醉眠。 　　　　　　　　　《長安早春》

			誤著儒冠受侮多，陶潛身世兩蹉跎。
			男兒大事惟尊主，流涕何人不顧家。
			《有感即事》
			草積孤材晚，春歸小洞幽。
			淵明初解印，王粲獨登樓。
			竹晦西峯色，松藏北澗流。
			無端動高興，扶策上山頭。
			《蓬山晚詠》
			山畔松堂松竹深，秋風夜半雜龍吟。
			泥塗軒冕三杯酒，陶鑄唐虞一片心。
			阮氏窮途時痛哭，淵明荒徑亦橫琴。
			浩然吾氣塞天地，忍使緇塵點素襟。
			《次黃生員韻》
			淵明早休官，好賦歸去來。
			春盡田園蕪，風來五柳開。
			偃仰夷惠間，高節橫秋旻。
			顧予參佐命，牆面秉陶鈞。
			蚊背負山嶽，日夜心輪囷。
			固乏經濟策，其奈澤斯民。
			綠野清秋月，楊江日暮春。
			主恩不可負，悵望空逡巡。
			《題孟尚書詩軸》
			書室小如斗，蓬蒿蔽風日。
			寬於一天下，四壁圖書積。
			矯矯南陽龍，高臥擁短褐。
			蒼生望一起，軒冕等毛髮。
			洪客請建籌，淵明願結襪。
			英風橫三韓，高節凌雲月。
			樽酒對不酌，出語平生豁。
			少焉江上月，萬項琉璃闊。
			得山好圖畫，亡國鳥飛過。
			孰謂淡如水，愛歡相逢寡。
			明主用賢急，慎莫堅高臥。
			《題趙石磵書堂》

			智異之山何壯哉，蟠聯直折九萬里。 蒼蒼壁立八千丈，峻極秋旻鎮南紀。 於焉藏光一奇士，明哲見幾真君子。 魯連英風尙勝潔，屈平詞賦淵明醉。 神龍自珍九淵潛，孤鳳遙增千仞起。 孰謂山擁九萬里，卻小夫子伊周志。 孰謂山高八千丈，卻下夫子巢由節。 天下滔滔方有為，霜空高高一片月。 紅顏不肯事侯王，信命樂天知出處。 詩書石室小如斗，溪深晚荷紅作堵。 風乎濯足潁川月，擁膝弦歌迭山暮。 憶昔玄陵如日月，清燕鯁議搖五嶽。 拜手稽首談人天，敷陳仁義帝王略。 龍顏一解宇宙春，彤庭搢紳呼萬歲。 勑賜御手緇衣真，仍錫天書光照世。 金鑾崢嶸賡載歌，欲挽唐虞天下濟。 嗚呼鼎湖淚灑雨，斯道如絲日陵替。 君不見伊尹躬耕畎畝中，囂囂樂道將終身。 幡然湯之三聘餘，已任四海堯舜民。 又不見太公八十忘天下，蕭然臨流釣渭濱。 一朝歘作帝王師，永清八極方經綸。 風雲感會起釣屠，伊尹太公亦何人。 天心豈欲喪斯文，空乏拂亂會不淺。 時來一起東山臥，共濟蒼生固未晚。 　　　　　　　　　　　《寄柳山人》
成石璘	1338～ 1423	《獨谷集》	漢水逶迤繞華山，龍盤鳳舞鬱屢顏。 鐘鳴鼎食勳親宅，比屋豪華士女閑。 四海今為一壽域，三韓共作大平寰。 吾君勤儉屢大有，德澤旁流無小慳。 君子揚揚周道直，黎民生不識時艱。 老夫祿米供祭外，盡為春酒待春還。 吾鄉處處好湖山，吾廬松菊可怡顏。 田頭社鼓聞坎坎，隴上桑者見閑閑。 老薺宿麥飽三白，雞豚豚柵成一寰。

| | | | 陂塘水滿蛙聲樂，雲弄陰晴雨意慳。
南畝又看深沒鶴，西成粒食應不艱。
歲暮家家春酒熟，山翁復來溪友還。
《騎牛子詩盛稱朝廷之美，並及鄉曲之私，老生忘其鄙拙，作京城樂，鄉曲樂 二首，以發大笑》

醉翁信非吾輩流，愛酒之外無所求。
尚友彭澤與步兵，欲作九原思同行。

隨身尤物唯巨觥，一酌可救飢腸鳴。
酣歌醉舞無虛日，遮莫光陰如雷疾。
臧否何曾口中出，頹然枕曲長松摧。
醒吟豈肯學楚才，借問八仙誰仲伯。
餘子紛紛徒累百，傲睨世人皆壓倒。
陶陶獨樂聖賢道，我願春風吹野水。
添彼角觥味甚旨，長醉此翁無有己。
《次浩亭韻，題金醉翁角觥詩卷》

隱庵昔隱金剛山，笑看兒輩弄黃吻。
隨緣偶落人間世，觀盡一切如露槿。
有木上座執侍久，苦口勸師還舊隱。
浮雲出岫本無心，那計東西與遠近。

林猿松鶴眼相猜，翠壁丹崖亦含憤。
彼曇無竭大慈悲，見師之歸應一聽。
《隱庵歸金剛山，戲書數語為別》

寄語驪興伯，誰憐獨谷翁。
語訛驚前落，簪脫感頭童。
病容燈影裏，淫味兩聲中。
三徑久蕪穢，渥恩何大濃。
《寄漁隱》

雪峯挽不住，冰炭滿胸襟。
鶴有巢松意，雲無出岫心。
唯憂一燈晦，不怕萬緣侵。
吏部別盈老，留詩使我吟。
《送覺演禪師》 |

			幾回出納上延英，天語從容獨不名。 今日此行還有意，一方萬姓要知情。 襃帷到處歡聲動，按轡前頭爽氣橫。 須向丘園勤訪問，豈無靖節似淵明。 《次朴雙溪送安觀察使詩韻》 我愛高僧心術正，屢邀陶令同觴詠。 松經雪霰葉彌青，蓮出淤泥花自淨。 境上無心已契融，筆端有力應師永。 可憐獨谷亦春風，槁木能隨桃李競。 《次融上人詩卷諸公韻》 手種數叢菊，心知九日期。 遙憐彭澤令，無酒傍東籬。 《目前雜詠，錄呈騎牛子，發閑中一笑》 淵明獨愛菊，寄興最清幽。 白酒秋初熟，黃花手自浮。 《種松竹菊三絕》 老去無餘願，唯思酒盞深。 淵明已千載，何者為知音。 《次張司藝詩韻》 學士林亭眺望賒，蕭然卻似野僧家。 自憐獨叟憐秋色，猶向東籬採菊花。 《謾興錄呈磐石先生》 懶從張也學書紳，常戴淵明漉酒巾。 白髮蒼顏風雪裏，是非付與路傍人。 《復用前韻》 獨向東籬手採花，南山佳氣晚來多。 此間真趣誰能辨，千載唯聞處士家。 《次浩亭贈金醉翁愛酒與菊詩韻》 遠公陶令有遺風，相見如行霧露中。 獨善元非先覺意，莫慳珍寶與人同。 《期後會》

			拂柚長歌歸去來，五侯門下強遲徊。 故山松菊應無主，三徑何須老始開。 <div align="right">《次人見寄詩韻》</div>迢迢楓嶽山，我昔一躋攀。 倦客歲將晚，歸僧雲共閑。 暮年思更往，世事頗相關。 仰羨雲中鳥，猶知日夕還。 <div align="right">《送休上人歸楓嶽山，次騎牛子韻》</div>道人愛幽獨，結廬對青山。 水石無人處，煙霞非世間。 朝見宿雲出，暮看飛鳥還。 誰云無所得，老僧真得閑。 <div align="right">《次石泉軒浩亭韻》</div>
鄭摠	1358～ 1397	《復齋集》	郭外屹孤嶼，清晨尋遠村。 濤聲撼茆屋，草色到柴門。 見客陳蒲席，呼兒置酒杯。 劇談忘世味，宛若入桃源。 <div align="right">《訪李裔摠郎寓舍作》</div>昔人留好語，以酒譬猶兵。 日飲曾聞盎，天生遠憶伶。 欲邀徐邈聖，須賴孔方兄。 採菊東籬下，何人寄一瓶。 <div align="right">《九日索酒術》</div>塵世誰無事，君家可避喧。 好山圍謝宅，垂柳映陶門。 不惜東方米，能添北海尊。 未辭投轄□，直待月黃昏。 <div align="right">《訪崔通甫同年咸》</div>日西山影半庭苔，靜裏書窗獨自開。 鳥擇深枝知所止，雲歸遠岫卷而懷。 淵明酷愛籬邊菊，畢卓時思甕底醅。 非梊譽堯亦閑事，算來無若倒深杯。 <div align="right">《次李判事兄韻》</div>

			陌巷生涯只一瓢，門堪羅雀轉轉寥□。 樹頭病葉知秋下，階面新苔挾雨驕。 懶慢有如嵇叔夜，醒狂或似蓋寬饒。 邇來三徑荒松菊，五斗令人尚折腰。 <div align="right">《陌巷》</div>江東張翰早知機，彭澤淵明悟昨非。 自愧微官無小補，暮鹽朝虀十年幾。 <div align="right">《無題》</div>上人行止閑不群，正似出岫無心雲。 嗟予官途苦奔走，終日醉夢長醺醺。 <div align="right">《贈雲峯衲》</div>
朴宜中	1337～ 1403	《貞齋逸稿》	幽居氣味少人知，獨愛吾廬護弊籬。 朝望海雲開戶早，夜憐山月下簾遲。 興來邀客嘗新釀，吟就呼兒改舊詩。 因病抱關身已老，愧無功業補明時。 <div align="right">《卜居》</div>
李詹	1345～ 1405	《雙梅堂篋藏集》	林深倦鳥自知還，出岫孤雲亦等閑。 五斗拋來栽五柳，東籬採菊見南山。 <div align="right">《讀史感遇・陶潛》</div>俄然生地上，忽已滿天施。 靜處知風定，行邊訝月移。 奇峯彭澤句，蒼狗草堂詩。 變態今猶古，何人問所之。 <div align="right">《望雲》</div>高松非種植，閑花又自開。 賴彼天生物，侑我手中杯。 問君酒何好，真趣何言哉。 陶然小天下，渠自醉鄉來。 <div align="right">《酒趣》</div>秋風雲物正佳哉，豈可醒吟遣此懷。 自是無錢非畏禁，故人須送白衣來。 <div align="right">《禁中乞酒詩》</div>

李行	1352～1432	《騎牛集》	客路秋風落，吟哦興杳然。 溪山雲影簿，松菊露華鮮， 倦鳥知何往，征驢更不前。 平生無寸效，慚愧老承宣。 <div align="right">《金城東軒》</div>白岩西畔掩茅茨，海闊天高騁望時。 欲向東籬謀一醉，黃花初發兩三枝。 <div align="right">《偶題》</div>
李原	1368～1430	《容軒集》	久客登臨倒玉舟，高吟未覺遠來遊。 日長拄笏山當戶，夜靜鳴琴月滿樓。 過懶任他違世用，無才恨不解民憂。 田園稚子應相候，莫使歸期有謬悠。 <div align="right">《次侍中樓詩韻》</div>登臨歲月暮，天氣冷衣襟。 野渡層冰合，山蹊積雪深。 浮雲時出岫，倦鳥夕還林。 自媿長為客，悠悠一寸心。 <div align="right">《介州樓》</div>江雲渭樹迥參差，俱是東西作客時。 長笑陶潛偏嗜酒，每多鄭谷早能詩。 嬌兒解唱皇華什，勝友難同金屈卮。 昨夜梅花開一朵，看梅此日倍相思。 <div align="right">《谷山鄭使君寄詩，次其韻》</div>屈指予所知，如君未易獲。 昔佐關西幕，運籌無遺策。 從茲遂立揚，餘子徒役役。 豈意遭聖明，山林卻投跡。 卜居近青山，無夢尋紫陌。 七里聞子陵，三逕憶彭澤。 垂釣江上雪，彈碁松下石。 對月鳴素琴，看花岸烏幘。 發興自四時，一笑天地窄。 自謂羲皇人，光陰任過客。

			名駒有疾足，豈是終伏櫪。 埋劍有光芒，豈是終棄擲。 吾王方側席，會見振長翮。 相思望停雲，漢南暮天碧。 <div align="right">《寄許衡，得碧字》</div>茅茨依綠野，門巷隔紅塵。 盤谷居民少，杜陵鄰舍淳。 漁磯堪屈膝，禪榻可容身。 未作歸來賦，多慚千載人。 <div align="right">《次古人欲歸詩韻》</div>歲月無停期，四序迭相侵。 百年若大夢，胡為憂其心？ 庭宇無塵雜，獨坐鳴素琴。 悠然聽鳴禽，嚶嚶求友音。 感此還有懷，舉酒不能斟。 卞公誠志士，遑遑惜寸陰。 所以當妙年，令譽振儒林。 嗟予復何者？馬牛強裾襟。 區區為物役，世上徒駸駸。 <div align="right">《有感，呈卞注書》</div>一叢黃菊玉盆栽，風過寒香細細來。 陶令未歸時屢改，東籬霜蘂為誰開。 <div align="right">《黃菊》</div>三年塞北客愁長，宦路人心勝太行。 不願大夫醒楚澤，欲隨陶令醉壺觴。 <div align="right">《大同館落成》</div>
尹祥	1373～ 1455	《別洞集》	許公相送向江村，遂告鈴軒喜見君。 取別何曾經數日，無端回首望停雲。 <div align="right">《用許佐郎韻，寄永同》</div>一亭輕壓小蓮池，左右涼風生樹枝。 盡日倚軒無個事，睡餘開卷讀陶詩。 <div align="right">《題榮川客舍小亭》</div>

			一堂虛白入林幽，養牲逍遙不外求。 松菊擁軒陶徑趣，煙霞當戶謝山遊。 已將岩鶴同翹足，更與沙鷗共點頭。 今日幡然鳴玉佩，只緣明主禮賢優。 《次默軒養拙堂詩韻》
柳方善	1388～ 1443	《泰齋集》	西坡子丈人行，磊磊落落端斗南之一人。 長安昔相見，醉中半岸烏紗巾。 鸞章鳳彩映禁林，老師宿儒歆清塵。 即今年方四旬強，歷歘華要聲價何騰翔。 急流勇退是真情，秋風拂袖還故鄉。 高堂日日作高會，仙醴瀲灩盈金觴。 弟兄敦睦朋舊多，爛熳懷抱常醉歌。 沉酣不知歲將暮，功名於我終如何。 興來發詠氣頗豪，筆端颯颯長風號。 常願保此樂，莫向官道車更膏。 君不見富春叟平生但識釣竿高，又不見彭澤翁良辰敍嘯登東皋。 《短歌行，贈李正郎而立》 苔生村巷幽，茅屋僅容膝。 歸來日涉園，頗得陶潛術。 手種兩三樹，一家飽梨栗。 今夏旱魃甚，有果皆不結。 山僧他心通，贈以葡萄實。 驚喜開筠籠，驪珠照書室。 瓊漿流肺腑，頃刻沉痾失。 我欲作綠醅，盈盈長不渴。 與君共酣飲，鼻息如雷咶。 吾聞瞿曇氏，設教貴寂滅。 止酒仍絕葷，自道已清潔。 似是而似非，達士元不屑。 余亦淡蕩者，果哉非難決。 親遭聖明時，未敢便永訣。 所以久不去，身世寄麴糵。

				人生同浮漚，百年真一瞥。
				憐渠無用老，話頭空自揭。
				但當勤歡樂，莫怪背師說。
				茲言倘或取，更來天未雪。
				《僧有饋葡萄者，詩以為戲》
				晚歲愛幽獨，卜居投遠山。
				種茶開藥圃，栽竹製漁竿。
				春色惱無睡，鳥聲啼破閑。
				誰知茅屋下，自有臥遊寬。
				《即事》
				一境頗幽僻，門無車馬過。
				釣魚從野叟，得酒向詩家。
				宿草生新葉，寒葩發舊柯。
				鄰僧時見訪，微笑索煎茶。
				《偶作》
				吾生愛幽獨，結屋臥山隈。
				潭靜魚爭聚，林深鳥自回。
				閑中詩百首，愁裏酒三杯。
				寂寞輪蹄絕，柴門午始開。
				《即事》
				纔聞來野室，忽見款柴扉。
				慷慨今元亮，英雄昔退之。
				村家真樸略，草木亦光輝。
				更喜傳鄉信，丁寧慰客思。
				《前正言李而立自京來訪，詩以謝》
				自得幽居趣，都忘世故紛。
				地偏車馬少，獨坐對孤雲。
				《述懷》
				地偏東郭自清幽，獨倚晴囪興轉悠。
				三月過中花欲盡，百年當半歲如流。
				唯思杜甫江頭醉，莫學靈均澤畔遊。
				富貴不應僥倖得，樂天知命復何求。
				《述懷，錄呈趙壯元》

			歸來三逕任將蕪，宴坐南牕養道腴。
			出處更觀盤谷序，風流不減輞川圖。
			村深柹栗長堆案，水近魚鰕每入廚。
			麤飯濁醪堪送日，窮通且莫問堯夫。
			《辛亥十月，挈家到法泉村舍》
			九月初霜百草腓，異鄉秋晚不勝悲。
			才疏自哂吟哦苦，心靜還欣往返稀。
			紅葉帶風辭古木，黃花含露滿東籬。
			客中又近重陽日，何處登高共醉歸。
			《九月初八日，贈崔伯常》
			年來志氣減雄豪，鬢上初驚有二毛。
			宣室敢期前席賈，草廬甘作北牕陶。
			李衡謾種千頭橘，方朔虛偷一個桃。
			富壽已知徒是妄，丁寧莫放蜜甜醪。
			《自戲》
			達水橋邊小路回，尋僧日午上崔嵬。
			雲連迭嶂開新畫，雨過危泉吼疾雷。
			舉酒敢辭陶令飲，論文愧乏許詢才。
			吾生最有遊山興，趁取花時更一來。
			《題湛上人房》
			與客登山醉似泥，山花笑我烏帽欹。
			白鳥點江雪落鏡，黃鶯穿柳金懸絲。
			浮生只可少壯日，行樂要及春風時。
			請看陶劉一朝死，松下無人持酒巵。
			《遊山戲作示同遊》
			數頃城東土可菑，卜居今復結茅茨。
			南山豆學淵明種，細雨橙從子美移。
			敢把安危憂世道，且將窮達任生涯。
			午窗偃臥政無事，林鳥一聲春晝遲。
			《移居》

權遇	1363～1419	《梅軒集》	百川注東海，浩浩無回瀾。 世道日以降，屬茲天步艱。 自憐甚單薄，何處開愁顏。 飛鳥色斯舉，止於丘隅間。 桃花武陵水，紫芝商洛山。 惠而好我者，攜手去盤桓。 　　　　　　　　　　《感懷》 吾憐陶彭澤，千載有高名。 安能五斗粟，折腰向人行。 悟昨非今是，歸來辭乃成。 田園將蕪沒，松菊自幽清。 攜幼更入室，匏樽酒盈盈。 富貴非吾願，逍遙放野情。 尚論可同調，卻恨後汝生。 　　　　　　　　　　《古風》 可惜重陽日，猶為漉酒時。 詩懷還寂寞，景物謾紛披。 彭澤採黃菊，樊川登翠微。 古人今已遠，令我苦追思。 　　　　　　　　　《重陽有感》 少日來余問聖經，到今文藝謝藍青。 鄰侯架插貪看讀，陶令尊盈任醉醒。 勝友輔仁頻下榻，嚴親施教每趨庭。 介推自是忘論賞，如子何為亦久停。 　　　　　　　　　《寄趙少監》 病夫幽獨守窮廬，忽忽光陰逼歲除。 欲借蘇文與陶集，鄰侯家裏本多書。 　　　　　　　　　《次趙少監》 余平日披閱典籍，尚論古人，以為三代以下之人物，求其節義之高去就之正，則有如晉之靖節先生者蓋寡，余持此論久矣。今金醉翁雖未得一被容接，伏讀浩亭先生詩與序而知其為人之大概，切意有慕乎古人而能自好者耶！於是依韻賦三絕，用陶語以寓意云。

			其一 竹深松古菊寒花，野興秋來更覺多。 縱未能詩還愛酒，可憐風味似陶家。 其二 長醉昏昏落眼花，酒中深味此偏多。 何須更覓南山句，欲辯忘言是自家。 其三 三徑荒荒翳草花，日長惟有鳥聲多。 早知形役非天命，松菊猶存喜到家。 <div align="right">《次浩亭韻，贈金醉翁詩》</div>好去春風江上村，桃花流水映柴門。 武陵仙境無人識，肯許漁翁一泝源。 <div align="right">《送侄副令歸忠州德坪村》</div>為底良辰不舉杯，可憐一去來年來。 黃花亦識幽人意，雨後籬東猶未開。 <div align="right">《重陽日有感》</div>山前索漠數家村，白日人稀鳥雀喧。 舊俗避秦今在否，傷心忽忽問桃源。 <div align="right">《過桃源驛》</div>
卞季良	1371～ 1440	《春亭集》	相思不相見，忽忽獨悲春。 佳節二三月，孤蹤南北人。 野花煙外嫩，江柳雨中新。 遙憶清狂客，頻呼漉酒巾。 <div align="right">《蓬城途中，次酒谷韻》</div>惆悵為形役，田園胡不歸。 實迷塗未遠，世與我相違。 童僕歡迎日，壺觴自酌時。 去留知已矣，天命復奚疑。 <div align="right">《節陶淵明歸去來辭句》</div>驅馬來山村，始喜松菊存。 童僕有欣色，候我於荊門。 入門坐蒲席，庶可慰旅魂。 鄰翁喜相對，白酒滿瓦盆。

| | | | 前席各有問，團欒多雜言。
因念曾來遊，茲已八九秋。
時餘未有知，惟日事釣鉤。
到今已成童，碌碌猶凡流。
學業既云失，鹵莽將安求。
歲月不我延，長川去悠悠。
行役長未休，獨立翻百憂。
出門一笑罷，仰天空踟躕。
　　　　　　　《到辛安村舍》
少壯經綸志，悲秋復惜春。
賦詩凌鮑謝，談理盡天人。
日暖花心動，池晴草色新。
遣懷應是酒，且莫負陶巾。
　　　　　　　《次酒谷人家詩韻》
冶隱先生歸弊廬，云情自與世情疎。
門垂彭澤五株柳，家有盧全千卷書。
早把利名同草芥，好將心事付樵漁。
一區故國山溪勝，或棹孤舟或命車。
　　　　　《題吉注書詩卷，次獨谷韻》
綠鬢休官慕古賢，勿齋高義薄雲天。
園同靖節開三逕，琴想重華拂五弦。
萬事世間真夢爾，一生胸次自悠然。
下鄰擬共簞瓢樂，為報心期莫浪傳。
　　　　　　　《題鄭勿齋詩卷》
一叢陶菊映蓬蒿，粲粲堪將泛白醪。
惆悵霜風太情薄，吹殘佳色不曾饒。
　　　　　　　《十月見菊》
童稚親情久益添，卻慚桐梓映梗楠。
九重諸葛承三顧，萬事淵明付一酣。
風暖柳條黃似酒，日清江水綠如藍。
省方餘暇詩千首，莫惜攜將寄草庵。
　　　　　　　《贈容軒觀察使》 |

李穡	1362~ 1431	《亨齋詩集》	我愛鄭司諫，行藏聽自然。 胸中唯報主，頭上豈欺天。 柳重九門曉，蘭殘三逕煙。 八旬老座主，高臥看鵬騫。 　　　　　　　　　　《獨谷詩附》 富貴同春夢，賢愚共草墟。 但教心坦坦，不必屋渠渠。 靜坐常扃戶，閑眠懶讀書。 擁籬松竹秀，吾亦愛吾居。 　　　　　　　《題訥村裴先生書堂》 萬古星山秀，砧村地又偏。 茅茨欣有托，桑梓敬相傳。 車馬塵何及，門庭日寂然。 興居隨意穩，疏懶夙心堅。 竊喜淵明趣，多慚謝傅賢。 過從皆老圃，登眺或層巔。 遣興探佳句，澆腸掬細泉。 磬聲煙寺裏，樵唱夕陽前。 滿目真如畫，安身即是仙。 奕棋延日月，儒術免戈鋋。 憶昨狂奔走，那知有靜便。 紫衫承茂渥，丹陛靄孤騫。 騏驥猶嘶櫪，駑駘早著鞭。 何曾記榛梗，只欲報埃涓。 倏忽違天闕，蹉跎傍海壖。 消魂侵瘴癘，破膽起烽炯。 乞米春連夏，沉綿日抵年。 豈由沾忌刻，只是數逃遷。 革值中興代，來耕故里田。 忠良扶社稷，廊廟正經權。 揖讓同華夏，詩書講御筵。 知人難自古，予聖察宜先。 小吏誰能制，群機未易專。 情順通遠邇，事可解拘攣。

			病渴憐泉潔，心閑味道玄。 採蘭尋馥馥，步月喜妍妍。 嘯詠情懷豁，沉理性命全。 自甘勸稼穡，不願躡班聯。 後悔終安用，前非庶可悛。 此生吾已斷，何必問蒼天。 《砧村》 何用浮名絆此身，每吟斯句每傷神。 黃扉昨日青雲滿，明鏡今朝白髮新。 三徑陶窗曾寄傲，一瓢顏巷不違仁。 想看賢聖得真趣，山木野花同是春。 《村居有感》 循環氣數有幸除，否泰昭然大易圖。 止棘青蠅何足疾，觸羅黃口只緣愚。 北窗靖節開三徑，短棹鴟夷泛五湖。 回首渭濱人不識，也宜工部混泥塗。 《自遣》 松翠楓丹活畫奇，鴉喧雀噪晚禾垂。 飄飆自下經霜葉，憔悴猶傾向日葵。 靖節只應耽飲酒，堯夫似是愛吟詩。 百年世事真堪笑，石火光陰兩鬢絲。 《秋日遣興》 明府星山第一流，歷揚清要早歸休。 田園復見陶彭澤，詩律仍兼趙倚樓。 聖代升平興禮樂，邊藩帖妥偃旗旄。 孱姿亦幸恩私被，穩臥鄉村兩鬢秋。 《次裴錦山詩韻》
羅繼從	1339～ 1415	《竹軒遺集》	瀟灑茅亭傍碧湖，罷官歸臥一寒儒。 忘憂便學陶潛醉，懷道何關寧武愚。 梧圃勝遊成寂寞，桑田浩劫在須臾。 烏巾傴塞松杉下，會作時人錦障摹。 《寄金雜端幽居》

| | | | 池塘芳草雨絲絲，夢見依俙覺後悲。
五嶺春回花寂寞，十年人事月盈虧。
山空獨倚鳥啼夜，天迥遙看雲沒時。
異鄉慎勿種秋菊，若待餐英歸太遲。
<div align="right">《仲春，寄族弟判官巨濟謫中》</div>早歲花磚客，胡為錦水涯。
巷深陶令柳，園種邵侯瓜。
自惜同羸馬，那堪聽暮鴉。
春來無所適，掩戶謝年華。
<div align="right">《寄金應教閉門獨居》</div>老來寬世慮，秋後訪幽期。
石瘦苔光澀，山明日色遲。
素琴陶令宅，春草謝公池。
肯學塵間客，營營失路歧。
<div align="right">《秋日遊九老岩，因訪邂翁伯仲別業》</div>步出園林綠映紅，仲春和氣正沖融。
魚知煖意跳新水，鳥得真機唲晚風。
且賞煙霞遊物外，詎留冰炭礙胸中。
歸來種菊西籬下，千古多慚栗里翁。
<div align="right">《春日感懷》</div>雨餘散步到西籬，一夜春流滿綠池。
元亮消憂惟有酒，放翁沉病更無詩。
遣情鳥沒雲歸際，至理花開月上時。
靜觀萬物皆和氣，唉彼窮民久阻飢。
<div align="right">《仲春遊西鄰》</div>潯陽處士守清節，高臥林廬塵事絕。
托意桃源物外居，後人謾謂荒唐說。
<div align="right">《桃源》</div>為吾輩者，但當順受天命，退居於野，以盡自靖之道，而不食周家之粟，幸保陶翁徵士之號。則自可不負我列聖朝，而無愧於俯仰而已。
<div align="right">《答咸修撰書》</div> |

尹祥	1373～1455	《別洞集》	一亭輕壓小蓮池，左右涼風生樹枝。 盡日倚軒無個事，睡餘開卷讀陶詩。 <div align="right">《題榮川客舍小亭》</div>壬戌之春三月中旬，會於杏壇。講論之餘，乘閑散步。登明倫之北岡，蓋欲以逍遙清朗，頤養精神也已。撫松梢而盤桓，藉芳草而流憩。放形骸以自適，縱游目於遐觀。 <div align="right">《碧松亭松陰唱和詩序》</div>
朴興生	1374～1446	《菊堂遺稿》	隱坐高軒靜，松風江月明。 主翁塵想絕，徹骨有餘清。 <div align="right">《和退隱翁軒題》</div>良辰豈孤負，嘉興亦難取。 淡月照南窗，清風在北牖。 相將日玉人，共酌黃金酒。 三尺沒絃琴，逍遙有高趣。 <div align="right">《秋夜，與客邀歡》</div>別業臨芳渚，高軒倚碧山。 登臨聊遣興，棲息可怡顏。 二樂吾何敢，雙清自等閑。 坐憐雲出岫，日暮鳥知還。 <div align="right">《自賦》</div>侵曉尋昏去復還，他閑那及此中閑。 日邊蒼翠高低樹，煙外迷茫遠近山。 三徑歸來曾得趣，九街奔走復何顏。 憑軒偃息忘形處，詞客騷人伯仲間。 <div align="right">《二樂亭，與舍弟次金楓川韻》</div>
申槩	1374～1446	《寅齋集》	老子自幼性疏闊，而常厭市朝之機巧。卜得城南閑僻一陋巷，構成養拙堂。日用動靜，惟拙與之同，頃刻不相忘。夜靜月明群動息，欹枕高臥聽松風。 <div align="right">《養拙堂記》</div>

河演	1376～1453	《敬齋集》	大東有一國，迥倚扶桑枝。 曜彩初揮發，□祥此始披。 天低波浩渺，地坼更無涯。 幾沮張槎泛，風帆累月期。 交鄰固有道，聘問應無虧。 慶吊緣情理，哀榮稱禮儀。 卜侯應妙選，廷意正在茲。 利涉宣傳罷，王程不可遲。 賢勞當靡鹽，古來無險夷。 花柳明群島，陽春滿四維。 停雲日相望，漢水連海湄。 國耳忘家志，空嗟定省違。 傷離數桮酒，戒語一篇詩。 覆命龍樓曉，淒清白露時。 <div align="right">《卜中樞日本通信之行》</div>勝跡南山陲，名園世所稀。 緬想濠梁興，盤桓解我衣。 幽花與奇草，周匝爭芳菲。 種竹名其樓，會心知者誰。 大嚼嗜高味，妙理方在茲。 我亦愛此君，抱甕將追隨。 四時蘊春色，一節凌霜威。 他日拂雲霄，會見鳳凰枝。 軒高邀月早，簷豁對山宜。 春晴淇澳上，風淡渭川時。 池靜潛魚泳，林深倦鳥歸。 南溟適何用，九萬將奚為。 洗然古井澈，冰雪生寒輝。 朝進趨青鎖，暮歸歌紫芝。 謝子東山趣，陶公三徑辭。 忠勳餘慶後，吏隱半生涯。 嘗恨結歡晚，猶吟伐木詩。 七賢俱寂寞，孰與同棲期。 <div align="right">《題李正郎竹樓詩軸》</div>

			孝者百行首，烝民所共由。 循常不可離，大道斯優優。 樗軒丈人行，德器而靈修。 不虞貝錦縶，睿鑒分薰蕕。 居然成濩落，賜許歸閑休。 童城舊綠野，清切蓬瀛洲。 江湖千萬景，顧盻窮高樓。 天晴翔逸隼，波漲泛輕鷗。 浩蕩觀瀾興，淒涼鼓枻謳。 淵明三徑月，張翰江東秋。 還同得真趣，擬若耽盤遊。 或欲朝京師，風日政和柔。 岩花映沙汀，信棹掀扁舟。 酩酊耆英會，賦詠光彪彪。 臨軒養老宴，清問繁諮諏。 敷陳特前席，正誼無交鉤。 南山有華屋，適意為去留。 搢紳討詩文，訪謁如林稠。 對床談太古，日永飛觥籌。 興居任清溫，甘旨便珍羞。 雲城問寢爾，康樂真無憂。 暗藹愛敬誠，和氣溢傍流。 獲乎親有道，既自身先修。 公清水鑒空，折獄誰敢儔。 烜赫富嚴威，將士爭拔尤。 聖心常有眷，豈啻名金甌。 翁惟悅豫爾，教誨何勞愁。 八袠猶青春，崇班未白頭。 萊衣舞壽筵，極品其封侯。 傾國為美譚，世上有此否。 吾翁及若翁，僚友曾綢繆。 粵自少年時，以子視餘猶。 傳心弟兄契，轉與深交遊。 允矣忠孝俱，永言貽孫謀。

| | | | 伐柯伐柯兮，其則非他求。
彼惟輕薄輩，處心盾與矛。
潛懷切企羨，享福不相侔。
捫萱又抱竹，永慕空悠悠。
詠歌復詠歌，不覺情區區。
雲城手更執，何處覓丹丘。
 《占優字》
| | | | 牕外三桃錦欲燃，門前五柳碧如煙。
病中既阻芳園會，只有相傳一二聯。
 《寄李參議》
| | | | 探勝雖同樂，行藏各異心。
難為栗里近，更渡虎溪深。
竹密晴猶濕，山幽畫自陰。
眠禪毋誤夢，鍾鼓聽春音。
 《次淵師》
| | | | 貴則近禍，富則不仁。何如雲壑，怡養精神。一片顏巷，樂在其中。三逕陶園，皓月清風。聖賢尚然，況乎小儒。屋八九間，可容殘軀。田數十畝，足慰飢渴。我安我分，不趨利欲。
 《自警箴》

後　記

　　在上海師範大學求學的時光已隨接近尾聲，在攻讀最高學歷的最後時期，我不由地產生了恍若隔世之感。三年前的四月，承蒙嚴明先生的垂青，我得以自豫章赴滬上求學。時逢嚴先生赴美國密蘇里大學講學前夕，每一次的交流對於我而言都是彌足珍貴。初入東亞漢詩學的研究領域，面對大量的異域文獻材料，我既滿懷憧憬，希望通過「精耕細作」，能在這一研究領域上有所成果；又懷揣著擔心，瞭解韓國學者在這一領域的研究現狀是不可或缺的，然要重新學習一門外語勢必要投入大量的時間。

　　感念嚴先生對我論文悉心的指點，從選題到論文的撰寫，其間都注入了嚴先生的心血。先生高屋建瓴地指出我論文中的邏輯架構的問題，循循善誘地指點我不斷改進。先生的春風化雨和言傳身教，使我深受感染，時時激勵、指引著我，「雖不能至，然心嚮往之。」此外，還要感謝師母樊琪老師，在成人和成才的道路上，她永遠是我學習的榜樣。

　　我對陶淵明詩與朝鮮詩壇的傳播關係掌握得還不全面，博士論文與最初的設想有一定差距，但時間有限，第一步只能側重於微觀研究，對麗末鮮初詩壇的陶淵明接受進行全面細緻的把握。關於中國、朝鮮半島、日本詩壇對陶淵明的接受特點的研究還將繼續推進，這也是我未來研究需要堅持的努力方向。

　　本文的撰寫還得到很多師兄妹的幫助，孔英民師姐將她的研究經驗和資料傾囊相授，劉陽洋師妹幫助我翻譯了韓國學者的研究論文，熊嘯師兄時常與我分享學術前沿以及他的研究心得。在搜集資料方面，友人鄒超、藍啟濠在美國、臺灣的高校圖書館中幫我搜尋並複印資料，給予了我很大的幫助。感謝「嚴師高徒」群內的各位同門，我們一起聆聽嚴明老師的課程，辯論研討，「奇文共欣賞，疑義相與析」，何其快哉！我們一起讀書、旅行，得意時我們把酒言歡，失意時我們相互支持鼓勵，收穫良多。

　　最後，我衷心感恩我的家人。父母永遠是我最堅強的後盾，感謝二老二十餘年的養育之恩，以無比的耐心和包容心相信我、支持我、尊重我在人生重要關口的每一次選擇。

　　小女本弱，學博則剛。

謝夢潔

2018 年 5 月 15 日